U0579324

拾 光

马志娟　著

应急管理出版社
· 北京 ·

图书在版编目（CIP）数据

拾光 / 马志娟著. -- 北京 ：应急管理出版社，
2024. -- ISBN 978-7-5237-0612-1

Ⅰ. I267

中国国家版本馆 CIP 数据核字第 2024V4G843 号

拾光

著　　者	马志娟	
责任编辑	陈棣芳	
封面设计	党　红	

出版发行　应急管理出版社（北京市朝阳区芍药居 35 号　100029）
电　　话　010 - 84657898（总编室）　010 - 84657880（读者服务部）
网　　址　www.cciph.com.cn
印　　刷　三河市燕春印务有限公司
经　　销　全国新华书店

开　　本　710mm×1000mm$^1/_{16}$　　**印张**　16　**字数**　280 千字
版　　次　2024 年 10 月第 1 版　2024 年 10 月第 1 次印刷
社内编号　20240424　　　　　　　　**定价**　78.00 元

版权所有　违者必究

本书如有缺页、倒页、脱页等质量问题，本社负责调换，电话:010 - 84657880

谨以此书献给我的父亲母亲

以及我们身后血脉相连的土地

扎根大地

赵光鸣

这本散文集，我用了一个星期的时间进行阅读，读得认真而饶有兴趣。我读的是电子版，长达256页，对我这样一个老年读者来说，阅读电子版有些吃力，但我能坚持逐字逐句地把它读完，是因为作者马志娟的这些散文作品对我有相当大的吸引力，让我读得兴致勃勃，不断受到感染和感动，一些尘封许久的情愫随之唤醒，体验阅读的愉悦。这样的读书体验，我已经很久没有过了。

这本散文集中很大一部分作品，来源于作者的乡村经历和乡村记忆。其讲述切入点基本上都是从家庭、亲人、亲情开始的，就连讲述美食，也是从家开始的。这是本书作者独有的写作特点，其作品也因此呈现独特的面貌。

作者出生于奇台县西地乡桥子村十五队，在乡村度过童年和少年时代，成年后又在故乡有长达数年的工作经历，丰富的乡村生活经历使她笔下的农耕之家、父母、亲人、乡亲和乡村人事纷纭而生动，细节真切，活灵活现。马志娟对故乡的记忆深入骨髓，浸透灵魂。字里行间洋溢着热爱之情，带着深厚的感情写的这些乡村故事，是作者的亲历亲闻，与道听途说或采访得来的素材截然不同，能让读者感受到作者的心跳和呼吸，产生情感上的共鸣。

作者对父爱和母爱的歌颂尤其动人，对父母的描写和刻划生动而传神，比如《吃相》《父亲的两大爱好》《我教父亲玩手机》之类，细节丰富，栩栩如生。除此之外，作者的笔触涉及乡村生活的方方面面，田园、院落、粮仓、禽畜、树木、土炕、花事、出行、年节、四时变化、乡邻，所有平凡的乡村人事，在作者笔下都变得有趣而生气盎然。比如《坐班车的日子》《春节出行变迁记》，写一家人乘驴车出行，以及班车上乡亲们之间的亲密无间，写得温情脉脉，既写出特定时代的浓厚乡情，乡村出行的世相，也写出时代的变迁和交通工具的演进，让人过目难忘。

《拾光》中最让我感到温馨的一卷，是"啄饮篇"。

作者出生的奇台县是新疆美食地图中的黄金区域，清末民初兴盛的驼运业造就百艺进疆的蓬勃局面，其中的厨艺在旱码头经五湖四海的融合形成古城独有的技艺，奇台美食因此成为新疆饮食天花板级的存在。在新疆，写奇台美食的作品不少，奇台籍散文作家唐新运和朱劲楠算写得比较出色的两位，与这两位不同的是，马志娟写奇台美食是从家里的厨房开始的，每一道食物的制作，是全体家庭成员，包括作者在内的共同参与，其中以母亲的劳动为主导，制作的美食有奇台过油肉、奇台大盘鸡、奇台羊肉汤饭、氽汤饺子、麻腐饺子、鸡蛋茶、手工糅子面、炸丸子、农家烧馍、榆钱饭、烫面油饼、洋芋鱼鱼、小米粥、炸油馃、葫芦汤、豆角焖面，等等，林林总总，约数十种，作者不仅详写了这些民间美食的制作步骤和过程，教人制作方法，同时呈现这个过程中温馨的亲情、祥和的家庭氛围、令人陶醉的爱的传递和释放。

在物质比较匮乏的年代，人们对美味尤其敏感和向往，对五谷粮油怀有特别珍惜虔诚的心情，把它们变成美食的过程也因此格外精心认真，马志娟非常真实地呈现全家参与的热情欢乐场面，记录自己心灵的感动，让人阅之动容。在协同母亲烹制鸡蛋茶后，她写道："这样做的鸡蛋茶，有羊油的香味、炒鸡蛋的香味、炒面的香味，还有糖的甜味，几种味道混合后，是一种非常适宜的令人愉悦的香味。寒冷的早晨，香甜滚烫的鸡蛋茶顺着食道滑进人的胃里，周身温暖起来，身上微微出了汗，心里暖洋洋的，被爱和温暖包裹着。"

在香喷喷的农家烤馍出炉后，她写道："那个时侯农药化肥用得少，面粉、清油、香豆子的香味都很浓郁，很纯粹，那是天然食物的香味，和着家的温暖气息印在记忆里，一辈子都忘不了。"

可以看出，作者对她曾经的乡村生活经历念念不忘，刻骨铭心，但同时清醒地认识到，这样温馨的、带浓郁的烟火气息的、田园牧歌式的生活图景，完全属于过去时，永远不可能重现。中国乡村社会的盛衰交替，伴随整个国家的改革开放与社会转型，发生斗换星移、沧海桑田式的巨变，故乡和田园回不去了，这是无法回避的现实。作者真实地讲述了离开故乡后，自己的人生轨迹，并通过自身生活工作环境的不断改善，投射时代的进步和变迁。反映这个时期的作品，也有精神的惶惑，内心的纠葛和挣扎，触及人性的痛处，但因为生活质量的提高和精神生活的趋于安逸，作者的激情被消耗和减弱，总的来看，写城市和旅行风物的这类作品，和写乡村、土地、故乡的作品相比，个性削弱，不在一个水平线上。

但作者身居城市，怀念乡土的情怀，是会得到同情和共鸣的。

"身居冷冰冰的苍白的城市，我失去了与土地的血脉相连。这种失去像把新鲜的血液从我的血管里引走，那么深，那么痛，血肉生生剥离的痛。"

"然而在我的内心深处，静夜里浮上心头的，依然是那割舍不了的田园之梦，对土地的热爱，是我们终极一生的梦想。"

这两段话，引自作者的两篇作品，《心中那片永远的绿》和《归园田居》。

看得出来，作者的情感天平和读者一样，是倾向于田园和乡村的。时代的进步是一回事，把根留住是另一回事。在时间面前，乡愁是有永恒意义的精神财富。《拾光》提供了记住乡愁的文本，其中关于村庄、家庭、亲情、乡情、乡俗、美食的叙事，相信会一直流传下去，时间愈久愈显价值。从这个意义上说，马志娟写了一本好书。

在乡土与我们的生活日渐疏离的今天，拥有一段乡村生活经历是幸运的，弥足珍贵。马志娟应当为此感到庆幸。阅读《拾光者》，我感觉作者还有很大的潜能可以开发，完全可以写出更好、更有份量的作品，写到这里，我想到了两段名言，把它送给作者吧！

诗人叶芝说，我们所做所说所歌唱的一切，都来自同大地的接触。

哲人荣格说，扎根大地的人永世长存。

我们都是大地的崇拜者，大家一起共勉吧！

2024年5月13日匆笔于华美文轩

3

耕耘在昌吉大地的"草根"传奇

沙 舟

马志娟,昌吉州女作家,还是一位活跃在新疆地区的女诗人。近几年她的散文作品、纪实文学、小品美文频频见诸报刊,诗歌作品在区域内也是小有名气,作品在省内外融媒公众平台发表转载。

由于在昌吉州文学圈里的交流接触,三年前结识了马志娟。其实好几年前就听说过,奇台有一位勤奋不辍且在昌吉地区颇具影响的女作家马志娟。但真正阅读到她的作品始于《昌吉日报·副刊》《回族文学》杂志,也正是这些清新朴实的字里行间飘着铅香的文字落实了我对她的听闻,慢慢地对这位成长在乡村田野里的女子关注起来,她不只写散文、小说,还潜心于诗歌,尤其是她的民俗文学——奇台杂话歌谣,土里土气、风趣幽默,非常接地气,我很欣赏。这次,她想把近几年在报刊和网络平台发表的散文作品整理收集起来,出一本散文集。她恳请为此书作序,我欣然应承。

当她把一份三百余页的电子文稿发来,我认真浏览她的散文集《拾光》。一篇篇朴实而精美的文字,在我眼前呈现出一幅幅乡村原野的景象;一行行诗意的文字,宛如一股扑鼻而入的浓浓乡村味儿。这些美美文字的集中呈现,更加坚定了我对她散文创作艺术的看好。她是一个散文作家,又是一位勤奋的新闻记者,不管她今后是否把兴趣移向非虚构体裁的创作,我坚信她的气质永远是一位走在田园乡野里的"草根诗人"。

她的散文集《拾光》分四个篇章。溯洄篇:回顾过往,捡拾记忆中的酸甜苦辣,描摹今朝,细品现实中的岁月静好;啄饮篇:书写家乡美食,最难忘的味道;在野篇:书写大美新疆的风光,记录幸福的旅行;浮世篇:我是一滴雨,折射生活的阳光投影在我的笔下。不难看出,近百篇的散文作品,马志娟对这本散文集《拾光》,在编辑成册前是做了精心的准备和谋划,在文字的修炼上也着实进行了精细的打磨。

《拾光》像一枚枚落在乡路上金黄的叶片,是作者人生岁月的过往和记忆。从她散文集的名字和文章的选材,以及她个人的生活成长经历,不难看出作者的创作意向是积极向上的、接地气的。

《奇台葫芦汤》是作者"啄饮篇"中的一篇短文。文章虽短,但意味悠长,是作者对故乡的眷恋,对母爱灶香味道的念念不忘,对那片土地的热爱,也是她对乡村院落、田野景象的生活方式的张扬,这正是她散文作品的魅力所在。"这一碗黄灿灿、热乎乎的葫芦汤,暖人身的是食物的营养,暖人心的是它背后承载的一代一代往下传承的亲情。年轻的父母们,请早起半小时,为你的孩子烧一碗香喷喷、甜丝丝的葫芦汤吧,不能让勤劳和爱终止在我们这代人手中。"这篇散文,勾起我一阵暖暖的回味,想起我老家傍晚时母亲灶房里飘出的葫芦汤香。一碗葫芦汤,妙处在其中,几十年游历他乡,一碗葫芦汤,解了吾乡愁。读罢此文,竟然有些伤感起来。这就是作者巧妙之处,与读者的乡土情结产生了共鸣。

"月亮地,这里有原始的沉静之美,融入其中,让人的心静下来,远离浮躁,但又绝不消沉;现代元素的融入,又给它插上了现代文明的翅膀,使它成为出世与入世的完美结合。如同一个正当盛年的美妇,既有温柔娴静的传统美,又不失童心,偶尔客串激情四溢的少女,展现她的现代美。"(选自《月亮地的美》)。这是作者精心构思的一篇游记,也是一篇不可多得的唯美散文,既有散文的诗韵,又有游记的张力,不失为一篇得意之作。

读马志娟的散文,最感亲切的是她对少女时光的回忆以及人到中年的知恩情结。作为从泥土中走出来的"草根",她的故事情景如同我的过去,那个火红的乡村时代,一缕夕阳下的田野牧归、金黄秋粮,无一不呈现了作者精神世界的充实快乐,有一种现在所没有的东西在其中。母亲给予她暖暖的关爱,父亲却给予宽厚的肩膀和潜移默化的文学天赋。《耕耘记(上中下)》是她父亲马振国出版的文集,这是她父亲一生文学创作的积累和沉淀,也是父亲赠与女儿一生取之不尽、用之不竭的创作源泉。父亲的言传身教,给予了她文学创作的动力。

在散文集《拾光》中,她的每一篇土得掉渣的"乡土"文字,情感饱满、生动感人,这也是该书的一个特色。这部散文集中,来自泥土芳香与时代深层的文字,让作者的灵魂在苍茫纷繁的世界里能得以安静。当下,人到中年的马志娟在不断完善自己的同时,正勤奋努力迈向文学的更高层次。

散文文本的特性是真实的,它的内在功能在于借物抒情。人们爱读散文的缘由除了真实,另一个因素恐怕是这种文体让我们有机会看到作者的灵魂或人生轨迹。换句话说,散文让我们看到了一个真实的、多层面活生生的作家。我平时喜欢读一些当代知名作家的散文作品,从马志娟的散文作品里,全面地了解了她的创作潜质和人格品德,了解了她对文学的执着和对生活的挚爱。马志娟是才女,是一位要强的女子,是情趣风雅的女子,也是一位做事细腻的女子。与她结识的文学之友,都不难发现马志娟的散文是真人说真话。

散文是最容易写却是难以超越的一种文本。如何才能让自己的散文被人关注、被读者流传,恐怕是每一位作家都需要思考的问题。我觉得散文是中年人的艺术,需要丰富的人生阅历和感悟才能写出来;散文是语言艺术,需要相当老练的文笔功底才能立世。我认为,正在起步的马志娟今后的散文创作,一定要从基础开始,到基层群众中写起。希望她今后的文学创作之路走得更宽、体裁更广,也希望她在拥有中年的历练之后,能创作出更多富有新时代乡村味儿的经典作品。

是为序。

(作者为中国诗歌学会会员,新疆作协会员,中诗网签约作家,媒体诗人、评论家)

目　录

卷一　溯洄篇

卷三 在野篇

卷一　溯洄篇

生命是一条奔腾不息的河流，当它潇潇洒洒流过的时候，随波逐流的我们无知无觉，当某一个平凡的早晨突然觉醒，回望，那些留在生命里的温馨、喜悦、哀伤或者痛楚，那些掠过麦地的风，那些洗过苞米叶子的雨，看过的星光和夕阳，跟在父母身后踩出的脚窝，一切都有了不同的意蕴。

吃　相

人的吃相，与出身有关。

有人说，你读过的书，走过的路，都刻在你的骨子里。其实，你童年时代吃过的饭，也刻在你的骨子里。

我的父亲出生于1947年，他从孩提起到整个青年时代，基本都处于吃不饱饭的状态。因此，我父亲的吃相，毫不夸张地说，几近饕餮。

有时候跟母亲谈论陈年旧事，她会含笑忆起，当年我父亲去母亲家提亲的时候，吃相不太好，但是厚道的外爷没有嫌弃父亲，而是背着人对母亲说，父亲人品正，手脚勤，就是打小没了娘，家里生活艰难，嘴上受了穷，跟着这样的人，不缺饭吃。

在我十来岁的时候，父亲在奇台县西地中学任教，那时父亲三十来岁，正值壮年，饭量很好。那时学校老师吃的是小食堂，有一个农村妇女专门给老师做饭，按照当地的习惯，中午一般都做新疆拌面，本地叫拉条子。

话说一天中午，父亲和几位同事先后进入小食堂，只见父亲拿起饭盆，打了半盆面，拌上炒菜，浇了一圈醋，搅拌了几下，就上两瓣蒜，唏哩呼噜地吃起来。他挑起一筷子面，手腕一转，让长长的拉条子面在筷子头上绕几圈，送到嘴边，呼噜一声吸进嘴里，再连吸三下，飞快地咀嚼着，喉结滚动之间，烫面热菜已经滑下喉头；再一声"呼噜"，飞快地吧唧着嘴咀嚼几下，第二口饭又下了肚。

劲道的奇台拉面,可口的炒菜,面与菜的完美结合散发出的结结实实的香味,捕获了父亲的整个身心。他沉浸在咀嚼和吞咽的美好体验之间,物我两忘,痛快淋漓。

只见他狼吞虎咽,三下五除二,呼呼带风间,半盆饭菜一扫而光。他又往空的饭盆里舀了一勺面汤,两手一抖,黄亮的面汤在盆里旋转一周,盆对在嘴边,吸溜吸溜几声,滚烫的面汤下了肚。

父亲长长舒出一口气,全身都松懈下来,仿佛结束了一场紧张的战斗,又仿佛所有的辛劳和不如意,都随着这一口气远去了,浑身上下洋溢着懒洋洋的惬意。

这时父亲抬起了眼睛。不看不打紧,一看之下,他愣住了。只见学校新来的女老师,一个瘦弱的城里姑娘,正端着半碗饭,目瞪口呆地看着父亲,一脸匪夷所思的表情。

咋了?父亲摸摸脑袋,自己也愣了。

马老师,你吃饭太香了。女老师觉出了自己的失态,讷讷开口。

一边的厨师——一个中年妇女,嘎嘎笑起来,说,马老师,也就是个拉条子,不知道的人,还以为你吃的是山珍海味呢,呼噜烫趴地(奇台方言,形容吃饭快),咋那么香呀!

屋子里吃饭的人都笑起来。父亲也讪讪地笑了,说,嗨,山珍海味算个啥,就我们奇台的拉条子最香了。有了拉条子,谁吃它的山珍海味呢!

人们笑得更大声了。有人说,马老师,和你在一起吃饭,我们都能多吃半盘子饭呢,拉条子也拔外香哈呢(格外香)。

经历过三十年困窘生活的父亲,对食物的爱惜到了令人难以忍受的地步。

记得我八九岁的时候,和弟弟跟着父亲进城。那是一个阳光明亮的上午,父亲带我们姐弟俩走向一个卖油糕的小摊,点了十个油糕。正喝着滚烫的酽茶,我忽然发现坐在对面的父亲拧着身子,张着嘴,好像要说什么,又打住了的样子,双目炯炯盯着我身后的地面,犹如饿狼盯着一块肉。

我回头一瞧,原来是端油糕的姑娘不小心把一个油糕掉到了地上。她也注意到了父亲的表情,一声不吭回身,捡起地上的油糕,摞到了盘子里,咣当一声放到了我们桌上。我定定地看着那个曾掉到地上的油糕,心里在斗争要不要把它还给卖油糕的姑娘,想拿,出于乡下人的胆怯,又不敢,正天人交战间,只见父亲拿起那个油糕,翻看了一下,象征性地吹了吹,一脸幸福满足地吃了下去。

一种不自在爬进心里,我深深埋下头,嘴里香甜的油糕,全然失去了香味。

父亲的吃相,遗传自爷爷。

爷爷年轻的时候,食量惊人,力大无穷,他曾创下过一顿吃掉一个冬羔羊娃子、徒手悬崖吊马的壮举。

奇台人说,能吃就能干,囊怂(窝囊废)吃的半碗饭。

爷爷能干到什么程度,能吃到什么程度,从父亲经常向我们讲起的爷爷的故事可见一斑。

爷爷二十多岁的时候,一次与同伴骑马从吉木萨尔泉子街翻越天山去哈密,山中基本上没路,有一段是在悬崖上凿出的能放半个脚的石窝。爷爷小心翼翼拉着马战战兢兢往前走,一不小心,枣红马马失后蹄半个身子掉下悬崖,幸亏它脖子里还有半截毛绳,爷爷紧紧拉住了绳子。同行的人大惊失色地喊,快放手,快放手! 面前是万丈悬崖,崖下有累累白骨。枣红马通人性,悲鸣着,眼里流下泪来。爷爷拉紧毛绳和缰绳,运足气,两脚一蹬,一声大喝,使劲一拉,枣红马配合蹄子一蹬,竟从崖下被拉了上来。枣红马有千斤重,同行的人见他竟然拉了上来,吃惊得合不拢嘴。从此,爷爷"悬崖吊马"的故事就传开了。

爷爷三十岁上下的时候,有一次赶着马车去卖瓜,路过老奇台二畦,夜间投宿在一户姓安的人家。主人听说爷爷一顿能吃一只羊,有心试探真假,就手杀了一只冬羔羊娃子,四条腿整个放进大锅,羊脊梁一折二,囫囵煮上。肉熟了,主人一家围观,爷爷先狼吞虎咽消灭了四只羊腿,又拿出小刀慢条斯理吃掉了两半截羊脊骨,吸溜一口肉,吱喽一盅酒。爷爷吃得无比欢畅,主人一家看得目瞪口呆。

爷爷一生能干,二十多岁的时候,徒手能摔倒一头三岁的脖牛,七十多岁还能下地割麦子。爷爷年轻的时候割麦子一天能割五亩地,效率是一个正常农村壮劳力的两倍。

因为力气大,爷爷有一年被队长分配到水磨上干活。他一个人能干两个人的活,自然也能吃两个人的饭。按道理,能干的人饭量大是正常现象,可是有人不这么想。那时在水磨上做饭的女人,嫌弃爷爷饭量大,经常少做饭,后来有一天,爷爷外出晚归,她竟然没有给爷爷留饭,想看爷爷的笑话。

爷爷一声不吭,拿和面盆去磨上舀了半盆子面和上,又去菜地拔了一根葱,切成葱花,用油一炝,下了半盆子宽皮带面,坐个小板凳,把面盆放在膝盖上。爷爷筷子舞得飞快，好像喉咙里伸出一只手来，面划拉到嘴里几乎来不及嚼，就被那只无形的手直接拽进了肚子，一时间呼呼作响，风卷残云，半盆面被爷爷吃得精光。半碗面汤下肚，爷爷满足地长舒一口气，用手摸摸肚子，终于感觉到难得吃了个饱饭。

我生在1971年，小时候，家里人口多，生活困难，吃"抢槽子"（新疆方言，抢着吃饭）长大的，也养成了吃饭快的习惯。

人说江山易改禀性难移，此话不假。小时候无意识形成的习惯，要有意识改起来比登天还难。

我七八岁以后，其实已经能顿顿吃饱饭了，可是小时候生活在农村，活得很糙，父母和自己都无暇或者无意识去培养什么吃饭的礼仪，当然，吃饭不能吧唧嘴的规矩还是有的。那时父亲在学校教书，母亲一个人侍弄庄稼地，在干农活的同时，还要照顾脑瘫的妹妹，伺候家里的驴、羊、猪，那真是忙得团团转，能喂饱三个孩子就不错了，哪里懂得培养孩子什么优雅的仪态。而每次吃饭，父母都催着我和弟弟快点吃，因为吃完饭还要洗碗、烫猪食、喂猪、喂羊、喂猫、喂狗，于是，吃饭快的习惯就这么养成了。

后来搬到县城，在餐厅看到别人优雅的吃相，也暗暗提醒自己要改变，可是肚子一饿，或者陷入吃饭的满足幸福中的时候，大脑一片空白，哪里还记得讲究什么姿势，等到肚子吃饱了才想起来，真是奇台人说的"打罢捶了才想起来拳"（打完架才想起来拳谱）。次数多了，也就淡然了，自己舒服习惯就好，又不妨碍别人，管那么多干啥？本真最好。

到我的孩子这一代，那真是生在了蜜罐里，想吃什么有什么，尤其是有了外卖之后，想吃什么，手指头一点，就送到了，就连央求父母做什么吃食的动作都省了。于是，他们的吃相，自然而然地优雅，无需任何培养和说教。

存　粮

　　"家有存粮,心中不慌",这是民间流传千年的俗语,更是老百姓世世代代口口相传的治家准则。然而,当光阴走到二十一世纪初,这千年不破的真理终于被打破。

　　昨天,因为朋友要做水培蔬菜,问我是否可以买到小麦和油葵,我眼前顿时浮现出小时候家里半人高的粮仓和仓中那黄澄澄的小麦,自信满满地拿起电话,拨给一位在老家种地的同学。然而,同学的回答,却叫我几乎不相信自己的耳朵,下意识问对方"你说什么?"同学的回答隔着空气从遥远的地方传来:"我说,农村现在已经不存粮了,秋收之后粮食全卖了,跟城里人一样,买着吃面。你要买麦子呀,得问问面粉厂,看能不能买上。"

　　"不——存——粮——了。"我把这四个字放在嘴里,细细地嚼了嚼。

　　那个粮仓又出现在我的眼前。我穿透时空,看到了那个场景:二十世纪七十年代末,爷爷的库房,半人高的围墙,墙里边堆着半墙高的小麦,闪着温暖的金色的光。爷爷弯着腰,用撒子(一种装粮食的器具)舀出小麦装进口袋,小小的我帮着爷爷挣口袋(用手撑着口袋沿),望着那粒粒滚圆的小麦前赴后继扑进口袋里,听到它们扎堆时的沙沙声,仿佛在欣赏一曲最美妙的音乐,脸上不由自主地浮现出迷幻般的微笑。是呀,对于体验过饥饿滋味的人来说,小麦、白面简直就是整个世界!家里拥有半屋子的麦子,感觉像拥有了巨大的倚靠,简直是世界上最富有、最满足的人!

我在时光的河流中回溯,停在了二十世纪八十年代末。夏日的午后,天热得让人流油。我和弟弟、父母,在场上装粮食。"嚓",撒子插进了小麦堆,"哗",小麦倒进了口袋里,弯腰,"嚓",直腰,"哗","嚓","哗","嚓","哗"……天籁之音。一家四口都沉浸在无比幸福的收获的喜悦里,不知道劳累。麦子装满了所有的口袋,父亲背着,我和母亲抬着,弟弟帮着,把口袋整整齐齐码放在驴车上,运回家,顺着库房的墙根,摞起来。父亲望着一人高的粮食垛子,满足地笑了,那是一家人的吃穿用度。我和弟弟望着鼓鼓囊囊的粮食口袋,幸福地笑了,那是我们的学费和新衣服。

在时光之河中再扎一个猛子,我在二十世纪九十年代末上岸。那时我已为人妇,还生活在天蓝树绿空气鲜的农村,家里种小麦、油葵、玉米。夏收秋收之后,除了交公粮之外,收获的粮食还是码放在库房的土炕上待价而沽,像潜伏的士兵,静默蹲守,等待着冲锋的号令。

曾几何时,农村人存放粮食的库房,变成了杂物间。夏收中,粮食坐着翻斗车,被直接运送到粮站,完成交公粮的任务后,其他的一股脑进了面粉加工厂的仓库。秋收后,玉米进了烘干厂,油葵进了榨油坊。农民家里的库房,像一位老态龙钟的老人,蹲在黑暗里,反刍着曾经的粮食们的喧哗。

几千年的时光,延续了一千多年的农业税,在二十一世纪终结了它的使命。现在的农民,不仅无需上税,种植粮食国家还给予补贴。上下几千年,可有哪个朝代的农民,享受过这样的待遇吗?生活在这样的好时代,社会稳定,经济繁荣,物质充裕,褪去了延续千年的隐忧,那么存不存粮,还有什么要紧的呢?真是"家中无粮,心亦不慌"!

一张结婚证

前几天,机缘巧合,我见到了父母的结婚证。把它拿在手上,我感到非常吃惊,因为它跟现在结婚证的样子大相径庭,时代特色太鲜明了!

结婚证是一张硬纸,正面是喜庆的大红色底子,印着黄色的字,左上方是"毛主席语录"五个大字,左下方是"结婚证"的字样,中间是毛主席语录。右边是外语,估计内容跟左边的一样。

反面是粉红色的底子黑色的字,左半边是外语,右半边最上面写着"结婚证",有编码:字第96号,中间是"姓名严淑芬、马正国,性别女、男,20岁、22岁,自愿结婚,经审查合于中华人民共和国婚姻法关于结婚的规定,发给此证。"填发单位是"东方红公社革委会",日期是69年12月24日。

经过近半个世纪的沧桑,这张结婚证看起来皱巴巴的,不但折痕很深,而且边上还缺了一点,所幸文字还都是完整的。

看着这张珍贵的结婚证,我感慨良多,没有它,就没有我们姐弟三个呀!从1969年到2018年,在这49年里,这张结婚证一直乖乖地待在父母存放珍贵物品的皮夹子里,并随着父母多次搬迁,从一开始父母结婚的新房——西地乡桥子村十五队爷爷家老宅最西头的一间黑洞洞的小屋,到后来在老宅西面盖了三间土坯房,然后在2005年7月搬到位于八家户三队的旧楼房,2014年拆迁后又搬到了奇台县翰景轩小区,多次的搬家都没有遗失,依然完好跟随着主人,可见它在主人心里是多么重要啊!

这张结婚证的政治色彩,估计在古今中外都是罕见的,小小一张纸上,毛主席语录就占了一半的位置。最有意思的是发证机关东方红公社革委会。革委会,这可真是典型的时代产物。随着母亲娓娓道来的讲述,我仿佛看到了那个年代的父亲和母亲。

父亲打小就没了娘,父亲是随着他的奶奶长大的。1968年,父亲刚刚21岁,支撑着一个大家庭的太奶奶去世了,于是这个家的天几乎塌了。爷爷托人给刚到适婚年龄的父亲找对象,但是那时父亲家里人口多负担重,很多人家的闺女不愿跟着过苦日子,拒绝了父亲。

在1969年7月,爷爷马海湖剿匪的战友杨祯,受爷爷之托,带着父亲去偷偷相看了母亲。母亲那时候非常漂亮,父亲一眼就相中了,母亲却蒙在鼓里。过了几天,杨祯独自去我的外爷爷家提亲,外爷爷说要打听打听再回话。后来外爷爷果然亲自去了解情况,最后结论是:娃娃是个好娃娃,有文化,能干,肯下苦,就是家里负担重,弟兄姊妹还有七个在家。我最小的姑姑那时才三岁,父亲的继母是维吾尔族,不太会干家务,加上有帕金森病,手抖得厉害,持家有困难。外爷爷了解情况后,答应了这么亲事。那时还讲究父母之命媒妁之言,于是,1969年12月24日,父亲带着在小队和大队开好的证明,赶着马车接了母亲去上级行政管理单位——东方红公社,用一包喜糖,换回了红彤彤的结婚证书,并于次年1月与母亲举行了婚礼。

外奶奶给母亲亲手缝了一件红绸子棉袄,还有一条那时最高档的卖二十八元一米布的毛布裤子。接亲的那天,父亲是带着两辆马车去沙山子的,母亲带着对未来美好生活的憧憬、带着家里亲朋好友添箱的物品,辞别了自己生活了二十年的温暖的家,跟着父亲走进了一个新的家。

从此,我那年仅二十岁的美丽的母亲,象一匹被套上了枷锁的马,拉起了一个负担沉重的家庭的车。在此后长达四十多年的时间里,没有轻松自在,没有闲散的时间,一开始是整个大家庭的缝补浆洗和柴米油盐再加生产队出工,后来是五口之家的用心经营,我们姐弟三人,我和弟弟都好,妹妹是智障儿,于是母亲背上了一辈子照顾幼儿的负担,因为妹妹永远也长不大了。

可以说,这张结婚证就是母亲生活的一个分水岭,从自在到忙碌,从轻松到沉重,从为自己到为他人,从睁着一双纯净的大眼睛的一匹欢蹦乱跳的小马,到被套上沉重的生活的大车,历经磨难,饱经沧桑……

当然,母亲的婚姻生活里也是有些乐趣的,首先是父亲对母亲比较好,虽然年轻时他们也吵吵嚷嚷打打闹闹,但感情还是很稳定的。记得我上高三那年,母亲在县医院做了胆囊切除手术,术后的母亲苍白着脸虚弱地趟在病床上,我立在床边照看,父亲从外面扑进病房,把手里的东西顺手一丢,不顾病房里还有很多病人和家属,一把握住了母亲的手,颤声问母亲疼不疼。那情景我记了三十多年,一辈子也忘不掉。我想,那时的母亲,虽然伤口是疼的,但心里一定是满足的吧!

后来弟弟也结了婚,生了孩子。我的两个孩子都不再需要母亲的日日照顾了之后,我觉得,母亲才终于卸下了负担。她开始交了新的朋友,相约着一起去跳广场舞,做操,购物,散步,相互串门,甚至旅游,虽然妹妹是一如既往的累赘,走到哪里牵手领到哪里,但母亲已经习惯了,放下了,不觉得苦了。

今天,面对这张有浓重时代特色的结婚证,我非常感谢它,它是一座桥梁,一个纽带,没有它的存在,就没有我那平凡而伟大的母亲的存在,同样也不会有我们如今这一大家子丰富生动的人生。

现在,我和弟弟在尽量地照顾着父母的生活和心情,报答着父母的养育之恩,我们会尽量做得更好,让父母的余生,像那张结婚证的颜色一样,红红火火,充满张力,给人无限的希望和力量……

读父亲写的文章

这两个月来,除了正常的工作和吃饭、睡觉以外,我所有的时间都花在了录入和整理父亲的文稿上。我沉浸其中,不能自拔,与其说这是一项任务,毋宁说,这是一种享受。

父亲的文章很纷杂,按照题材大致分为"文史篇""散文篇""民间故事篇";一些小品、杂话、快板、秧歌剧等,归入了"曲艺篇"。先是搜集与校对,然后又进行了删除,部分重复的、内容雷同的、别人搜集自己整理的文章,统统被父亲无情地剔除了,这样删删减减下来,总共是各类文章260篇68万字。其中90%是见诸报刊或者文艺汇演演出过的,有多篇文章被反复转载,不仅在奇台县被录用,甚至上了《昌吉文史资料》《新疆经济报》等。还有一篇文章被国家级刊物《传奇故事选刊》2009年版刊登,我感到与有荣焉。

父亲爱读史书,尤其是新疆和奇台的历史,几乎可以说是烂熟于心。你随便说出一个地名,他就能给你讲出这个地方发生过的史实来,尤其是关于战争类的,因此他的稿件也以文史类的居多。其次是关于自己的生活,自己的家人、族人、熟人,自己参加过的活动,生活中点点滴滴的感悟,都被父亲的生花妙笔写进了文章里,发表在报纸杂志上,成为周围人津津乐道的话题。父亲还喜欢写一些可以作为节目表演的文章,如小品、快板、杂话等,往往在舞台上表演后,在本地获得极大的好评。如他写的《美食佳酿在奇台》，在奇台县第一届美食文化节上被表演后，传唱大街小巷，妇孺皆知，甚至传到了南疆，且其后相仿的段子层出不穷，但没有能出其右者。

父亲的文笔非常细腻，描写生动准确，往往一句话、几个词就能让人感同身受，仿若目睹。比如，他在《进城》一文中，写家里装修，"动工时，楼上楼下的邻居集中到我买的房子里开了个会，说你们这样拆，楼的主体出了问题怎么办？我女儿一扬脖子说：出了问题我负责！邻居们才没话说了"。这里"一扬脖子"的动作描写，就非常形象地刻画出了我的性格，读来令人忍俊不禁。

父亲写文章非常善于选材，我常常觉得无事可写，但在父亲眼里，处处都有题材。这本文集里不仅有许多写人的纪念性文章，如写自己的母亲、父亲、奶奶、姑妈、岳父、妻子、女儿、外孙、儿子、儿媳、族人、邻居、熟人、老乡、同事、老师等；还有许多写物的，如写自家的驴、猫、鸟、庄稼、自行车，甚至一把老铁锨，也能写出一篇怀念文章来。这说明父亲心思细腻，非常善于观察和分析。

父亲的文章文风很清新，真诚、朴实，像山间潺潺的溪流，自然流淌；像健谈的老人谈天说地，娓娓道来，毫无忸怩之态，绝不牵强造作，非常容易引起人的共鸣。比如在《学做公公》一文中，他这样写道：

"我仅一个儿子，没当过公公，初和儿媳妇相处，总觉得处处别扭。我是农村人，有些落后的生活习惯，说话粗喉咙大嗓门，走路声音大，咳嗽又多。媳妇是独生女，性格温柔，体弱胆小。一天儿子悄悄对我说：'你以后说话声音小一点，走路脚步轻一点，尽量少咳嗽。你说话一惊一乍的，她还以为你在骂人呢。'我从此不敢大声说话，走路尽量放轻脚步，咳嗽时用手捂着嘴，但觉得很不习惯。"

在核校稿子时，读到这里，我忍不住哈哈大笑起来，因为父亲写得太真实自然了，让人感同身受，犹如亲临。两个女儿听到我的笑声，问我笑啥，我读给她们听，娘儿三个笑成一团，许久才能平息。

这是让人欢乐的文章，还有一些文章读来令人心酸难受，比如写自己的妈妈难产身亡的场景，写解放军战士勇斗土匪英勇牺牲的故事，还有几篇悼辞，都令人满心酸楚。还有一些文章灵动跳脱，比如在《冬天的记忆》里，写自己和小伙伴们抓蝈蝈、抓跳鼠、掏蜜蜂、捉麻雀、挖锁阳、挖野菜，非常真实自然，让人仿佛看到一个孩子眼里美好的田园生活。

读了父亲写的文章，不仅了解了父亲，也了解了父亲的家族，了解了父亲生活的环境,还了解了奇台的历史文化。我觉得,父亲用他的心和他的笔,给我们呈现了他眼中完整的世界,见微知著,以小见大。

　　真诚、善良、上进、阳光,这些文章处处传递出这些可贵的品质,这也是父亲的品质。愿这些品质代代传承,永垂不朽。

影响我文学道路的一本书

我想，面对这个题目，很多人想到的是名著。我也读过很多名著，从古代的"四大名著"及"三言""二拍"等，到近现代国内著名作家的小说、散文、诗歌等作品，大都有所涉猎，但是要说对我文学道路影响最大的一本书，我不得不诚实地说，不是名著，是我父亲马振国自费出版的文集《耕耘记》。

我读书一向囫囵吞枣，像喝饮料解渴，喝过就忘记了。这些书只是开拓了我的眼界，提高了阅读鉴赏能力，要说对写作的帮助，还是不大，我思考过，原因可能是距离太远。而我父亲的书，却像家里的饮水机，源源不断提供纯净的饮用水，滋养我的心田。

我从小读父亲的文章。他从七十年代开始写作，仅在《昌吉报》就发表文章48篇，是《奇台文史》上稿量最大的作者，在电台、报纸、杂志等累计发表文章60余万字。2018年，我们把这些文章收集整理，又加入几篇小文，结集出版68万字的《耕耘记》。

这部作品集凝聚了我父亲的心血，每一篇文章都是对生活的热爱、对历史的真实记录、对美好生活的颂扬，都是从心底流淌出的最真挚的情感。

这部作品有家史的功能，记录了父亲大半辈子的生活。父亲少年时因家贫辍学回乡务农，但热爱学习，想方设法借书阅读，在农村也不放过任何学习的机会，最终从生产队的出纳、会计、规划员，到民办教师，在43岁时还通过自学考取了汉语言文学专业大专自考文凭。父亲一直笔耕不辍，目前75岁高龄，依然在坚持写作。

父亲的文风亲切、朴实、自然、生动，有些文字还非常有趣。比如，在《小猫咪咪》这篇文章中有一个情节：有一天，小猫藏在浴室柜里睡了一下午，害得一家人屋里屋外到处寻找，唉声叹气。出来后，"它还若无其事地伸了个懒腰，打了个呵欠，又跑去吃喝了。该死的东西，你把一家人吓得不轻，还像没事人一样，我不由得狠狠打了它一巴掌，它吓得一趟子跑到沙发下，还探出头来贼头贼脑地望着，好像在说：'我犯了什么错？'"。像这样生动有趣的文字，在《耕耘记》中屡见不鲜。

父亲的文章非常接地气，喜欢记录身边的人和事，过去的生活方式、过去的维吾尔族老邻居、过去使用过的工具等，哪怕是一把生锈的旧铁锨，都能在他的文章中占据一席之地。很多农村人爱看父亲的文章，说能反映他们的心声。

《耕耘记》中有对重大历史事件亲历者的采访形成的记录，有对家乡的赞美，有对家乡风土人情的描绘，景观、植物、动物、形形色色的人物，皆进入作品。可以说，《耕耘记》是对新疆农村从20世纪50年代到现在的生活的忠实记录，是一个时代的缩影。

父亲为人端方，不善钻营，虽然一辈子都是一个名不见经传的中学教师，但是他的人格魅力在他的文字中闪光，通过文章，影响我和弟弟的世界观。他教我们做一个真诚善良、豪爽热诚的人。文如其人，有这样性格的我，也显示在我的文风上。很多朋友都说，我的文章和父亲的非常像，都是贴近生活，文字朴实、感情真挚、积极阳光，充满正能量。

我少时也喜爱文学，但大专毕业后，没有机会从事与文字有关系的工作，加之走进婚姻和家庭，为琐事所困，只能与文学渐行渐远。2018年，当我逐篇整理父亲的作品时，少年时对文学的热爱慢慢在心底复苏，我情不自禁拿起笔，于是有了我的第一篇小说《太阳与月亮》发表在《回族文学》2018年第6期上，终于，我的人生在历遍人间风雨之际回归，与文学撞了个满怀。从此，我勤于练笔，给自己制定了每年完成无论大小和体裁100篇文章的目标。2019年，我完成了92篇12.6万字；2020年63篇12.2万字；2021年143篇10.5万字；2022年55篇6.5万字；2023年84篇7.1万字。五年来，我加入了新疆作家协会、新疆报告文学学会，成为第十一届上海创意写作班学员。部分诗歌、散文、纪实文学、小说发表在《西部》《奔流》《速读》《三角洲》《回族文学》《学习报》《中国邮电报》《山西科技报》《乌鲁木齐晚报》等报刊,获得2020、2022、2023年度《昌吉日报》"优秀副刊作者"称号及2023年度昌吉州作家协会"优秀会员"称号。2019年11月底,我创建了文学原创平台"书香婵娟",截止2024年4月编刊366期,刊登文章780篇(首),每一篇都经过我的认真校对和制作。虽然我取得的成绩还很微不足道,但是我还年轻,我有信心一定要在文学方面干出点名堂来,至少要出一本诗集、一本散文集、一本小说集吧。

在文学道路上,我庆幸有这样一位可以作为老师的父亲,我也很高兴能够与父亲有相同的爱好——文学。父亲对我的爱,我对父亲的爱,都在对文学的热爱和传承中得以延续和表达。

父亲的文学道路就是一本最耐读的书,指引我,激励我,不断前行。

父亲的两大爱好

　　我的父亲叫马振国,今年已经77岁了,但身体尚好,每天骑着电动车,背上交叉背着"长枪短炮"(二胡、谱架、音箱等物),风风火火地去文化广场拉二胡,每日如此,乐此不疲。母亲叫他早点回来,或者中间停下来休息休息,他总是说:"唱歌的人排着长队呢,哪有时间休息!"母亲为此十分生气,说他:"你给他们拉二胡又没有挣钱的,那么拼命干啥呢?把你累病下咋办?"父亲总是说:"你不懂!"我听了只能摇头叹息,也劝父亲注意休息,父亲嘴上胡乱应付着,实际上却不往心里去。父亲对音乐的痴迷,实在是叫人又佩服、又叹惋、又无奈,只好任由他去。

　　父亲出生于1947年,一生坎坷,幼年丧母,少时失学,大半生都在农村,经历了三年自然灾害、社教运动、"文化大革命"、拨乱反正、改革开放等中国历史上的大事件,成为这段历史的参与者、见证人、记录人。父亲自己也像一坛老酒,历经岁月的沉淀、生活的磨难,经历丰富而内心富足,愈到晚年,愈是醇厚。

　　父亲是因贫失学的。父亲是家中长子,兄弟姐妹众多,家里挣工分的人少吃饭的人多,所以,父亲虽然极热爱学习,仍然被爷爷从课堂逐到了黄土地,一颗汗珠摔八瓣,做起了地地道道的农民。然而,文化之于父亲,就像光明之于昆虫,那是一种无法自拔的吸引,在劳动之余,父亲总是想方设法地找书看。那时条件差,有书的人家少,他常常为了看书厚着脸皮赖在人家不走,书看完才恋恋不舍地离开。就是这

18

种嗜书如命的精神，造就了父亲，让他从一众农村青年中脱颖而出，先是做了生产队的出纳，再是会计，然后又做了民办教师，在任教期间到师范学校进修，并在43岁时以惊人的毅力通过了汉语言文学专业的自学考试，拿到了大专文凭，成为了真正的"文化人"，圆了自己半生的读书梦。有时候我想，父亲对文化的渴望，就是命定的劫数，辍学也好、劳动也好、养家也好，无论生活给出什么难题，不管在如何困窘的状态下，只要有一线希望和可能，他就义无反顾地扑过去，扑向文化的怀抱，最终成了它的宠儿。

父亲从二十世纪七十年代开始写稿，最初是投给县广播站、新疆人民广播电台、《昌吉报》，后来就发展到自治区的多家报纸，到晚年的时候最青睐的是《奇台文史》，一度成为《奇台文史》最勤奋多产的供稿人，成为奇台县机关事业单位无人不知的名人，甚至在昌吉州的文化圈也小有名气。

父亲这四十多年的写作生涯中建树颇丰，在各类报刊发表文章260余篇60多万字！对于一个业余作家来说，这确实称得上是高产了。

父亲一生两大爱好，一是玩乐器，二是读书写作。父亲在现有的条件下，把这两件事都做到了极致。玩乐器虽称不上大家，但经过几十年的磨炼，也算是略有小成，常用的乐器有二胡、板胡、扬琴。父亲走到哪里，就把乐队组建到哪里，身边总是围绕着一批吹拉弹唱的"乐友"，每日在广场撒播欢乐，时不时应邀参加个开业庆典去助兴，颇为自得其乐。就连我们家族的聚会，弹唱也成为一个必不可少的环节，父亲和姑父总是背着琴，而母亲和姑姑、叔叔们也会带上常用的歌词，在酒足饭饱之后，一展歌喉，良久方能尽兴而归。可以说，父亲的业余爱好，影响了身边的一批人，也给大家带来了不少欢乐。

父亲前半生虽坎坷，晚年生活却是幸福的，退休工资保障了父母的物质生活，乐器和读书写作丰富了父亲的精神生活。每天上午和晚上静静地坐在书桌前读书写作，每天下午风风火火地去吹拉弹唱，对于父亲的这种生活状态，我和弟弟都乐见其成。祝愿全天下所有的父母都长寿安康，物质丰盈而精神富足，像我的父亲一样！

我教父亲玩手机

　　现在智能手机在全社会普及了，大人小孩天天抱着手机看，七十多岁的父亲很不理解。我告诉他，智能手机就是一台微型电脑，不仅可以打电话、发短信，还可以玩微信、听音乐、看视频、发邮件、读书、导航，等等。

　　前几天，我动员父亲给家里拉了网，给父亲换了智能手机，于是，我开启了父亲的玩手机之旅。拿到新手机，换了卡，贴了膜，加了壳，下载了常用的软件，我从开机开始教起。

　　给父亲先教微信，其他人都会，他不会，无形中就被挤出部分社交圈了。帮父亲注册了微信号，指挥着他和我、母亲加成好友。把微信界面的功能一一让他尝试，让他打开音频电话，给母亲打电话，母亲坐在沙发上接，父亲不乐意，非叫母亲去卧室接听不可，对着手机大声喊"能不能听到？"在同一个屋里，两个人不通过手机也能听到呀。我和母亲都被父亲孩子气的话逗笑了。

　　教给父亲半屏手写，他写得还挺快。我让他加了小女儿，他把信息通过微信发给女儿，女儿收到后回复了，父亲开心地对母亲说"暄暄说她在写作业呢！"一副骄傲自豪的样子。

　　今天中午回家，父亲大惊小怪地对我说："卢校长跟我说话了，他咋知道我微信号的？"我也感到奇怪，父亲没加卢校长好友呀，怎么说上话的？父亲拿过手机，打开一看,原来卢校长在退休教师群里发了一个消息,打开手机时,在最小化的信息里,父亲只看到了卢校长的名字,以为是发给他的。我耐心做了解释,父亲似懂非懂点点头,表情有点失望。我想,得让他主动加几个好友了,这种期待别人给他发微信的心情我可以理解。

昨天女儿回来,给父亲下载了"网易云音乐",又下载了几十首二胡独奏曲,父亲就躺在床上听呀听呀,怎么也听不够。听着听着,他又爬起来,操起自己的板胡拉起来,估计他是听着人家的曲子有所领悟了。

给他下载了"好看视频",他天天抱着手机看,我回到家里,他兴奋地说:"这个好看视频太好了,啥信息都有,我爱看的军事节目和秘闻趣谈都有,都不用看电视了!"

今天中午我们做丸子,回到自己家才想起来,炸好的成品丸子没拍照,准备写文章记录奇台传统美食的制作方法呢,少张照片咋整?我忽然灵机一动,昨天教给父亲微信里传照片的方法,今天考考他。于是我给父亲打了微信音频电话叫他拍照给我,他为难地说:"没学会。"我说:"没事,再教给你,你先拍照。"他拍了照打电话问我怎么传,我让他用妈妈的手机操作传照片的程序,我这边说,他那边点,终于会了。我打开微信一看,他传给我的居然是视频。我又打电话过去说重拍,他找不到拍照和拍视频转换的按钮。我打妈妈的视频电话,叫他把妈妈电话的摄像头对准自己手机,指挥他点击,我看着。他终于拍到照片了,我一看,发现背景乱糟糟的,叫他把案板腾干净,重新拍。拍好再看,照片的底子一半是黑色案板,一半是白色地砖,叫他将手机旋转九十度,再拍。再看,把白色的窗子边拍进去了。叫他移动手机位置,再拍。再看,有个黑影,原来是他的手机挂绳,去掉挂绳再拍。再看,他把自己手指头拍进去了,再改,终于拍成功了,我的妈呀!

在我不断指挥父亲拍照片的过程中,透过视频,我听到父亲在不断责备自己笨,我只好不断安慰他,鼓励他。在我们不厌其烦地反复纠正后,我听到父亲自豪地说:"我还不信了,有多复杂,不是学会了?"我窃笑。

社会发展日新月异,我们作为子女,不能只顾自己当弄潮儿,还要照顾父母的感受,让他们也能享受高科技带来的便捷,让他们永远跟随时代发展的步伐,与我们一起并肩同行。这,也该是一种尽孝吧。

四十载天上人间

　　夜深人静,当我在万籁俱寂中写下这个标题的时候,脑中不由得浮现出唐朝诗人崔颢《黄鹤楼》中的名句"黄鹤一去不复返,白云千载空悠悠"。那诗中的黄鹤,多么像我们手中的时光,蓦然回首间,发现四十载倏忽已逝。四十年,天上人间!

一

　　四十年前,我七岁,刚上小学一年级。那时候家里经济条件差,记得我上学第一天,背的是妈妈手缝的花格子书包,装了两个本子、一只铅笔、一块橡皮,还有一块馍馍。那时上学在生产队里,一排土房子做教室,两个土墩子上担一块木板就是课桌,小板凳自带。上小学三年级开始,要到三公里以外的桥子村。那时上学都是走路去,冬天天亮得晚,妈妈总是摸黑起床给我们做早饭,我们吃了热腾腾的早饭出门时,天才蒙蒙亮。走到学校时,往往一身汗,外面呵气成冰,而我们怕迟到的学生却头上冒着热气。

　　那时候最常用的交通工具是毛驴车。快到过年的时候,爸爸会套上驴车,妈妈给车铺了毡,放了大皮袄,我和弟弟被安排钻进皮袄里,怀着无限的憧憬,跟着爸爸上街办年货去。当时最开心的事是能享受一年中仅有的买零食的机会,还可以下馆子,就算吃个炒面,也觉得是莫大的享受。

那时候已经能吃饱饭了,但吃得很单调,早晨一般是稀饭馍馍凉拌菜,下午就是一顿拉条子,一般都是素的,逢年过节才能吃到肉。那时候家里可以养猪,每年腊月二十四宰猪的日子,基本上家里是一片欢腾。记得那时除夕夜里吃红烧肉炖粉条,就是生活大改善了,而每一次我和爸爸、弟弟、妹妹都已经大快朵颐了,妈妈却在厨房磨磨蹭蹭不上桌,爸爸总是叫我们喊妈妈来吃,妈妈说着"来了来了,你们先吃,我不爱吃肉",再揉揉面或者炉子里加点煤,洗了手才来。往往我们已经吃得差不多了,妈妈却捡起桌子上我们啃得不干净的骨头再啃啃,吃两筷子,然后去给我们下面了。长大了我才明白,妈妈不是不爱吃肉,而是肉少,舍不得吃,省下让她正在长身体的孩子们多吃一点。后来在我上高中二年级的时候,妈妈因胆结石做了胆囊切除手术,虽然那时家里条件已经好了,可以经常吃肉了,但妈妈切除了胆囊导致胆管容易发炎,真的不能吃肉了,这成为我毕生的一件憾事。

四十年前,家里住的是土坯房。房子是父亲带着母亲和泥脱土坯,请了村里的乡亲们来帮忙盖的。墙是土坯砌的,墙根是砖砌的,屋顶前低后高,盖房子时依次上担子(相当于现在楼房的梁)、檩子、椽子、苇帘子、麦草、房泥。盖房子是个技术活,村里不管谁家盖房子,都会请个大工来砌墙、吊线、立木,还会请些亲戚、朋友、熟人来帮忙。大工要给工钱,帮工则只需还工即可。盖房子的工地上不许小孩子靠近,但好奇心强的我,偷偷站在不太显眼的地方观看。那时,我非常惊奇于那些工匠的技艺。

我印象最深刻的是砌墙。现在砌墙,如果是砖混结构的房子,砖与砖之间是用水泥浆来做黏合剂的,那时用的是泥巴。经过充分搅拌的泥被帮工们一锨一锨铲起端到墙根,墙矮的时候,直接把泥倒在正在砌的半截墙上。随着墙慢慢升高,站在地上扬起铁锨够不到墙头的时候,就会有专门接锨的男人上墙去,那人侧身站在正在砌的墙上,下面端锨的帮工端了盛满泥巴的锨过来,选择合适的角度,突然发力,将盛满泥的铁锨稳稳地平抛上墙,墙上站着接锨的男人一伸手,稳稳当当地接住飞到面前的铁锨把,把泥倒在墙上,再弯腰把空锨递下来,下面的帮工再铲泥、撂锨,循环往复。接锨的帮工,简直就像有魔法一样,仿佛是随意一伸手,铁锨像有灵性似的,自动就飞到了手上。现在回忆起来,那场景简直就像哈利波特骑扫帚一样自然又神奇。那时我常常在想,他们咋那么厉害呢?那铁锨也就是个勺儿锨,泥怎么就撒不出来呢?当然偶尔接得不好或者撂得角度不好的时候,在地球引力的作用下,连泥带锨会从空中降落，一大坨稀泥摊在地上，形成一个耻辱的印记，接锨的和撇锨的会相互埋怨，而同伴也会炫耀似的操作得更稳当并大声喝倒彩，院里院外墙上墙下欢笑声一片。

那时我们穿得很简单。春秋和冬季的外衣是一样的；冬天会在外衣下面加棉袄；夏天会好一些，短袖会有几件换着穿。记得我上小学二年级时，三姑给我买了一条白底雪青色花的连衣裙，在同学们羡慕的目光中整整美了一个夏天，这就算是很奢侈的了。那时大人的衣服常常是有补丁的，我们长得快，衣服没等到穿烂就小得不能穿了，给弟妹接着穿。妈妈心灵手巧，我们的衣服都是父母一起照着书裁剪，由妈妈动手缝的，因此衣服还是挺长面子的，但生活毕竟艰难，也有遮不住羞的时候。

记得我小学二年级时，一天下午班主任忽然来家访，不懂事的我蹦蹦跳跳地冲进家门给母亲报信，年轻的女老师已经随后走进了屋门。彼时，妈妈正在给我们缝被子，棉絮因为盖了多年，都成一团一团的了，需要用手撕开、摊平。妈妈手陷在烂棉絮堆里，头发上沾上了乱飞的小棉絮，看到老师进来，爱面子的妈妈涨红了脸，慌慌张张地跳下炕来，窘迫地不知说什么好。时隔近四十年，直到今天，我依然清晰地记得当时妈妈被人看到寒酸生活的难堪样子。

二

经过四十年的发展，我们的生活真是发生了翻天覆地的变化！

先说穿衣吧！我上高中的时候，听到已经工作的表哥说每到换季的时候要添置两套新衣服，觉得好奢侈，但是现在呢，淘宝、唯品会、微信朋友圈，几乎天天都会看到新款式，看到心仪的衣服，随时都会买；上班的时候天天换衣服穿，夏季出汗多，甚至一天换两三次。由于几年间身材基本没大变化，家里三个衣柜，挂得满满当当，天天换不同的衣服，可以整个夏天不重样。

再说住房，这些年间，我们的住房从土坯房到砖房，再到后来搬到县城砖混结构的楼房，拆迁后置换成现浇混凝土的抗震房。原来住多层需要爬楼梯，搬个家具累死人，现在住上带电梯的小高层，上下自如，房子又宽敞又亮堂，人心里也亮亮堂堂的。

吃的更不用说了，现在每天都跟以前过年一样，鸡、鸭、鱼、肉，随便哪天想吃都能随时买，但是现在富贵病普遍化了，人们讲究吃素食、杂粮、有机蔬菜，讲究吃得少吃得健康,注重养生了。

再说行,小时候坐驴车进城,后来坐四轮拖拉机下地,再后来坐公共汽车上学。记得我高考完没事干,陪同四姨去卖菜,看到一辆小轿车从身边耀武扬威地响着喇叭驶过,我羡慕地问四姨,那是什么车,四姨说是桑塔纳。那时我暗暗想,什么时候我也能坐上桑塔纳,那该有多神气啊!现在呢,我的代步工具是奥迪,已经开了十年了,觉得也就那样。

"幸福是奋斗出来的!"个人奋斗固然重要,可是大环境更重要。改革开放四十年,我们作为普通老百姓的一员,从自己的生活中切切实实感受到了生活的蒸蒸日上,这是改革开放的红利。我们是多么幸运的一代人!

今天,人们开始追求精神的享受,广场舞也好,老年乐队也好,各种自发的体育锻炼也好,老年大学也好,老百姓已经从过去为生存而努力奋斗变成了在乐呵呵、美滋滋地享受生活,这是党和政府多么伟大的功绩!

今天如果再登上黄鹤楼,我不想说"白云千载空悠悠",更想说"指点江山,激扬文字,粪土当年万户侯!俱往矣,数风流人物,还看今朝!"

梦中的小院

昨夜,我又回到了那个小院,那个长满了我童年记忆的院子。

院子是独庄子,四周再无人家,离得最近的人家也要三公里以上。院子独处绿色的海洋之中,房前屋后,是大片大片的庄稼地,麦田、玉米地、葵花地,植物的清香浸透了院子的每一个毛孔。晚上闭了灯,独坐院子里,闭上眼,仿佛自己也成了一株植物,血管里流淌的是绿色的血液,浑身散发着幽幽的草香。在银色的月光下,院子飘飘渺渺,像笼着轻纱的梦。它像大自然最宠爱的婴孩,被植物的清甜层层包裹,一阵风来,便似要乘风飞去蓬莱仙岛般,如梦如幻。

院子不远,自我家出发,沿着碱梁滩上自然形成的小路步行40分钟便到了。推开小院及腰高的小小的双扇木门,迎接我的是满院子的花,玫红色星星似的东方亮,紫红色巴掌般竖起的鸡冠花,大朵盛开的红里带着黄的像丝绒般柔软的美人蕉,花瓣层层叠叠碗口大的大丽花,花朵不大而色彩缤纷的太阳花,一串一串铃铛似的海娜花,长在高高的茎杆上饱满而旺盛的馒头花……秋天,白色的、红色的秋英,各色的菊花摇摇曳曳。一直到肃杀的冬天来临,小院才沉寂下来,沉入梦乡。

小院里的土地是沙质的,踩上去,好像总带着一点弹性。清早起来,我喜欢洒了水,用扫帚轻轻地扫。洒扫之后的庭院,清爽宜人。院子里有一颗苹果树,外公喜欢在树枝上挂两只鸟笼,方形的鸟笼,用黑布罩着,据说是方便鸟儿下蛋。鸟儿是几只虎皮鹦鹉,有蓝色的,有翠绿的,双双对对,叽叽啾啾叫着,扑腾着翅膀追逐嬉戏。发现有人看它,它们会停下来,用黑豆似的亮亮的小眼睛看着来人,似乎在研究来人的善恶。

房子坐北朝南,是一明两暗后面带厨房的格局。外公的房间在一进门的右手边,迎门是一张火炕。冬日里,我喜欢趴在火炕上看书,肚子下面暖暖的。外公坐在一边的炉子旁啪嗒啪嗒地吸烟,长长的烟锅子,黄铜的烟嘴,一明一灭,静谧无声的夜里,岁月静好,满室安然。

房子东面有一颗桑树,枝繁叶茂。每到桑葚成熟的季节,我会拿个小盆去摘桑葚,自家的桑葚,是等到成熟才摘的,那个甜哟,真是比蜜还甜！吃完桑葚,手和嘴巴都是紫黑的,即使这样,我还是开心得不得了,咧着黑嘴傻乎乎冲人乐。

房子后面是菜地。春天的韭菜、小白菜、包包菜、毛芹菜、雀儿头萝卜,夏天的豆角、辣子、茄子、西红柿,秋天的萝卜、洋芋、大白菜,所有的菜都是施的农家肥,长得新鲜而旺盛。这样的菜,味道异常鲜美,哪怕只是用水焯焯,泼个清油葱花,拿点盐、醋拌拌,那也是绝佳的美味。

菜地旁边有一架葡萄,是一颗无核白和一颗马奶子葡萄。无核白先熟,葡萄不大,但特别甜。无核白吃完,马奶子差不多就熟了,马奶子葡萄有籽,但个儿大,有成年人的指头肚大,一颗颗莹润饱满,晶莹透亮,吃一颗,甜到心里去。

院里有可亲可爱的外公、外婆。外公有一蓬白胡须,抽一个长长的带玉石嘴的铜烟锅子,永远都是笑眯眯的。外婆总是穿一件青色的斜襟褂子,整洁干练,再忙再累,头发也一丝不乱。外公、外婆日出而作,日落而息,遵循天地万物的规律,过得自在而惬意。

外公、外婆的小院,是童年的天堂,刻在我的生命里,印在我的骨头上,流在我的血液中。任岁月烟尘滚滚,它超然世外,鲜活如初,历久弥新,永不褪色。

站成一株白杨

我有许多成年单身的女性朋友,有的是家庭离异,有的是一直未婚,她们大多数有良好的修养、姣好的外貌、经济独立、为人和善、心态阳光,让人纳闷的是,如此优秀的女士,为何会多年单身呢?

一位朋友对此发表过观点:大龄的女性青年未婚,往往是自身条件好,内心有一份宁缺勿滥的坚守,决心等待和守护真正的爱情,不妥协,不将就。

这样的女子是值得敬佩的,她们对生活的热爱是认真的,对自己的人生是负责的。

其实,哪个女子不渴望有一副坚实的肩膀能够倚靠,生活中遇到困难时有人能第一时间伸出援手,受了委屈可以面对一个人肆无忌惮地哭泣,远行的路上有人陪伴,家里电路跳闸有人检修,下水道堵了有人修好,拿不动的重物有人分担,黑暗的地下车库有人照亮,生病了能受到暖心的照顾,成功时听到鼓励"老婆你真棒!"

那真是一种令人渴望的生活,是一个灵魂对另一个灵魂的陪伴。

生活中有这样一个人,在车上打着火等你下楼,陪你去医院做各种检查,带你参加聚会并自豪地把你介绍给朋友,给你一个固定的身份和地位,你就是谁家的媳妇,谁的老婆谁的妈,无需辩驳,无可更改,理直气壮,天经地义!

这是一种归属感,一个生命与另一个生命血脉相连,不再如浮萍飘荡在天地之间,不再如不系之舟,空空荡荡无所依凭。

谁说那不是一种幸福?

但这种幸福常常可遇而不可求。

有时候仰慕你的那个人是别人的夫婿,不管他过得好与不好,良知和道德都不允许你参与别人的家庭。有时候你仰慕的那个人眼睛放在别处,对你视若无睹。有时候走近你的人令你尴尬难堪避之不及,因为他们或者自恋自大,或者教养堪忧,或者不良嗜好缠身,或者滑溜得没有任何担当。

让人不由得不套用一句曾经非常流行的话:好男人都去哪儿了?

于是,坚持忠实自己内心的你,不妥协不将就的你,优秀出色的你,活成了一株别人眼中坚强自律的白杨!独自面对风霜雨雪,不贪慕浮华,不攀缘附就,留给世界的只有坚定和强悍!

可是在这个世界上,如果没有一双有力的臂膀呵护,女人坚强的背后是无处可诉的心酸,展现给世界的坚强是不得不撑起的盔甲。有谁能看到你几乎支撑不住要断了的双脚,你簌簌发抖不得已藏在袖中的双手吗?有谁能看到你淡定背后紧咬的牙关,还有你笑容背后流进肚子里的泪水吗?

生活总是给你迎头一击再给你一个甜枣。你在努力坚强的时候渐渐变成了别人眼中的风景,不知不觉中,你的能力、学识、修养、气度都跨进了一个新的境界,回过头来再俯瞰你咬牙坚持的曾经,那完全是小儿科!感谢生活的磨砺,叫你头破血流的同时也叫你走向成熟。

你最可贵的地方在于:生活给了你无数次的失望,你依然相信爱情;不管你被伤害多少回,你依然选择做一个好人;不管周围有没有光亮,你的内心总有一轮温暖的太阳!

祝福你,我的朋友!我相信,生活最终会被你努力的样子打动,会把那个仰慕你而你又对他有感觉的人带到你的面前,你唯一要做的,就是修炼自己,让自己成为光,成为爱,成为你想要的幸福!

冰　花

偶然间，从一个朋友的"美篇"中，看到了几张冰花的照片。如同与多年不见的老友无意中重逢，那种惊喜又激动的强烈情感，几乎叫我惊呼出声！

冰花，美丽的冰花，承载着我多少美丽温暖的记忆！它们像一幅幅旧照片，深藏在我的心灵深处。这无意间的触动，仿佛一只无形的手，拂去了照片上的浮尘，露出它原本的明艳。

记忆里最初的冰花，出现在我年幼时家里的窗户上。那时我不到十岁，家里的房子半旧。外间一张土炕，里间算是客厅，兼做我们的书房、起居室。当地架一个火炉，长长的洋炉筒子呈"之"字形从大床的顶上伸出墙外，这就是取暖的设施。

小时候，家乡的冬天特别冷，屋子的门窗都是木质的，用久了难免有大小不等的缝隙，晚上睡觉脸上都觉得有冷风吹过。早晨起来，两个窗户玻璃上都有厚厚的冰花。我曾经仔细观察过冰花，它们大多数是有规律的排列，极像南国丛林的植物，叶子的脉络清晰无比，简直就像哪个调皮的孩子，把叶子贴在玻璃上，用冰雪做颜料描摹的一样，特别神奇。每一块玻璃上的图案，总体风格一致，都是热带植物的样子，但具体形状各不相同，仿佛是一群冰雪精灵在比美似的，风度韵致各有千秋，难分高下。

那时候我和爸爸、妈妈、弟弟、妹妹生活在一起，物质条件虽然不是很好，只是能够维持温饱而已,生活平淡琐碎,但是一家人在一起其乐融融,很温暖,很舒心。第一帧冰花旧照片,承载着暖暖的亲情。

第二幅冰花的美照,在我初中宿舍的窗户上。那时候,我在西地中学上初中,住一间大宿舍,地上生一个铁皮炉子,晚上睡前虽然也会添煤,但半夜里火下去了还是会冷的。早上起床,宿舍的窗户上便会结满美丽的冰花,不过不再酷似热带植物,常常是天上星星的样子,花纹分布很均匀,很清晰,诠释着冰清玉洁。

我人生中最初的真正的友谊就开始于那间漏风的宿舍,秦月惠、杨凤华、徐志红,我们四人真是亲如姐妹,饭菜一起吃,上课一起去教室,轮流去对方家里过周末。至今,我还记得秦月惠的妈妈家那甜甜的哈密瓜,杨凤华的妈妈拌的凉拌菜,还有徐志红作文里的红柳花。

从那时建立友谊到现在,已经过去了30多年,我们都各自成家立业,生活在不同的城市。尽管各自境遇大相径庭,生活常常整得我们狼奔豕突、一地鸡毛,但我们还是有四人的微信群联系,尽管好长时间不能见面,但不管分开多久,心与心的距离,从未远离。第二帧冰花旧照,承载着浓浓的友情。

随着社会的不断进步,人们的居住条件在不断改善,门窗换成塑钢门窗后,没有冷空气侵入的缝隙了,冰花就彻底从我们的生活中消失了。

与第三幅冰花不期而遇在朋友的美篇中。这个朋友擅长摄影,很日常的景物,出现在他的镜头下,就如同添了仙气儿,变得精美绝伦。我常想,能拍出这么美的照片的人一定有一双善于发现美的眼睛,有一颗善良而易感的心灵,有极敏锐的艺术触觉。后来了解到,他果然是一位艺术家,擅长写作、书法、篆刻、摄影。但在现实生活中,只适合去拿画笔的手,却不得不为了生存,去拿各种各样的工具。艺术与生活的矛盾,在他的世界里,比什么都尖锐,一如我自己为生存而付出的努力。第三幅冰花,承载着淡淡的怜惜。

不管怎样,感谢生活,让我在欣赏到美丽冰花的同时,还能被那么深厚的各种各样的情感所包围,感谢生活赐予的一切。

消失的信,永远的光

"想给远方的姑娘写封信,又怕没有邮递员来传情……"

当年,这悠扬动听的小夜曲传遍大江南北,一代人耳熟能详。它不仅给了我们极致美妙的音乐体验,更传递出一个消息,曾经,书信在我们的生活中扮演着多么重要的角色!家人之间、同学之间、恋人之间,多少牵挂,都由一封小小的信函承载,多少深情,都由一方小小的邮票传递。我们熟悉的余光中的"乡愁是一枚小小的邮票,我在这头,母亲在那头",还有《傅雷家书》,都给一代人留下深刻记忆与美好体验。然而,随着现代通讯业的飞速发展,当智能手机成为生活中人人的必备品时,书信断崖式地从生活中消失了。

多少乐趣随之消失了!

还记得二十世纪八九十年代,我读初中、高中的时候,曾经给很多同学写过信,也收到过很多同学的来信。那时候交通不便,在一个沉闷漫长的暑假里,每当放飞一只信鸽,默默等待对方的回信就成为生活中最重要的内容,下地劳动、在家打扫卫生、做饭等日常简单平庸的生活,因为有了一份美好的期待,日子多了很多色彩。

总是等着盼着,一天天地巴望着邮递员骑着绿色的自行车停在我家门前,从绿色的帆布大包里翻出一封信来,笑眯眯地喊出我的名字。心扑通扑通跳着接过那封信,一封普通的信件也变得烫手,仿佛因为邮递员暧昧的目光而变成了承载着秘密的了不得的信件,强自压抑心跳,慌慌张张跑回自己的屋里,拆开信件,直到读完,心神才安稳下来。

记得那年正读高三,无意间在报纸上读到一篇文章,作者晓峰是吉林省一所中专学校的学生,文章的题目大概是《我不哭泣》,文笔很优美,观点却不是我所赞同的,于是,一腔孤勇下,作为文学青年的我,以与原文很接近的文笔写了一封信给那位作者,表达了相反的观点。本来以为是一封有去无回的信,不料竟然会在某个平常的午后收到陌生地址的回信,潇洒大气的字体冲击着我的眼睛,由此,多了一位爱好文学的笔友。数年后,通信渐渐少了,最终失去音讯。然而,在高三高四那两年里,在我人生的至暗时刻,与文友的通信成为我压抑、苦闷、黑暗的生活中唯一的光,使我保持对生活鲜活的幻想和热爱。

大概每个月能收到一封回信,我或者对方写了什么已经不记得,但那些信件对我的影响,却长久地留在我的记忆里。还记得有一次是在中午接到的信,本应该赶快回租住的小屋去做饭,我却迫不及待打开了信件,站在学校大门口的影壁前读信,完全无视乌央乌央从我身边经过的同学奇怪的目光。今天想来,那情景像电影中的慢镜头:一位少女立在一个高大的影壁前激动地捧读一封书信,她的身侧,一群一群的同学如潮水般漫过,而她立在那里,像立在海浪中的礁石,一动不动,阳光透过头顶的枝叶打在她身上,镀亮了她的剪影。

别人的书信最终去向我不知道,我所有学生时代的信件,拆去信封,按照来信人员和时间分类排序,平展展地摞在一起,装进了一个牛皮纸档案袋,与我的十几本日记本放在一起,几十年中有近十次搬家,都没有遗失,被我收藏在最稳妥的地方。

那些信件,是我人生之路上的烛火,是我青葱岁月里美好真挚情感的见证,柔软,温暖,照亮我的一生。

坐班车的日子

在新疆奇台，把通乡村的公交车叫作班车。记忆中最早坐班车的印象，来自于二十世纪八十年代，我上初中的时候。那时家在奇台县西地乡桥子村，每周末或者骑自行车，或者坐班车去西地中学。后来在奇台县一中读高中，大致每月一两次坐班车去县城。再后来在昌吉市读大专，每年两三次坐班车去昌吉。

坐班车去的地方越来越远，往返的频率越来越低。

至今还记得那些从家里去西地的日子，班车总是挤得满满当当。一般都跟同学一起坐，先上去的人占位子，一路上就可以窃窃私语，或者说点某个老师无伤大雅的坏话，或者传点班里的小新闻，接近一个小时的车程，很快就到了。

这样的班车，往往会变成一个小社会，一个临时的小社交圈。常常能听到一些中年大叔的高谈阔论，或者谈论农产品的价格，或者说说某家子女的出息，或者说某某发了大财，或者说某某倒了大霉，等等。基本上半数以上的人彼此熟悉，因此，就像说相声一样，有一个逗哏的，又有三两个捧哏的，一路上高声大嗓，旅途绝不寂寞。不像现代城市的公交车，身边都是陌生人，人人都板着一张毫无表情呆板的脸，旅途充满冷漠。

八十年代，人们最常选用的出行方式就是坐班车，因为骑自行车冬天太冷了，而赶马车或者毛驴车吧，速度慢而且不方便，也冷。但那个时候，汽车还是个稀罕物，一个村里只通一辆班车,而且一般只跑两个或者三个班次,供大于求,非常拥挤。尤其是在人员比较集中的候车点,上车是非常困难的一件事。那个时候,人们没有排队的习惯,上车后才买票,先上去的人有座位,后上去的人只能站着,因此每次坐车,几乎都是一场争夺赛、肉搏战。

关于挤车,印象最深刻的有两件事。

一件是在上高中的时候,我那时刚买了一双黑色高跟鞋,不太习惯,走路有点不稳当。在桥子大队等车的时候,脚就已经站得疼了。远远地看到车来了,人们一窝蜂地迎着车跑过去,我在外围较远的地方,只是看着,知道自己实力不够,小姑娘也害羞,不愿跟人抢,因此站着没动。谁知那车却转了一圈停在我面前,正欣喜间欲上前,却被蜂拥而至的人群毫不留情地冲到了外围,不仅如此,穿着高跟鞋立足不稳,还被人推倒在地,屁股摔得生疼。这是我第一次体会到世界的弱肉强食,生存竞争的冷酷无情,因此印象特别深刻。

另一件也是上高中时候,我跟着父亲去奇台车队院子里坐车。那时车停在大院里,司机不在,我们早早就站在车门前等候了。父亲叫我站在他前面,准备好第一个上车。坐车的人陆陆续续来了,以车门为中心点形成了一个半圆。刚开始大家还松松垮垮地站着,时间到了,司机来了,后面的人骤然间开始发力往前冲,我惊恐地感受到了来自后方叠加的力量。车门还没开,父亲双手撑着门边,用自己的脊梁对抗着后方汹涌的力量,尽量给我留出空间。我觉得父亲就像一个勇士,用尽全身所有的力气在保护我。那段时间,其实也就是两三分钟的样子,我却觉得那么漫长,看到父亲撑着门边的胳膊青筋暴起,我异常惊慌,害怕后方众人的力量伤害我的父亲。随着"噗嗤"的气门声响起,车门终于开了,我赶快上车坐上最近的座位,父亲也上来了,像一个得胜的将军,自豪地坐在了我身边。

那是第一次深刻感受到来自父亲的呵护,因此,三十多年过去了,留在心上的惊慌和幸福的感觉,却清晰如昨。

后来坐班车去昌吉市,那时路不好,常常需要走一天,但是周围都是陌生人,一般车厢里都是沉默。偶有不甘寂寞的陌生人会搭讪聊起来,话题却往往不能持续,大多数的时候还是寂寞。

再后来,到2000年前后,小汽车开始普及,越来越多的家庭购置了小汽车,甚至不止一辆,班车的生意就慢慢淡起来。2010年前后,从四十多个座位的宇通大客车,换成了十一座的三农中巴车,奇台县城发往各乡镇的班车频率大大降低,有些乡镇一天只发一班车,看来奇台县班车即将退出历史舞台。

我的第一辆汽车购置于2010年,从那时起,就再没坐过班车。去哪儿都开车,甚至去小区门口超市买菜,都开车去,买了菜把车开进地下车库,直接坐电梯进家门。

随着科技的发展和生活水平的提高,出行确实越来越便捷了,但是,人与人的距离越来越遥远了。尤其是驾车往返于昌吉和奇台两地的时候,常常是一个人,寂寞如影随形。因此,我常常会怀念那些坐班车的日子,那满车的人挤人,满车的高谈阔论,满车的哄堂大笑,满车的人间烟火气。

春节出行变迁记

记忆里最初的春节外出拜年，交通工具是毛驴车，那应该是我七八岁时候的事情，那时我的家在奇台县西地乡桥子村。

小时候最开心的事情，莫过于过年。二十世纪七十年代末，家乡人们的生活跟全国大多数地方一样，还处在贫困的边缘。能吃饱饭，尤其是细米白面，就是那个年代人们最大的追求了。日常都是粗茶淡饭，过年可以吃到满口肉，可以吃到各种花样的饭菜，还可以有新衣服穿，可以放鞭炮，可以去亲戚家拜年，可以看到父母的笑脸，满满的幸福回忆！

大年初二的早晨，早早吃了饺子，父亲就会套上毛驴车，拿了干净的毛毡铺在车上，做好出行的准备。母亲则给三个孩子换好新衣服，收拾妥帖，拿上拜年的礼行（我们当地把礼物叫礼行，常常是糕点、罐头、酒等），把孩子们一一安顿到车上，再拿了大被子裹住，一家人就喜气洋洋出发了。

从桥子十四队到沙山子三队，驴车一般要走一个多小时，那时候感觉路非常遥远。一路上，品着甜甜的糖果，看着白雪皑皑的原野，呼吸着新鲜的空气，听着驴脖子的铃铛叮叮咚咚，伴着父母的闲谈，感觉生活是如此美好。那也算是苦中作乐了。

二十世纪八十年代后期到九十年代，人们外出拜年的交通工具以班车为主了。大年初一人少，从初二到正月底，班车就没有哪一班是有空座位的。四十座的车，人们挨挨挤挤像现做的沙丁鱼罐头，最多的时候能挤得下八十多人。我曾目睹半道上坐车的情景，因为从车门进不去，里面的人打开后排的窗户，外面的人从窗户爬进去，填充进人缝里。

虽然挤，但大家都是乡里乡亲，容易相互迁就和容让，谁踩了谁的脚，"哎哟"一声就完了，不会发生口角。更常见的情形是相互间热热闹闹地问好，说说笑笑地聊天，交换各种信息，甚至一个在车头，一个在车尾，有问有答，惬意自在，不怕打扰了旁人，乘车人也不以为意。大家都像是一家人，彼此包容，人际关系宽松、透明、舒适、自在，透着那个时代特有的淳朴气息。

虽然说有时候也会出现一些小意外，比如，过年的新衣服弄脏了，拜年做礼品的罐头打碎了，孩子的头碰了，漂亮女士的长裙子被暖气管子烤糊了，不一而足，但都无伤大雅，只不过成为人们拜年时谈天的花絮，装饰各家的餐桌而已。能够各自到达目的地，填充了等待的亲人们殷殷期待的目光，充实了各家虚位以待的沙发，融入亲人相见的喜悦中去，那才是最为重要的。

坐班车的时代，拜年的行程挺远，但人和人的心却很近很近。

2000年后，县城的汽车渐渐多起来，不光出租车多了，私家车也多了。人们的生活水平在一天天提高，平时可以省吃俭用，过年时往往家家慷慨大方，外出拜年有车的开车，没车的租车，既不必受冻，也不必挨挤，出门时梳得光溜溜的头发，到了亲戚家还是保持原样，出门时擦得铮亮的皮鞋，绝不会多一个脚印，一切都变得妥帖有序。

改革开放四十多年，人们的物质生活水平迅速提升，生活方式发生了巨大的改变，人们从外出拜年出行方式的演变上，就能明显感觉得到社会的进步。

这本来是一件好事，可是，也许是年龄渐渐增大的缘故，我却常常会思念过去拜年出行的方式。小时候坐驴车虽然冷，可是在野地里散散心，亲近大自然，也觉得很开心。后来坐班车虽然挤，可是人与人亲密无间，大家都像一家人，心与心离得很近。现在条件好了，各开各的车，舒适度增加了，但是人们的距离远了，人际关系变得冷漠了，疏远了。

没有了公共的交通工具，人们失去了一个天然的社交场合，失去了更多自然而然的精神交流的机会，这不能不说是一点遗憾。

换锅记

　　每逢新年,生活在北方的人们有添置锅灶家具的习俗,寄托着新年新气象及添丁进口、家里人丁兴旺的美好愿望。今年,我琢磨着给父母换一口新锅,原来的一口炒锅因年深日久锅底被铲走了一半,凹了进去,快穿底了。

　　由于父母都有物尽其用的生活习惯,因此换口锅需要先做妈妈的思想工作。我先说这口锅坏了不能用了,然后又说我前段时间换了一口不粘锅,炒菜特别好,没有油烟。妈妈同意了。我经过查看货品说明、用户评价,货比三家网购了一口不粘锅。一周后锅到了,发现尺寸比平时用的小了一号,于是退货。

　　重新选锅,看到一款带微压的,颜值也高,征询妈妈意见后我下单了。

　　在等待新锅的过程中,我一边忙着打扫卫生,一边为换锅的事担心。

　　去年春节前,我和弟弟买回了成套的新碗、新盘子。父母一见就说家里碗好好的,干嘛买新的? 其实我早就想换了父母日常用的餐具。

　　有一次,我和小女儿从昌吉市回来,妈妈做了拿手的过油肉,按照日常的习惯,用一只白色搪瓷盘子盛了菜。我忙着拉面下面,喊女儿帮我拍照发朋友圈。结果一条评论让我红了脸。朋友说:"你该换餐具了。"这是我第一次透过照片审视那个盘子,一个用了40多年的盘子,大小用来吃拉条子刚刚好,然而,岁月在它的边沿上留下了无数的印痕,盘子边沿的瓷大多被碰掉了,露出黑色的金属坯,于是盘子的边沿黑白交杂，像一个习惯了贫穷的人穿着件有皮没毛虫叮鼠咬的油黑的破皮裤子，天天穿着没感觉，今天突然站在了舞台的聚光灯下，无与伦比的难堪。

从那时起，给父母换套新餐具成了我的执念，然而每每提议，总被否决。终于趁着弟弟回家，我们来了个先斩后奏。

妈妈比较通情达理，夸买的碗盘好看，爸爸见已成事实，叨叨几句也就无奈接受了。

可是，如何把家里的旧碗盘丢出去，是一个难题。爸爸看到铁定会阻止。如果旧碗盘不丢出去，新碗盘便只能在橱柜里落灰，毫无价值。

那些旧碗来到家里是四十多年前的事儿了，那是一些敞口粗瓷带蓝边的白色饭碗。连我一直生活在农村的二姑，一次来家里吃饭的时候，都说这些碗该换了。

于是，我先给妈妈打了招呼，然后在饭后洗碗的时候，把六只旧碗偷偷摆在了地上。在离开妈妈家的时候，看到爸爸卧室的门关着，偷偷把旧碗装进塑料袋，放进了垃圾箱。我知道，次日我可能会挨骂。

果然，爸爸第二天努力压着火气质问我："你把我好好的碗扔掉干啥？"

在我的担心中锅到了。弟弟把新锅安装好，爸爸把它摆进了储藏室。

次日我看到后，狠了狠心，悄悄把旧锅扔了。果然又被责备，不过也许是习惯了，爸爸批评几句就收兵了。

本以为就此安稳，谁知道，再回来，收获了一堆抱怨，妈妈说这个锅盖揭不开，我解释因为新锅是微压的，密封比较好，需要一只手提起锅盖上的气阀，一只手揭盖才能揭开。爸爸说那干脆把气阀扔了吧，我吓了一跳。妈妈说用起来太麻烦了。爸爸又说锅把子摇晃，不结实。由于这个锅娇气，只能用硅胶锅铲、勺子，爸爸说抽屉里东西太多太乱了。总之，一无是处。

大年初二做大盘鸡，鸡是土鸡，久炖不熟。爸妈问我："你不是说这是高压锅吗？"我无言以对。

下午，我去到农贸市场，重新买回了一口最普通的双耳铁锅，那是妈妈想要的。

爸爸问："怎么又买锅？"我说："这是天天用的东西，我不想让你们不称心。"

爸爸又说："那个锅怎么办？"我说："你们嫌弃，我带走吧。"

爸爸说："锅铲、勺子也拿走。"

终于败给他们。

年味儿

曾经很多次听人们谈论说,现在的年味儿越来越淡了,我有点不以为然。

自从喝了腊八粥之后,人们便开始掰着手指头计算过年的时间,安排过年的准备工作了!

千百年来的传统,人们对过年非常讲究,要彻底打扫除尘,要彻底清洗家中所有被褥、衣服、窗帘,要给一家老小添置新衣,要宰猪、杀羊、买牛肉,要蒸馍馍、包子、花卷,要炸丸子、油馃子,要包饺子,要卤牛肉、猪蹄、鸡爪子,要买干果、水果、蔬菜等,还要去银行换新钱备着给孩子们压岁钱。

以上所有的准备工作基本就绪,也就到了大年三十了!

这一天,就已经进入了新年的序曲。年三十要贴对联、福字,挂灯笼。年三十的中午要吃汤饺,里面下上粉条,寓意金线吊宝,祈求来年财运昌顺。三十的下午,要专门新做烧纸用的汤饺。热热的汤饺子做好,装进保温桶里,拿上预先准备好的祭奠先人用的纸钱、纸衣、纸质各色用品、水果、干果、油馃子、包子等,到野外去烧纸。也有去坟上烧的,比较少,大多数人家是在野地里画两个圈,将纸钱等物一分为二,爷爷奶奶这边的先人们烧一次,姥姥姥爷那边的先人烧一次。烧纸的同时,将各种供品掰开了撒在纸堆前,磕头,念叨着请先人们回来收钱、吃饺子,请先人们保佑儿孙们平安健康。

年三十晚上的烧纸是春节最重要的活动,大家约定俗成,成为习惯了。我认为,这个习俗非常好,一定要传承下去,借以感念先辈、培养子女孝心。

烧纸回来就该煮肉了,除夕夜吃手抓肉叫"装仓",寓意来年庄稼丰收、食物富足。现在人们的生活条件好了,年夜饭七个碟子八个碗,很丰盛,在我们小时候,能吃到手抓肉,就很满足了。

除夕夜是家人团聚最重要的一个时间节点。在外的游子,时间再紧张,一般都会赶在年三十回到家乡,陪着父母共度除夕夜,新疆奇台叫"三十黑夜"。想象一下,锅里热气腾腾煮着羊肉或牛肉,空气里飘着浓浓的肉香,一家人说说笑笑看春晚、放鞭炮,那是多么的祥和热闹!

尤其是放烟花,值得一叙。小时候,烟花的种类比较少,大多是"钻天丝""金喷泉""飞碟""球头火箭"这几样。父亲早早买了烟花和鞭炮回来,妈妈就要放在火炕靠墙的地方,压在毡下面捂着,说让鞭炮彻底干透了,到时候炮声又脆又响,不会出哑炮。我和弟弟就常常惦记着那些鞭炮,出出进进都要在炕上瞄一眼,好像怕那些宝贝会无缘无故飞了似的。空闲的时候,母亲会允许弟弟从那挂长鞭上拆下来一只一只的鞭炮,拿个小盒子盛了,弟弟美滋滋地不时在院子里放响一个两个,仿佛"年"真正到来之前的序曲。

终于盼到三十黑夜能放炮的时候,甚至都等不到嘴里的肉咽下去,弟弟就提议去放炮。父亲叫弟弟去拿鞭炮和烟花,自己则用火钳去炉子里夹个"火仔"(烧红的小煤块)小心放在门外的台檐上。一家大小都穿了棉衣出门观看。父亲先是点燃一挂长鞭,噼噼啪啪炸一通,随着噼啪声,火光四射,碎屑飞溅,浓浓的火药味弥漫开来。小孩子又要看,又害怕,歪着脑袋,拿手捂着耳朵,半眯着眼睛瞄着。

烟花被点燃的时候,是我们最幸福的时刻,又紧张,又快乐。一个彩色的小飞机,捻子被点燃的时候,"嗖"的一声,带着火光飞走了,似乎视线都来不及捕捉就湮灭在夜空里。"球头火箭"的样子有点像现在盛薯片的纸筒,点了捻子之后,一只只彩色的光球次第飞出来,带着呼啸声直窜夜空,"啪"的一声,在我们的欢呼声里,在高空中炸开。"金喷泉"适合小孩子玩,点燃之后,原地转圈,嗤嗤地喷着金色的小火焰。放"钻天丝"基本是弟弟的专利了,把理顺了捻子的"钻天丝"插在雪堆上,小心地夹着"火仔"走近它,点了捻子,回头就跑,边跑边嘎嘎地笑。其他人都笑着,目光跟随着"钻天丝"窜进夜空,"啪"的一声爆响,炸出一朵灿烂的火花,又归于寂静。所有的烟花都放完了，一家人心满意足地搓手跺脚进门，看春晚去。

有些人家讲究守岁，三十晚上不睡觉，我们家不讲究这个，累了就睡，遵循自然规律。还有些人家从初一到初三不扫地，怕把福气、财气送走了，我家不讲究这个，每天都要打扫干净。对于传统的过年习俗，我们遵循的是鲁迅先生所说的"扬弃"原则。

大年初一要吃饺子，饺子形状像元宝，新年伊始吃饺子，寓意添财添福。大年初二是女婿回门的日子，家家户户都有客人上门，热热闹闹摆一桌，欢欢喜喜喝二两，举世皆醉。初三之后晚辈给长辈们拜年，姑姑、姨姨、叔叔、舅舅家，又往往几家人约了往同一家去，热闹一番。

大年初七是"人日"，有些地方有吃七宝羹、戴人胜、出游、登高、捞鱼的习俗，在奇台是吃长寿面。为什么叫"人日"，据说是女娲娘娘造出了鸡、狗、猪、马、牛、羊等动物后，在第七日造出了人，所以这一天是人类的生日。这个节日在魏晋之前，是一个单纯的祭祀的日子，在魏晋之后，开始加入了除祭祀之外的庆祝活动。汉代《占书》中记载"初七人日，从旦至暮，月色晴朗，夜见星辰，人民安，君臣和会"，这个象征平安的节日延续到了唐朝，"人节"就成了一个很受重视的日子，不仅仅有祈祝安康的意思，还有了思亲念友的味道。"长寿面"其实就是臊子面，因手擀的面条很长故而寓意长寿的美好期许，一般在生日之际是一定要吃的。在"人日"吃长寿面有祈祷家人长寿的意思。

再之后就是同学亲友的互拜，一直到正月十五。正月十五是元宵节，在奇台一般会有"社火"，舞狮子、踩高跷、划旱船、扭秧歌，锣鼓喧天，热闹非凡。这一天是热闹的极致，过后，"年"便算是过完了。

这样的年节习俗，从小时候到现在，每年都是这样。我想，人们所说的年味淡了，大抵是一种倦怠感在作祟，人们天性喜欢新奇的事物，年年如此，难免觉得乏味。尤其是春晚，春晚的导演和演员们已经很卖力了，挖空心思地排练，却往往换得观众一句"一年不如一年，越来越没意思"，其实我觉得吧，不是节目质量的问题，是观众审美疲劳的问题。八十年代春晚刚刚推出，人们啥都没见过，自然新奇，觉得好看，这三十多年下来，三十多台春晚，自然不感冒了。其实，节目也在不断创新，比如，声光电技术的引入，在全国搞好几个分会场，等等。当然，观众的要求越来越高，春晚的导演、演员的水平也随之水涨船高，也是时代的进步。

对一切事物变化起决定作用的是内因,而非外因,这一理论应用到年味儿的探讨上一样适用。

吃腊八粥是年味儿,超市里琳琅满目的商品和采买的人群是年味儿,杀猪、宰羊、买牛肉是年味儿,冻饺子、蒸包子、炸油馍是年味儿,卤猪蹄、鸡腿、牛肉是年味儿,购买新衣是年味儿,祭祖烧纸是年味儿,贴福字、春联、窗花是年味儿,吃年夜饭是年味儿,放烟花是年味儿,看春晚是年味儿,给孩子发红包是年味儿,吃饺子是年味儿,发短信微信拜年是年味儿,亲人团聚是年味儿,走亲访友拜年是年味儿,吃长寿面是年味儿,看社火是年味儿……我的妈呀,这么浓的年味儿,是谁,还在说"没有年味儿"?

其实,年味儿在哪里?就在我们心里。比如现在,独坐家中,泡一杯香茗,阳光透过窗台的绿植,斑驳地投影在我的电脑上。而我,在电脑上敲敲打打,在无人打扰的欢喜中,写下一些自己喜欢的文字,宁静、祥和、喜悦、幸福、满足,这便是最真、最浓的年味儿了……

再谈年味儿

身边总是有人抱怨说,年味儿越来越淡了。

年味儿到底是个什么味儿?我想,如同一千个人心中有一千个哈姆雷特一样,每个人心中都有自己的年味儿,但它们又必然是有相通之处的,比如,浓浓的亲情、欢乐的气氛、传统的美食、崭新的状态、精神生活的丰富等。

为什么会感觉"淡"了呢?我想,这与物质生活的日益丰裕是有关的。在以前物资贫乏的年代,孩子们盼着过年,是盼着穿新衣、吃美食、放鞭炮、看社火等只有过年才会拥有的享受,大人们盼着过年,是盼着与亲友团聚、歇一歇劳作了一年的身体、喜滋滋看着自己为孩子创造的欢乐,等等。如今呢,穿新衣、吃美食、放鞭炮是每日都可以实现的目标,一点也不稀奇;看社火也可有可无,手机、电视上,那么多的晚会、娱乐节目,哪个不比社火精彩?至于团聚,过去人们生活贫困,总是抓紧时间在劳动,解决温饱问题,加之交通落后,赶着毛驴车走十几公里走亲戚,都要走半天,所以团聚是弥足珍贵的;现在呢,家家户户都有小汽车,十几公里的路,最多半小时就到了,方便极了,聚得次数多了,感觉也就稀松平常了。

过去,人家过年,缝制新衣新鞋、杀年猪、宰羊、扫房子、蒸包子、蒸馒头、包饺子、炸油馃子、卤肉、贴对联、挂灯笼、准备年礼、备干果水果等复杂的准备工作是一样不能少的,如今很多东西出门就买了,过去要做半月的准备工作,如今一天就得。不倾注心血就得到的东西,总是难以得到人们的珍惜。

在我心里,在我家里,年味儿从来没有淡过。这要归功于我勤劳的、热爱生活的、永远保有一颗童心的父母亲。

父亲虽已过古稀之年,但在他眼里心里,生活永远是鲜活的。几十年来,他始终如一地保持着对每一个传统节日的热情,春节尤甚。

每一年的腊月之初,仿佛接到了一道无声的命令,母亲开始为孩子们制作新衣新鞋。小时候,母亲纳鞋底的嗤嗤声,总是伴着我们写作业到深夜。现在母亲老了,眼花了,不做鞋了,换我们姐弟为父母准备新衣。腊月十五一过,就要准备年肉了,牛肉、羊肉、猪肉、鸡鱼,都需要备下。

之后就发面蒸馒头、蒸蒸饼、蒸卷子、蒸包子。奇台人蒸的馒头个头大,大概有盘子那么大,俗称"刀把子"。蒸饼就更大了,可着一层笼屉放一个蒸饼,吃的时候切成好看的菱形馏热了就着炒菜吃。卷子有大卷子,俗称"枕头卷子",还有小花卷。做大卷子,把发面推成一张大大的面饼,抹上胡麻油,撒上粉碎的胡麻、香豆子、红曲、姜黄,直接卷起来成为一个长条,再切成一段一段的,醒发好了上笼屉蒸,样子与枕头相似。小花卷的做法与大卷子前半部分相似,就是要把面擀得薄一点,切的面剂子小一点,之后要用手或者筷子,挽出好看的花来,红、黄、绿、褐色交杂,又好吃又好看。

蒸包子更是一个复杂的工程,先要切碎羊肉或者牛肉,用各种调料腌制上,然后再切碎菜搅拌成包子馅,这是菜包子。还要做油渣包子、糖包子、豆沙包子,每一样馅料都需要精心准备。包包子的时候,每一样包子需要包出不同的形状,以便于食客分辨,挑选自己喜爱的品种食用。常见的形状有传统的带花褶子的圆形,一般是菜包子;另一种菜包子像饺子一样包好立起来,像鱼鳍的形状;带花褶子圆形的褶子朝下放,一般是豆沙包;包成老鼠形状的,是油渣包;三角形的是糖包子。外地客人来奇台做客,如果主人没告诉你哪个形状的是什么包子,你按照这个依据去选择,大致是没错的。包包子的时候,一个个白白胖胖的包子从手里诞生,再乖乖地立在掌盘里,慢慢变得蓬松暄软,喜悦就会从心底慢慢渗出来。不仅有创造的喜悦,还有为亲人、爱人准备食物的满足感,这些美好的感情,让你越干越有劲头。

蒸笼收好,接着发面炸油馃子。新疆的回族人喜欢炸馓子、麻叶,汉族人则喜欢传统的麻花和葫芦油饼子。麻花用的是油面,清油烧熟了泼到面上,用开水化成浓浓的糖水和面,之后再兑入约四分之一的发面和匀,面要和得硬,炸的麻花脆甜好吃。葫芦油饼子用葫芦(南瓜)面。把南瓜切块去瓤上锅蒸透,金黄的南瓜肉放进油锅加糖炒,炒好与干面粉搅拌,再加入约四分之一的发面和匀,面要软,炸的油饼软甜。面要反复揉,让它十分均匀,然后再醒发。发好的葫芦面在抹了油的台面上推开,用玻璃茶杯去扣,每一次茶杯碾压过后,就形成一个小小圆圆的金黄的油饼。当把整张面饼都扣完之后,黑色的台面上,一个个金黄的油饼像一个个满月,而旁边的边角料就是一颗颗四角形的星星,非常漂亮。油馃子炸完之后,我拿出一个盘子,中间放一只长条的麻花,两边放上金黄的油饼和四角星,猛然发现,这盘子好像一个天空呀,麻花好像银河,而分隔在两边的就是满月和星星,突发奇想,怪不得除夕之夜天空无星无月呢,原来是被我们预先收到了家里的盘子里珍藏起来了,哈哈!

炸完油馃子,紧跟着要炸丸子。丸子可用牛肉或者羊肉做,肉和葱要用料理机打碎,加入盐、酱油、花椒、姜粉、清油、淀粉,用手抓匀,再加入嫩豆腐,捏碎搅拌均匀,团成一个个丸子,在油锅里炸得金黄,备着过年做丸子汤。有的人家不用豆腐,用馒头渣子,那样丸子硬,不光滑,口感不好。用豆腐和肉做的丸子,软软弹弹,满口肉香,十分好吃。炸丸子剩的油,要炸鱼、炸花生米。

还要卤肉,可以卤牛肉、猪肉、鸡肉、猪耳朵、猪蹄、牛蹄、鸡爪等。

还要包饺子。今年我家的饺子馅分两种,干豆角的、萝卜的。干豆角要预先泡好,再在开水锅里煮熟,挤去水分切成丁。胡萝卜和青萝卜要用擦丝器擦成细丝,下水里焯一下,捞出用纱布裹了挤干水分切成丁。羊肉切碎,洋葱切碎,混合后加入盐、酱油、花椒、姜粉、清油,用手抓匀使其入味,分别与菜混合,搅拌均匀后,饺子馅就好了。包冻饺子,和面也有技巧,面要用凉水和,要和得硬一点,这样包出来的饺子,是一个个直立的,不会东倒西歪,冻好后样子好看,一个个形似元宝,吃汤饺,才能构成"金线吊宝"的意境。

我小时候,妈妈就说,腊月二十三是灶老爷上天汇报的日子。这天一定要扫房除尘,把家里打扫干净,灶老爷上天向玉皇大帝汇报的时候,就说这家人干净,来年给点好运,让他家庄稼丰收。于是,自我小时候起,我家在腊月二十三这天扫房,所有的屋顶、墙、窗户、地面,都要打扫干净,窗帘、被套、床单都要洗。现在虽然家里并不种地,也不再相信关于灶老爷的神话,但是腊月二十三扫房的习惯却始终保留着。不过,现在一天是无法打扫完的,往往需要两天的时间,再加上浆洗被褥,前后就得三天的时间,才能窗明几净,到处都明光光、亮闪闪、一尘不染。每当这个时候,劳动时候的酸痛、困乏,都会不翼而飞,创造出劳动成果的惬意洋溢在人的心胸,叫人看什么都无比顺眼。

这个时候,就该上街购买干果、水果、蔬菜了。春节放假期间,虽然店铺都开着门,但是一般菜价都会翻番,习惯了勤俭持家的老百姓都会预先购买一个星期的菜放进冰箱备着,家里随时有客人上门,都能保证很快拿出十几个菜来招待。还要购买对联、福字和烟花爆竹,大年三十的傍晚是一定要贴对联和福字的,年夜饭之后是必要放爆竹的,驱散一年的辛劳和霉气,迎来新年的好运。还要购买纸钱、纸衣等,备着在除夕的傍晚烧给先人,报告一年的生活,让先人们同享人间的烟火,并祈祷先人们继续保佑后人健康平安顺遂。

至此,过年的准备工作基本就算结束了,到了除夕夜,吃着年夜饭,观赏着中央台的春晚,给亲友们发发祝福的信息,发发红包,抢抢红包,春节就这样正式登场亮相了。

大年初一开始家族的团拜,然后分批次小型上门拜年,间杂以同学、朋友的聚会,年就在这样喜庆、热闹的氛围中延续着。上班的人,七天就过完了年,收拾好吃胖了的肚子、喝醉了的胃、笑僵了的脸,回归到自己的日常工作当中。而农村人,却能热闹一整个正月,有时候到正月末了,还能在人家门口看到来拜年的远亲,听到人们闹闹嚷嚷的划拳喝酒的声音。

那么,年味儿到底是什么呢?我想,年味儿就是对生活永远的热爱,是对生活的发现和创造。它就藏在大扫除的汗水里,藏在亲手制作的一粥一饭里,藏在为亲人、爱人准备食物的爱心里,藏在与亲人朋友团聚的喜悦里,藏在对美好未来的憧憬里,藏在除夕夜灿烂的烟花里,藏在正月十五的秧歌里,藏在派给孩子的红包里,藏在父母亲人的笑脸里。

只要拥有一颗热爱生活的心,年味儿永远不淡。

腊八蒜

在我心里,母亲是一个无所不能的人。每当在生活中遇到把握不准的事情,我总会向母亲求助。

我刚刚高中毕业那会儿,赋闲在家,缠着母亲学习打毛衣,正儿八经地买了毛线回来,学习打小孩子的毛衣,反正练手呗。可巧,高中关系最好的闺蜜新莲的姐姐,生了孩子请吃孩子满月席,我问母亲,我把这个打了半截子的小毛衣打完,随礼送给新华姐姐行不？母亲瞅了瞅七扭八歪的针脚,勉强说,不行,得随礼钱,你这个送给新莲还可以。我委屈巴巴地说:"这可是我平生第一次打毛衣,有纪念意义呢!"母亲无奈地说:"你可以等练熟了打得好看了再送。"从此我知道了,亲手制作的情谊与世俗生活的法则一起放在天平上,是轻如鸿毛的。这在我不谙世事的天真的心里看来,不啻是一个打击了。

后来,我更多次请教母亲的是:我好久没做过油肉了,今天切了一海碗肉,味肉用三勺粉面子(淀粉),少不少？或者,我的花起蜜(长了蚜虫)了,怎么办呀？诸如此类。

今天,我问母亲:"我想种点腊八蒜,种在花盆土里行吗?"母亲回答:"行,种在土里不臭。养在盘子里的长得快,割两次就臭了。"

打小的记忆里,每到腊八,母亲就会叫我剥几头蒜,摆在吃饭用的瓷盘子里,小心翼翼浇上清水,白天放在窗台上能晒到太阳的地方,晚上放在热炕上。那时候在农村,条件不好,窗户不严实,冬夜冷风嗖嗖,怕蒜苗冻坏。

大蒜种好后,不几天,就有嫩绿的蒜苗探出头来,在灰扑扑的家里成为一个亮点。尤其是,从一片白皑皑的冰天雪地走回家里,手脚冰凉,一拉屋门,随着扑面而来的热气,还有母亲炒菜的滋拉滋拉声,满屋子的菜香,炕头上的那两盘子阳绿撞进眼,这一切构成了无比幸福温暖的家的味道。

腊八蒜,作为幸福的构成元素,长久地留在我的心里。

今天我们大讲传统文化的传承问题,我有时候会自问,到底什么是传统文化?只有那些写在书本上的历史或者文学,才算传统文化吗?我想,不够,至少,还应该加上民俗、习惯、观念和情感。比如,腊八蒜。

腊八蒜是什么呢?它是对春天的向往,是对春天的搬迁,把暖意融融的春的气息提前搬进了天寒地冻的冬天。

于母亲而言,腊八蒜可能没有如此诗意的解释。母亲的逻辑往往是实用的,四十年前,没有反季蔬菜,人们在冬天日常吃的就是老三样——白菜、萝卜、洋芋。能干如母亲,最多也只是在做法上变些花样。比如,白菜可以腌酸菜;萝卜除了用羊肉炒之外,可以做萝卜卤子、萝卜干、臊子汤、萝卜饺子、萝卜包子等;而洋芋呢,吃法更多,炒洋芋片、凉拌洋芋丝、大肉红烧洋芋块、做洋芋搅团、做糖洋芋、做洋芋鱼鱼,等等。于是,为了丰富过年的餐桌,母亲种上两盘子腊八蒜,过年的时候,蒜苗刚好长成,翠绿鲜嫩的蒜苗可以用来搭配炒过油肉,可以调羊肉揪片子,可以给醉酒的父亲烧解酒的酸拌汤。那一抹翠色,点亮了母亲的餐桌。

于我而言,种几盆腊八蒜,种下的是对习俗的传承,是对儿时温暖的家庭生活的怀念,是对未来幸福生活的向往。

当青幽幽的腊八蒜在我洒满阳光的、暖烘烘的阳台上长起来的时候,我希望,它那一抹翠绿,也能留在我孩子的记忆里,成为她们幸福生活的见证。

一个日子的性格

2022年1月10日,于我而言,一个非常特殊的日子。中国人民警察节、腊八节、四九、我的生日,恰相逢。触摸这个日子的性格,似乎有些难以言表。

中国人民警察节是刚毅的、勇敢的、血性的,似乎流着温热的血。"警察"二字的含义,与"军人"相仿,代表着正义、惩恶扬善、胸怀、担当、奉献、牺牲……面对洪水滔滔,面对罪恶,面对危险,义无反顾,只因为,我的名字是"警察"!这个纪念日的背后,隐含着激励、抚慰、补偿、淡淡的咸涩的泪。

腊八节是民俗的、欢快的、甜蜜的、微笑的。每到腊八,奇台人总会说"娃娃娃娃你别馋,过了腊八就是年",蕴含着那么多那么殷切的期待。奇台人保留着吃腊八粥的习俗,用当地产的黄米、小米、麦仁、扁豆、绿豆、玉米等做一锅杂粮饭,过个腊八节,俗称"糊涂饭"。

"四九"是老祖先传下来的一个节气,《节气歌》中对"四九"的描述是"三九四九冰上走",表明"四九"时节是一年里最冷的时候。有一句俗语同样印证着这个时节的寒冷,"腊八腊八,冻掉下巴"。所以,"四九"带给人的感觉是寒冷,是即将回暖前的极寒,是纯洁的白,是回望前的那一个转眄,是行到高处的挺直的脊梁。我想,它绝不是肃杀的,或者灰白的、苟且的,而是一种纯粹,一种真实,一种直面一切的勇气,一种毫无顾忌的决绝。

　　我的生日,一个带着感恩的日子,感恩父母亲的生育和养育。一个沉静的日子,天命之年后的生日,不喜不悲,随喜自在,既不懊悔于曾经,也不过高期望于未来。订一些跳一跳能够到的目标,比如,关于健康、关于美、关于善良、关于眼睛和心灵的干净、关于诗歌、关于奇台歌谣……所以,它是平淡的,如水,却滋养身体和灵魂。

　　这个日子的性格哟,是彩色的,是一个六棱柱,折射出不同的光辉。

新年畅想曲

新年的魅力,就在于一个"新"字。

人的本性就是喜新厌旧。感谢世界,当你把旧的日子过烦了的时候,及时给你换上新的一年。

如果旧年是志得意满的,恭喜你,你可以踏上新的台阶,在踌躇满志中开启新的征程。如果旧年是晦涩难言的,恭喜你,你可以摆脱陈旧的灰白,在一页白纸上勾画新的蓝图,萌生新的希望,描摹最美的憧憬。

也许,每一个元旦叠加,垒成了一座山峰,你就是山顶的风景;也许,每一个元旦轮回,化成了一台跑步机,你永远在原地徘徊。

无论如何,每一个元旦都承载一份期待,给我们的日子涂上鲜艳的色彩。

如果有足够的勇气作笔,一定,不要让你的日子留白。

凌晨的鸟鸣

清晨五点半,我自梦中醒来。耳边有"嘀哩嘀哩"的鸟鸣,我摸黑下床,打开另一扇窗户,仔细辨认,至少有三种鸟的叫声。"嘀哩嘀哩,嘀哩嘀哩"连续不断,一声还没完,新的一声又出来了,应该是好多只同一种类的鸟,如同大合唱中的主旋律。"啾啾,啾啾",这个叫声是零散的,是合奏音乐中的补充。"叽叽叽——,叽叽叽——"这是一个装饰音,不仔细捕捉,就被淹没在主旋律中了。

我站在窗前,透过纱窗,看到的是街道上一溜一溜如同珍珠的路灯,路灯下方红色闪光的灯笼,远处的霓虹。耳边是鸟的大合唱,还有隆隆的汽车驶过的声音。

渐渐地,天色朦朦胧胧亮起来,路灯的光暗淡下去,窗外的高楼慢慢从夜的海中浮现出来,越来越真切。轰隆隆的车声越来越大,鸟鸣声越来越小,我知道,随着城市的苏醒,鸟鸣声会渐渐被淹没,就像在白日的城市,我们基本没看到过鸟,鸟变成了夜的影子。

"小隐隐于朝,大隐隐于市",能不能说,这些鸟在白日里变成了隐士呢?

现实中的鸟鸣越来越弱,记忆中的鸟鸣越来越强。

那是童年的鸟鸣。童年在农村度过,无论是在自己的家,还是隔了十几公里的外婆家,清晨,总是在鸟鸣声中醒来。房前屋后,绿树环绕,榆树、白杨、白蜡,外婆家还有桑树、杏树、果树、葡萄藤,鸟就在那些树上开开心心唱着歌。鸟雀以麻雀居多,也有喜鹊、布谷鸟,还有叫不出名字的很多种鸟,在树上唱一会,又飞落地上,蹦蹦跳跳找寻虫子和谷物来吃。童年的我是无忧无虑的,童年的我和鸟一样,只要吃饱了,就很快乐。

记忆中还有一次专注地聆听鸟鸣,是在上海。那是两年前的四月,我独自一人去上海求医,华山医院,在上海的老区。住在医院附近巷子里的一个院子里,小院浓荫蔽日,几棵大榆树冲淡了他乡的陌生感。我的房间,是在一栋住宅楼的一楼一个单独的小房间,在这里我住了一周。

在这一周里,我每天早晨,都是在鸟鸣声里醒来,基本只有一种鸟——麻雀,但是数量特别多,叽叽喳喳,叽叽喳喳,几十张嘴在同时鸣叫,组成高高低低的旋律。我静静地躺在床上,聆听着这陌生城市里熟悉的鸟鸣,给人无限的温暖和安慰。起床走出屋门,便看到成群的麻雀站在树上开会,争着抢着发言,一会儿旋风般从树上落到地上,旋即又起飞,呼啦一下回到树上,带起微微的尘土。

后来,在深夜里,我常常想起上海的鸟鸣。在我之前的认知里,只看到了上海作为大都市繁华的一面,400米高的金茂大厦、人流摩肩接踵的南京路、三个圆球的东方明珠、老城隍庙、世博馆,仿佛这些才是上海的形象。可是我亲眼看到了那些历史悠久的窄窄的弄堂,院子里的老榆树,亲耳听到过城市的喧闹掩不住的鸟鸣,这是上海的另外一面,我仿佛一个偷窥了上海秘密的孩子,在心里长留了一份得意。这个记忆,让上海在我心里亲切、煦暖,带着温情,温暖我的灵魂。

从记忆中神游出境,天已大亮。从窗户探出头去,在轰隆隆的车流声中,我仔仔细细地分辨,终于寻到微弱的、时有时无的鸟鸣。从二十八楼的窗户向下张望,那一排排长着养眼的新绿的榆树,应该就是鸟的栖息地吧?在鳞次栉比的红色黄色的屋顶之间,那点绿不多,尤显珍贵。

随着城市化进程的加快,越来越多的地面被水泥覆盖,越来越多的土地长出了楼房,相应地,人的家园越来越宽广,鸟的家园却越来越狭窄。会不会有一天,再也听不到鸟鸣呢?我陷入深深的忧虑中。

鸡　啼

　　清晨六点半,我自酣睡中醒来,未及睁眼,耳中是此起彼伏的鸡啼声,令我恍然,我还在梦中? 回到了小时候的家? 不然,哪来那么多那么真切的鸡啼声呢? 那似乎是梦中才有的、遥远记忆里的声音啊。

　　迷蒙过后睁开惺忪的睡眼,天刚刚亮,太阳还没出来,耳边的确是响亮的鸡啼。我下床去,把窗户开得再大些,向外面看去。右前方有三排未完成拆迁的平房,屋顶掩映在绿树丛中,想必这高高低低犹如小合唱的鸡啼就来自那里吧。

　　我闭上眼睛,侧耳细听,这一声长长的、雄浑嘹亮的,想必是一只年轻雄壮的大公鸡傲视群雄;那一声带着点嘶哑悲凉、断断续续的,应该是一只两年以上的老公鸡谢幕之前的吟唱;那一声怯怯的、稚嫩短促的,必然是一只才学打鸣的小公鸡出来亮相;间或又插入一声高亢的、明亮悠长的,这应该是一群鸡里的王者,声音里带着俾睨天下的气势! 这些啼鸣声,一会儿单个出现,"你方唱罢我登场",像协奏曲中的小提琴,一会儿又众声乱发,"嘈嘈切切错杂弹",像各种器乐的协奏,高低起伏、婉转悠长,好一曲雄鸡合唱的交响乐!

　　太阳出来了,天光大亮了,鸡啼声渐渐弱了,犹如广场上集体舞表演之后,大部队已撤离,还有不甘心蓦然退场的群众演员个别登台,再秀秀自己的舞姿,是对舞台的最后留恋。

　　我满足地叹一口气,这公鸡的合鸣,又把我带回了久远的童年岁月。那时候,我们与爷爷比邻而居,爷爷的门前有一个土围墙的小园子,靠墙种着几丛萱草花,一到夏天,开得艳丽妖娆。中间种着一些蔬菜,靠南面是几颗高大的榆树,榆树上用木板搭着架子,爷爷养的几十只鸡就宿在树上,每天清晨,我们都被鸡啼唤醒起床,或晨读或下地或家务,开始一天的生活。有多少年没有听到过鸡啼了? 有多少年没有回忆起童年的鸡啼了? 似乎很久远了。

自从上初二离家住校以后,我就一步步远离了农村的生活,求学、就业、婚恋、家庭,一步步走进了红尘俗世。有时候,我会莫名其妙地觉得我有两颗心,一颗心是晶莹的、亲近自然的、属于我自己的,一颗心是火热的、俗世烟火的、属于家庭和社会的。经过三十多年的奔波劳碌,那颗红尘俗世的心渐渐歇了心劲,这颗久已蒙尘的亲近自然的心便苏醒了,一天天变得清明透亮,好像越来越让我耳聪目明了,能听到很久不曾听到的声音,看到很久未曾在意的风景。

现在的居所我住了三年了,为什么之前未曾听到过鸡啼呢? 或许是我往常起得晚,鸡啼时尚在酣睡,错过了;也或许是那颗亲近自然的心尚未苏醒,听而不闻,自动屏蔽了。这或许应了那句耳熟能详的名言:生活中不是缺少美,而是缺少发现美的眼睛。

可不正是这样? 同样的居所,同样的生活,同样的人,关注点不同,看到的是不同的世界。

就像在一场婚宴上,我们从空中俯视,可以看到美丽的新娘、幸福的新郎、热闹的气氛、美味的饭菜、亲友久别重逢的喜悦,也可以看到喝醉呕吐的客人、醉酒争执的旧友。不同的东西进入我们的眼睛,心里的感受自然是不同的,因之,同样的一场酒宴,有人带着愉快满足回家,有人带着羡慕感叹回家,有人带着愤愤不平回家,有人带着焦躁愤怒回家。

同样,我们生活在同一个国度,同一个地域,生活水平大抵相似。有人觉得对生活很满意,心情总是开朗满足的;有人觉得社会处处不公,说话撰文尖酸刻薄,冷嘲热讽,心情总是低落激愤的。

是的,生活并不是它本来的样子,而是你以为的样子。生活就在那里,不喜不悲,你看到了它喜的一面,你就品到了喜;你看到了它悲的一面,你就尝到了悲。

就像今天的我一样,觉醒了空灵洁净的亲近自然的心,自然便听到了美妙的天籁之音——鸡啼。

朋友们,让我们一起作伴,培养自己喜悦绽放的心,成就自己圆通智慧的人生。

春日鸟鸣

小城不大，从南到北横穿整个城市，驾车大约十五分钟。小城平静，即便是高峰期，也很少听到喇叭狂鸣。车流像水一样自在流淌，日子也同样。然而上班打卡总是风风火火的，下了班一头栽到床上，真想就此安卧，可是不成，一系列家务还在静静等候。等到清理了垃圾，弄干净地板，屋子里整洁清新的时候，就该洗洗睡了。这就是一个现代都市人的日常。

然而这样的日常久了，总觉得生活少了点什么。在这样的混沌蒙昧中摸爬滚打，犹如陷进无知无觉的沉睡。偶然的一天，醒了。

清晨六点，沉睡中的我被一些声音惊醒。那不是属于城市日常的声音，不是车流的唰唰声，不是扫雪机的轰鸣，不是幼儿园上学前的喇叭，不是电梯上下的嗡嗡，那声音，若有似无，丝丝缕缕，从窗缝中钻进来，勾魂摄魄，那是一串鸟鸣。

很久不曾看到麻雀了，最后一次看到斑鸠、乌鸦是什么时候的事呢？遥远得记忆里追寻不到。越来越繁华、越来越现代、越来越逼仄的城市里，到底有没有隐匿着鸟的踪迹呢？终于有了一点证明，今天的鸟鸣就是。

"叽叽，叽叽，叽叽叽叽叽叽"，鸟鸣声忽急忽缓，忽远忽近，不多，显然不是鸟群，清淡，空灵，从窗外暗沉的夜色里飘来，又似乎是从灵魂的深处飘来，也或许是从记忆里飘来？分不清了，那么清新脱俗的声音，到底是哪里来的呢？为什么差不多一整个冬天都没有呢？

也许，那是春天的声音。

在满满当当的城市的缝隙里，总有一点空隙，属于大自然的精灵。那是一曲激昂奋进的大干快上的进行曲中，一个微弱的装饰音，虽然微不足道，却柔软了整个春天。

阿黄纪事

阿黄是我的守护神,多年以后,我还一直这么认为。

初识阿黄,是1994年的初冬,那时候我的婚期临近,去了他的家,见到了阿黄。它高大健壮,一身威风凛凛的黄毛,是一只极有气势的狗。第一次见面,阿黄很给面子地没有吠我,当然也没有冲我摇尾巴,只是很高冷地看着我,漠然注视着我们走进屋门。

婚后,我有时候也喂喂它,自然平淡,它没讨好我,我也没讨好它。我和它成为朋友是在1995年的3月。那时我在沙山子学校教书,大冬天的早晨,独自骑行大约20公里去学校。一个人的路程,难免寂寞。有一天骑着自行车,我忽然听到有什么声音在后面,扭脸一看,是阿黄,默默跟在我后面跑。自行车忽然间就变得轻松,路途不再遥远,我在阿黄的温暖陪伴下,轻快地到了学校。

我进了办公室,把它安顿在操场上。一节课下了我过来找它,它还懒洋洋趴在篮球架下面,学生们热情地围过来,叫它的名字,它谁也不理,给它馒头,它望也不望,依然是那副高冷的模样。下午放学要回家了,找它没找着,到家一看,它早回来了。我喂它好吃的,拍拍它的头,作为奖励。第二天,我出门的时候,喊一声,它就颠颠地跑到我前头去了,有时候开心,还会在路边的雪地上撒两个欢,一人一狗,自得其乐。

就这样，阿黄护送我去学校走过了一个春夏秋冬。冬天，我生孩子了，我们就都窝在了家里，我依然天天喂它。可惜的是，孩子不到一岁的时候，阿黄忽然不见了。家里人到村子各处去寻，始终没找着。公公说，好狗就是不愿死在家里，阿黄老了，一定是老死在外面了。

从此，我失去了我的守护神。后来跟两个孩子讲起阿黄的往事，孩子们也很感兴趣，我们常常在家里谈起它。阿黄永远活在我们心里，那个高冷的拽得二五八万的家伙，我的温暖的朋友。

狗人狗事

　　布莱克是一只拉布拉多犬的名字，全身黑色的毛发，略微带温暖的黄，两只眼睛老是湿漉漉地看着我，让人心软。两年前我领养它的时候，它刚刚两个月。

　　我开车去乌鲁木齐市接它，第一眼看到它时，它正和它的弟弟嬉戏，极活泼的样子，我一眼就喜欢上了它。我从中间人手里接过它。它很乖顺，软趴趴伏在我怀里，被安放在汽车座椅上，二百公里的路程乖乖睡觉。

　　到县城后我直接去了宠物店，给它买了狗窝、饭盆、狗粮、狗绳、护垫、零食、玩具，打了防疫针，然后才回家安顿下来。

　　布莱克是"black"的音译，黑色的意思，女儿给取的名字。第一次叫它，它就跑过来，亲亲热热舔我的手，表示很乐意接受这个名字。

　　布莱克很聪明。给它买了一个橙色的长满刺的塑料小球，把球抛出去，让它捡回来。它第一次就知道撵着球跑过去，但只是用嘴巴碰碰球，再回头望望我，好像在征询我怎么办。我跑过去把球捡起来，塞进它的嘴巴里，然后跑回原地，向它伸出手，叫它的名字，它就高高兴兴叼着球跑过来。我从它嘴里拿出球，再扔出去，告诉它"去捡回来"。它飞快地蹿出去，用嘴巴叼住球，却故意捣乱，跑到草丛里去了。我笑着追过去，夺过球，再走回原地，再抛球。这次它学乖了，飞跑过去叼起球，在我的召唤下，乖乖跑回来，仰起脸，扑啦啦摇着尾巴，一幅"快夸我快夸我"的表情。我笑着拍拍它的脑袋瓜,夸它聪明。它那湿漉漉的大眼睛就流露出愈加兴奋的光来,跳上蹦下,像极了得意洋洋的孩子。

布莱克的性格极其热情活泼,很依恋人。每天早晨,我起床出去锻炼带着它,我放着音乐跳广场舞,它就叼着球在旁边的草丛跑来跑去,一会儿把球藏在草丛中,一会儿藏在馒头花后面,一会儿又跑到我的脚边来捣乱。我去上班的时候,把它独自留在家里,它也没反对,可是我回来一开门,它就猛扑过来,直扑进人的怀里,呜呜撒着娇,急切得舔我的手,就像一个半年没见娘亲的孩子似的,叫人心里又是温暖又是酸楚又是怜惜。晚上睡觉的时候,如果我忘记了关门,它就偷偷溜进去,蜷在我的床边,拿大眼睛瞅着床上的我,仿佛在可怜巴巴地祈求"我就占一点点地方",可是我不适应在一双眼睛的注视下睡觉,于是下床把它拎出去按进狗窝,它就呜咽一声,乖乖不动了。第二天早晨一开门,它却卧在我的门口,也不知卧了多久。

有时候出差去昌吉,或者去农村采访,一个人开车,不免觉得有点儿孤单,我就带上布莱克。一开始它不适应坐车,也许是没有安全感,老想方设法往我怀里钻,我嫌它碍手碍脚,把它推到副驾驶位,拍拍头,两次之后,它就懂了,乖乖坐在座位上,看窗外的风景。有时候带它去农村或者公园,下了车,嗅到花草的香气,它就变得人来疯,欢喜极了的样子,一会儿蹿进了树篱,一会儿滚进了草丛,一会儿又窜回来围着我转两圈,满眼放光。它的喜悦,单纯、直接、热烈,与它相处,轻松愉悦。那种被深深依赖的幸福感和满足感,让你觉得仿佛又养了一个全心全意爱你的孩子。

可是布莱克有一个很大的坏毛病,就是不懂得去卫生间小便,也不会憋尿。我把尿垫铺在卫生间,教了很多次,它始终不懂。下班回家,地上就有好几滩它的尿渍,或者拉的便便。把它抓到便便跟前骂它,敲它的屁股,它只会哀哀地呜咽,湿漉漉的眼睛可怜巴巴看着我,我又不忍心了。我只好把尿垫铺在它常撒尿的地方,可是它还是会撒在尿垫的周围。于是,一段时间以后,屋里就有了臊臭的味道,整天开着窗户也不管用。后来父亲过来看到了,说我把家里整得不像人住的地方了,叫我把狗送人。那时候,我也常常出差,走的时候就得把它寄养在父母家里,父亲几次三番说我,我只好同意给布莱克找个新主人。

刚好一个亲戚说他可以养,于是我在出差前,把布莱克连同它的窝、饭盆、零食、玩具一起放在了父母家,通知他去领。临走时,父亲把布莱克拴在门口的树上,它着急地扑我,被绳子拉了回去,又绕着树身转圈,再扑,再拉,呜呜直叫,尾巴拼命地摇。

可是我知道我没法留它，只好狠狠心黯然地开车走了，走出很远，车窗外还传来它的叫声。

出差回来后，我打电话问亲戚，他确认布莱克挺好的。一个月后，我想去看看布莱克，打电话给亲戚，他却外出了没见到。三个月后，我再打电话过去，亲戚说，布莱克太调皮了，把他一楼花园种的菜全踩坏了，他转送给他的朋友了，在老奇台。农村狗跑得开，也自在一些。放下电话，我心里空落落的，担心布莱克过得不好，却又无法可想。如果在农村有个院子就好了，我一定把布莱克接回来，让它可着劲在院子里撒欢儿，在院子里撒尿，不会教育它。

半年后，我再次打电话给那个亲戚，问布莱克过得怎么样，他说不清楚；我想去看看布莱克，问他要新主人的电话号码，他支吾着说："回头找找，找着的话就发给你。"我愣住了，满嘴苦涩，我的布莱克，那个喜欢粘着我的小家伙，你还在人世吗？你知道我常常想起你吗？你能吃得饱、住得暖吗？你虽然只陪伴了我短短的四个月，却让我体会到被陪伴、被依赖的幸福和快乐。我一直没收到那个电话号码，我也识趣地再没打过去。

布莱克，你知道吗？在送走你的日子里，我常常会陷入自责，我责备自己，既然知道自己住着楼房，一开始就不该为了解除寂寞而养你，既然养了你，更不该轻易放弃你。离开我，你也一定会伤心吧？我不是一个好主人，就自称为"狗人"吧。

前段时间，还听说了一件事。有一个人，养了一只宠物狗，后来因故送人了。半年后，那只狗从第三任主人家里逃了回来。它坐在原来的家门口呜呜哀嚎了一天一夜，主人的门始终没向它敞开。它自此加入了小区流浪狗的行列，去垃圾桶翻找以前它看都不会看一眼的食物，为了抢一口馊食跟其他的狗打架。有一次它看到了主人，飞快地扑过去蹭主人的腿，却被主人一脚踢出老远。它的哀嚎没有换来主人的一次回头，它流下了泪水，它不明白主人怎么了，这世界怎么了。有谁懂得一只狗的悲哀。从此，它常常看着那些扎着红头绳穿着花衣服的狗狗们发愣，有一回，竟趁着狗主人与人聊天的空当，偷偷咬了一只扎红头绳的狗狗，被打得半死。不久，它在小区里消失。没有人关心它到底是去了哪里，还是死了。只有它原来家的对门邻居，发现了它的失踪，就是那个给我讲故事的人。

自此，我常常会在大街上、小区里看到流浪狗、流浪猫，心里难过。万物有灵，人类不该仗着自己智商高、能力强，就欺负那些弱小的生灵。一个人，如果没有十足的耐心和爱心，没有合适宠物活动的居住条件，就不要养宠物，一旦养了它们，彼此之间有了感情，又不负责任地遗弃了它们，它们心里一定也会很痛很痛吧？

　　但愿，像我这样的"狗人""猫人"越少越好，在与动物相处的世界里，愿人类少一些背弃，多一些忠贞。

豆沙与饭团

这里的豆沙与饭团都不是指食物,是我家的两只猫。

它们都有8岁了,是2个月大的时候女儿买来的,每只2000元,我总是诧异于它们怎么这么"值钱"。

两只猫刚来的时候,是孱弱无助的,可怜兮兮地躲在角落喵喵叫,像个小受气包,几天熟悉了之后,就变成了调皮捣蛋的孩子,整天上蹿下跳。一次豆沙居然跳到了客厅屋顶装灯带的位置,太高了下不来,怂嗒嗒地装可怜,被女儿踩着凳子接下来,那副可怜样儿大家笑了几天。

不养猫的人可能很难相信,猫也是有性格的。

两只猫都是英国短毛猫。豆沙是灰色的,从脖子到肚子和爪子都是白色的,白眉毛白胡子,走路又轻又快,犹如在踏云飞翔,嗖嗖嗖来去迅疾。饭团全身灰黑色,只有黄色的眼睛像两枚黄宝石做点缀,黑眉毛黑胡子,比较迟钝一点,是呆萌可爱的样子。

女儿把猫当孩子养。它们不仅有猫粮吃,还有几种零食,有玩具,也可以打打架当做消遣。

豆沙比较机灵,也比较厉害,不但在抢食的时候更强势,打架也总占上风。我觉得饭团可怜,就像母亲更护着弱小的孩子一样,更怜惜饭团,它也对我更亲。

万物有灵,我们知道小孩对于谁对自己真心好有准确的判断,其实猫也是一样的。每天早晨起床推开卧室的门,就看到饭团卧在我门口的垫子上,看到我,起身伸伸懒腰,"喵喵"打声招呼,给我把门让开。

女儿给它们买了一个好玩的投食器,是在一个木质圆盘上竖着安一根弹簧,顶端是透明的塑料中空圆球,圆球上有洞,把冻干鸡肉块放进圆球里,拨动圆球,弹簧左摇右摆,鸡肉块就从小洞里漏出了。

一直以来,豆沙表现得比较聪明,反应机敏,一摸就打呼噜表示亲热。女儿猜豆沙应该先学会摇动弹簧吃到食。结果猜错了。

第一次把鸡肉放好,我观察它们的举动。豆沙先是绕着装置转了几圈,用爪子尝试轻轻碰了几次圆球,不见食物出来,就放弃了努力,踱到一边去躺着了。

饭团则不同,在观察之后,触碰试探之后,静静守在旁边,一个劲地研究。我走过去拉动弹簧,替它们弹出几粒来。争食完之后,豆沙眼巴巴看着我等待投喂,饭团却不声不响开始研究装置。它用爪子抠住空洞,一拉,圆球摇头摆尾几下,食物掉出来,它吃完了再来拉,几次尝试之后,就得心应手起来。

一向处处占上风扮演大哥角色的豆沙,却只会等着蹭吃,就像仰面朝天在树下等待树上摘果子的伙伴投食的小孩一样。

饭团也终于有了可以趾高气扬的本领,虽然它脸上面无表情,我却从它的步伐里看出了踱方步的感觉。

猫的好奇心特别重,喜欢霸占家里的新东西。比如,我把快递袋子拆开先扔在门口,它们就抢着去卧在上面,甚至会为了抢一个破袋子的拥有权打架。家里人外出回来把行李箱摊开在地上,稍不注意它们就抢着卧进去,宣示主权。

因为卧室铺着地毯,怕猫毛收拾起来麻烦,我经常关着卧室的门不让它们进,可能我的卧室变成了它们探秘的"神秘空间",它们总是趁我稍不注意,溜进我的房间,藏在我的书桌下面,或者床下面。

有一次,要出门了,已经走到玄关,我又拐回来专门关了卧室的门,然后出行。因为家里有自动投食器和猫用饮水机,也不担心它们的饮食问题。两天后回来,饭团依然坐在门口迎接我,我摸摸它的头,左右瞧不见豆沙,唤几声也不见动静,我奇怪了,阳台上没有,餐椅上没有,猫窝里没有,去哪儿了?我边找边呼唤,终于听到了微弱的回应,循声打开卧室门,豆沙慢吞吞走出来,去投食器边进食了。啊,整整两天时间,它没吃没喝,估计饿得腿软脚乏,居然跑不动了。会不会把屎拉在我地上呀? 我赶紧进去查看,还好,它很懂事,屎尿都没有。出来一看,它吃了几口恢复点力气,就急急忙忙跑去猫砂盆了。

两只猫在家里横,每天打架,一旦被带到外面,就吓破了胆,尽量把自己藏起来,是典型的新疆人所说的"窝里捞"(新疆方言,意为家里横)。同样,家里来了客人,它们能躲就躲,能藏就藏,如果想让它们在客人面前露露脸,还得去女儿的卧室把它们抱出来。

我家猫还坐过飞机呢,前几年女儿去西安,把它们带去西安。它们也算是猫中少有的有见识的猫了。

两个女儿都外出求学了,我独自在家,每天下班开门,饭团都守在门口迎接我,心里也暖暖的。这也算个不会说话的小伙伴吧。

心中那片永远的绿

　　小时候,家住农村,从记事开始,家里就有一个菜园。菜园不大,只有大约三分地,却种着很多种蔬菜。妈妈对待种菜,简直像绣花一样,精心地计划布局,力求能最大程度满足孩子们的口腹之欲。

　　每年春天,父母带着我们姐弟三人去种菜,带着头几天就讨论好的计划,带着各种菜籽,带着各样农具。

　　种菜的土地一般是几天前浇过水,已经可以操作。地里已经提前倒了羊粪,需要把粪撒开,然后翻地。地翻好,先用搜子(一种尖头形似刨锄的农具)勾画分出区域,比如最东头先是两行韭菜,两行蒜,几行小白菜、水萝卜、菠菜、香菜、芹菜、笋子、包包菜、胡萝卜,然后是茄子、辣子、西红柿、刀豆、葱、洋芋、葫芦。韭菜是宿根,春天去种菜的时候,韭菜已经冒出嫩嫩的绿色了,因为有了这点绿色陪伴,因为有了希冀,单调的劳动也不觉得枯燥。顺着南墙根是小渠,渠沿上一般会点上一溜甜玉米,交错点一溜喇叭花,这样,玉米长高的时候,蓝盈盈的喇叭花就在玉米身上吹出一个个小喇叭,装点绿色的菜园。

　　规划好之后,用抱耙和坎土曼刨出梗子,用搜子开出浅浅的槽沟,各种种子就纷纷在各自的领地安家落户了。

　　等待种子发芽的过程是漫长的。三五天之后,只要一放学,回家快速刨饭进肚,我就会撒开丫子奔向菜园,去看有没有绿芽儿露头。大约一周之后,才会有幼苗慢慢钻出地面,探头探脑地东张西望。迎接到这些小生命的诞生,我会异常兴奋地跑回家,向妈妈报告这个好消息。其实那个时候我不明白,看到菜苗出土,我为什么那么开心,几十年之后的今天,我才豁然醒悟,那是一种迎接自己亲手缔造的新生命的喜悦。

这种喜悦,随着各种种子的发芽出土,越来越浓,直到所有的菜苗都一颗颗、簇簇地绽开笑脸,直到小白菜、小菠菜、小香菜倒过毛叶了才慢慢淡下来。之后升起的,是次第成熟的蔬菜入口带来的丰收的喜悦。

小时候,不多的快乐总与菜地有关。我小时候性格内向,拘谨木讷,父母因为生活的劳累辛苦,常年板着脸,家里比较讲究辈分,孩子们从来不会抓头上脸与父母亲昵。有一次,却在菜地里有了不同。那天,我和妈妈在菜地里锄草,间歇休息的时候,妈妈拔了一根蒜苔,津津有味地吃完,又拔了一根,笑眯眯地叫我的小名,"小红,小红,给!"我愣头愣脑地接过来,莫名其妙地看看妈妈再看看蒜苔。妈妈说:"好吃得很!"我傻傻地咬了一口,嚼了两下,立刻被蒜苔辣得张大了嘴吸气,这时妈妈在一边拍着大腿不厚道地大笑起来,笑得前仰后合,我才知道上当了,讷讷地站在那里,哭笑不得,手中的蒜苔,扔也不是,吃也不是。几十年过去了,那笑声还回旋在我的记忆里,带着暖暖的温度。

1985年,我离家在西地中学住校,从此便远离了儿时带给我无限乐趣的小菜园。

1995年结婚,我嫁到农村,终于再次重温与绿色相逢的喜悦。

婆婆是一个极其勤劳能干的农村妇女,虽说人长得瘦弱,力气却很大,会开拖拉机,干起农活来绝不输给任何一个男劳力。那时,家里院子中间是一个花池,公公在里面种了李子树,小姑种了各种花,院子里一年三季花香四溢。院子西边废弃的牛圈里,婆婆种了几沟葱,一直碧苍苍的,洋溢着旺盛的生命力。屋子后面和西面,有大约两亩空地,本来是高低不平且贫瘠的碱土地,婆婆开着拖拉机,把碱土拉走,从自家麦地里拉来熟土,再从亲戚家要来牛羊粪,掺和起来,把一片不长庄稼的碱土地,改造成了种啥长啥的肥土地。

这块地就是我和婆婆心爱的小天地,我们一起在上面随心所欲种植了各种各样的蔬菜,甚至还有西瓜、甜瓜、玉米、几种豆类,所有能种的果蔬都种了,剩下的,婆婆种了麦子。

于是,再次在春天感受生命发芽的喜悦。菜苗日渐长大,需要进行浇水、锄草、搭架、掐枝等各种工作。在夏日里长长的午后，午睡起来，我便戴上草帽，蹲在菜地里，头顶是明亮的阳光，眼前是一片绿色的世界，心无旁骛地侍弄那些菜苗，内心充满平静和喜悦。拔去野草，数西红柿的花，留两根枝条、八丛花，其余的枝条统统去除，把留下的枝条用预先准备好的布条栓在树枝搭成的架上。等从地的这头挪到地的那头，再看这架西红柿，原来万头攒动、枝枝蔓蔓的景象已经消失，所有的枝条都乖顺地趴在架子上，沐浴着阳光。这时，心里的自豪感和成就感不亚于销售员成交一单或者工人造出一个合格零件，或者大夏天下肚一杯雪花凉，甜丝丝，美滋滋，舒心极了。

看着地里的菜慢慢长大，一天一个样，长叶了，抽枝了，开花了，挂果了，心里每天都揣着满满的喜悦，走路步子都是飘的。看植物长大的过程，就像看自己的孩子成长的过程一样，每一朵新开的小花，都受到目光的爱抚；每一点微小的进步，都被放大鼓励。于是，各种各样的果蔬，就在我们精心的培育中，日渐成熟，先后被端上餐桌，极大地满足了家人的味蕾。

1998年，我搬离农村，从此失去了与土地相依的机会，也难再感受亲手播撒希望、种植绿色的喜悦。只是，多年来，无论哪一次搬家，在收拾顺当之后，我都会买一些花盆，移栽一些花卉，无论是常绿的，还是开花的，都用心去打理。于是，我无法在土地上去创造一个个鲜活的生命的时候，转而去迎接一朵朵的花开，同样充满喜悦。我常常用手机聚焦家中的花，橙色重瓣的木槿、华丽紫色的芙蓉、小米一般金黄的米兰、洁白的茉莉、灿烂的杜鹃、清雅的君子兰，各种花在我的镜头下，从打花苞到慢慢盛开，成长的过程在手机里定格。慢慢观察生命成长的过程，记录每一份美好和感动，生活中充满温情。

后来，随着生活的变迁，我离开了原来的家，我的户口离开了原来的户口本，独自转到了冷冰冰的苍白的城市，终于失去了与土地的血脉相连。这种失去，像把新鲜的血液从我的血管中引走，那么深、那么痛，血肉生生剥离的痛。

在起风的日子，我站在高高的楼房的窗前，穿透时光，回望过去，终于领悟，和家人一起亲手撒下种子，亲眼看到嫩绿的小芽从土里冒出头，再慢慢长大，那种创造蓬勃生命的喜悦，比收获更滋养我的心灵，更丰盈我的人生。

晚上，我做了一个梦，我在农村有了一个小院。院子里，种满了各种花和蔬菜，每一片绿叶，都与我过往生命里温暖的绿色重叠……

生命的力量

童年学到的知识,伴随人的一生。我常常想起小学课文《植物妈妈有办法》,蒲公英的妈妈给孩子准备了小伞,苍耳妈妈给孩子穿上带刺的铠甲,豌豆妈妈让豆荚晒在太阳底下,这都是植物妈妈让孩子离开家的办法,换个说法,这是植物母亲延续生命的智慧与力量。在这种力量面前,我常常会觉得自己的渺小。

每年春节都回家过年,自己的屋子与父母的屋子隔着四五公里,有时候在家里干点活,便晚点到母亲家里去,于是,日常基本不动火的厨房,也偶尔弄点方便的早餐。为此,回来的第二天,我在小区的超市买了一点蔬菜及一头蒜。

回来二十多天了,其实就做了两次早餐,于是,剩下的半头蒜静静地立在储藏室的窗台上。刚刚去储藏室拿东西,看到了那半头蒜,那其实已经不是蒜了,而是一簇蒜苗,碧绿碧绿的。

我吃惊地拿起来看了看,这是怎样顽强的生命力!蒜在离开土地的时候其实已经被剜去了吸收养分的根。我望一眼空空荡荡的厨房和储藏室,这半头被斩断了根须的蒜,立在花岗岩的窗台上,没有水,没有养料,是如何发芽的?难道就靠偶尔在洗菜盆洗点水果散发在空气中的水蒸气吗?还是依靠春天的气息?一种敬意在胸腔里弥漫开来。

四姨家在犁铧尖往下的北门外,四姨夫祖上是天津杨柳青人,清末到了古城子就以种菜为生。我上高中的时候,在四姨家住过一年,有时候帮四姨拾掇菜地。菜地里有一种俗称胖娃菜的草,后来知道学名叫马齿苋,是一种很讨厌的草,因为太难除根。为此,我常陪四姨拔了大抱大抱的胖娃菜晒在屋门前水泥地上,意图把它们晒死而使之绝根。

我们都知道的一种常识是,植物从开花到结果有一个过程,然而,我目睹了植物母亲创造的奇迹。拔的时候有一些花刚败了结出白色籽粒的胖娃菜,在暴晒中迅速成熟,变成黑色,变得坚硬,骨朵裂开,极小的黑色种子洒满水泥地,一阵风或者一阵雨,就可以带着这些种子走进新的土地,抽枝发芽,安身立命,继续在风中摇曳。在极端条件下,植物妈妈突破了极限,创造了生命的奇迹。面对这样坚韧顽强的母亲,人类还能有什么办法呢?只能选择与之共处。

我还见过不长脚但是会自己移动的植物。那一年,我和母亲在离家不远的一户农家院里种菜。地里有一些黄花菜,也就是蒲公英,我们拔下来晒在院子里。院子是土院子,离得不远的地方就是菜地。院子是干的,菜地是湿的。早晨拔下来的黄花菜,到中午的时候已经晒得蔫答答的了。这时候我发现了一件不可思议的事情,有一株开花的黄花菜,竟然离开了大部队,"跳"到了菜地边的湿地上了。我发誓,早晨晾晒的时候,绝不会落下她在菜地边,菜地边是很干净的,也绝不会是新拔的,她的叶子已经失了水。我确定她是自己"跳"或者"滚"过了目测两米的距离,把自己运送到了有水的地方。

那她到底是怎么过去的?不得而知,这成了我心中的一个不解之谜。我想,万物有灵,或许这是对生命的渴求创造的奇迹。

追求生命的延续,这应该算是大自然的一条法则吧。万事万物,顺应自然,自在洒脱,便是最好的状态。

我找出一只小碗,接了半碗清水,把那半头蒜放进水里,移到了能晒到太阳的客厅窗台上。这是我对生命的敬意。

花盆种菜

2020年9月初回家,清理完枯枝败叶,我望着空空如也的花盆发呆,再去移栽或者购买一些花草?心有余悸,不是心疼那些功夫和钱,而是,心疼那些遭受无妄之灾的生命。如何才能既美化居室环境,又能遇事及时处理而使自己心安理得呢?思虑良久,一个念头跳出脑海:花盆种菜!

去市场买菜的时候,我买回了几样绿叶蔬菜的种子:香菜、生菜、菠菜、苦菊。将花盆里的土拿花铲翻了翻,在不同的花盆撒下不同的种子,用种花的小耙子梳理一番,盖上浮土,浇透水,成了。

望着这埋进种子,也埋进希望的花盆,我出了一会神。菜苗真能出土吗?仅透过玻璃的日照和窗户的通风够不够?花盆的土会不会使菜苗营养不良?不能施化肥,能不能施点有机肥?现在家里烧天然气,没有草木灰。花盆放在室内,更不能施臭烘烘的牲畜粪便。呵呵,小小的花盆种菜,没动手之前,还没想到会遇到这么多需要解决的问题。那就先观察观察情况再说吧!

种下种子三四天后,我见土皮干了,就拿花洒喷湿了土面。妈妈说,种子出土之前,不要浇太多水,免得把种子沤坏了。哦哦,这又长了一点知识。大约一周之后,几个花盆里,相继星星点点有幼芽露头。我欣喜地拍下了这充满生命力和希望的绿芽儿。家里是落地窗,玻璃很大,站在花盆旁边,能感受到灼人的热度,这大概够幼弱的菜芽儿进行光合作用了。除了刮风下雨的天气，我基本敞着客厅和对面厨房的窗户，让空气对流，满足菜芽儿的需要。

再过一周，菜苗已经倒出毛叶，能分辨出哪个盆里是什么菜了。我常常在清晨拿了喷壶给它们喷点细细的水雾，看那晶莹的水滴在稚嫩的叶子上滚落，新绿的叶子，透明的水滴，一室安谧中，那水珠润泽的仿佛不是泥土，而是我的心田；那嫩绿的菜苗，也仿佛不是长在盆里，而是长在我的心上。原本荒芜的心田，因了这菜苗的萌芽、生长，渐渐吸纳了生命的能量，汲取了天地的灵气，生出了越来越青葱的希望和梦想。

据说人的目光的凝视，对植物有安抚和鼓励的作用，有助于植物的生长。于是，我一有空就踱到窗前，细细观察每一盆蔬菜的生长变化，看着每一片小小的叶子，渐渐舒展开，慢慢长大。那虽然纤细却充满生命力的植物，仿佛通过目光建立起了与我的连接，把它的力量传递给了我。哦，这就是生命，这就是成长，世间最坚韧的、无可阻挡的成长的力量，却由如此柔弱的生命形态来表达。相对于一株菜苗而言，人类无疑是庞然大物了，可是，对于成长的渴望，我的意志力比得上一株菜苗吗？

掐指算算，种子入土已一月有余，生菜的叶子有一小拃长了，润眼润心的新绿，铺满了整个花盆。闭上眼，我仿佛看到，所有的叶子活动起来，在阳光的爱抚下，变宽，变长，而站在花盆边的我被它牵引着、带动着，在长高、长大……

哦，这成长的力量哟！

落 花

晨起,走到洒满阳光的阳台,看到木槿开出两朵硕大的红花,喜悦之余,忽见地上也有一朵,捡起细细端详。

木槿只开一日,总是凌晨开放,入夜默默凋谢,生命虽短暂,却极尽灿然。这地上的一朵,必然是才开的。

忽然想起,昨晚瞥见有一个待开的花骨朵落在地上,没想到,一夜过后,到了该开放的时节,它居然也开了!

凝视着这朵璀璨的花,我心里有微微的震撼、感动、酸涩,五味杂陈。

这怒放的生命啊!哪怕是离开了枝头,哪怕已经断了供养,哪怕只是躺在热乎乎的瓷砖上,依然没有放弃努力,到了该开放的时节,她排除一切阻碍,拼尽全力,毅然盛开,去完成她作为一朵花的使命!

我随手拿过一个敞口的小茶壶,装满清水,把她轻轻放了进去。于是,她便和她的姐妹们一样,有了水的滋养,在煦暖的阳光下,尽情舒展身子,优雅地开放在白色的陶瓷壶口上。

我似乎看到了昨日的暗夜里,枝头的两姐妹吸吮着来自枝干的养分,不断积蓄着力量,在黎明即将到来的时候,一瓣,又一瓣,再一瓣,缓慢地舒展着,潇洒自如、优雅地慢慢盛开。而她,孤零零躺在地上,忍受着身下的灼热,干渴难耐,却不甘心,不放弃,同样去展开自己的花瓣,极其缓慢地、生涩地,一瓣,又一瓣,再一瓣。干渴使她颜色更深,使她舒展开的身子只有姐妹们三分之二大小,艰难但是她做到了,她眼角似乎要噙着泪水了,但是身体里没有水分,于是她只有噙着那点儿泪意,昂着头,微微地笑了。

在我们的一生中,难免有遇到挫折的时候,也许是一次老师善意的嘲讽引起的同学们的哄堂大笑,也许是一次演讲比赛忘词的尴尬,也许是一次高考的失利,也许是一次单位领导的批评,也许是一次单位同事的恶意中伤,也许是一次失恋,也许是一次婚变……在那样的时刻,我们是什么样的表现呢?

忽然想起那天看到的一则新闻,一个男子去跳河,河面结冰太厚,死不了,气得在冰面上哇哇大哭……

他对生命是如此地轻贱,她对生命是如此地执著。何其鲜明的对比,多么脆弱的人,多么坚韧的花!

记忆的深处缓缓浮现出一辆电动轮椅,轮椅上坐一个四十多岁的男子,轮椅是改装过的,上面带一个小小的木头箱子,箱子里是炒熟的瓜子,箱盖上放一只玻璃杯,一杯瓜子一毛钱。八十年代末的奇台县城街头,他常常停在老车站的路口,沉静地凝望着虚空,不悲不喜,等待着零星的主顾上门。

由他,我想起更多身有残疾的人,有人眼盲,有人失聪,有人行动障碍,有人言语障碍,但他们一样会面对生活的考验,去做自己力所能及的事情,创造社会财富,养活自己和家人,面对残酷的生活,展现出璀璨的笑容,像那朵花一样。

向这朵不屈服于命运的花致敬!

向所有不屈服于命运的残疾人致敬!

花　事

春天来了！相比人类而言，植物对春天的嗅觉更敏锐。我想，我是用眼睛来寻找春天，而植物，与春天血脉相连。

立春之后，南方就渐渐显出一些春意，玉兰花、木棉花把人的眼睛早早地从冬天的萧索中解救出来，在新疆的北疆，直到惊蛰前后，才看到些微春的影子。拂过脸颊的风多了一丝温柔，小区院子里的雪堆，在与春天的抗衡中节节败退，领地渐渐缩小，在雪融化的边边角角，有青青的草探头探脑。

晨起浇花，在那个冬天里撒了太阳花种子的花盆里，惊喜地看到了一颗一颗细细的幼芽。有时候佩服这些种子的个性，你瞧，我在大冬天的时候把它们埋进花盆，屋子里的温度一直是28摄氏度，给其他绿意盎然的花草浇水的时候，我从没厚此薄彼，可它们心明眼亮，知道屋里的温暖只是假象，真正的春天还在遥远的路上，于是它们一直在沉睡，沉睡。直到雨水过后，它们在湿润的花盆里悄悄苏醒，直到惊蛰来临，它们与冬眠的昆虫一同悄悄从土里探出小小的脑袋，那么稚嫩，又那么可爱，让人不敢细细端详，只怕它们承受不住灼热目光的凝视。

木槿是我钟爱的花，家里有两盆，开花都是大红色的，一盆重瓣，一盆单瓣。给它们换了大盆之后，或许觉得能大展身手了，它们愈发枝繁叶茂起来。重瓣木槿有一二百个枝头，每一个枝头都是开花的位置，你可以想象，它一年四季都在开花，不是盛开,就是花苞,无论何时走近,总有一抹鲜艳的红色给你一份愉悦。在春夏季节,因为阳光炽热,它常常会在一天盛开三五朵,甚至六七朵,那么努力,那么热烈,那么专注。单瓣木槿就低调得多,由于植株相对矮小,枝叶稀疏,总是隔几天开一朵,很少赶趟儿。因为一周前我为它清理了红蜘蛛的侵害想要答谢我吗,今天它居然同时花开五朵,五只红艳艳的小喇叭擎一只红色上沾着米黄的花蕊,吹起人类听不到的口哨,把春天来临的消息播报。

家里这盆茉莉,总觉得有点单薄,不像绿萝,只要给点水和肥,就绿油油地不断攀爬;也不像米兰,小小金黄的花儿开了一茬又一茬,哪怕在冬天的窗户下面冻枯了几根枝丫,那一大蓬蓬勃的绿也遮掩了这小小的伤疤。这盆茉莉只有一根主枝,我把它柔软的枝条绕成一个圆环,那些小小的节上会不定期生出新的嫩枝,每一个嫩枝上长三五片叶子,枝头上顶一簇洁白的花苞,开三五朵洁白的花。茉莉的香超乎想象,头一天看到害羞地卷着花瓣等待开放的花苞,我凑近嗅了嗅,没有一丝儿香气。咦,这茉莉,有个性,在开放之前,律己如同处子般严格。次日再看,洁白的小小的花瓣张开了,像一朵一朵轻盈的梦,美好圣洁,无须凑近,便嗅到了浓烈的香,直扑进人的胸腔里去,化成一腔诗意和微笑,沁人心脾。

这一盆三角紫叶酢浆草是极耐看的,它是同学由德艳的馈赠。三瓣紫色三角形连接组成一片叶子,轻盈得像一只只紫色的蝴蝶。小小的浅紫色的花,灵巧而秀气。当初在同学家看到在阳光下舒展得像一把圆伞的一蓬紫色,就被它惊艳,向同学讨要,她大方地拿小铲子在土里挖出七八块花生米大小的褐色根茎。我拿回来喜滋滋埋进土里,果然不久就扎根长叶开花,从稀疏变得稠密。刚刚长成圆伞的样子,家里来了一个朋友,喜欢它,提出移栽的心愿,无奈挖出五六块根茎给她,我这半盆酢浆草变得有点凄凉,足足有两年的时间保持了稀疏的状态。或许,它为我未征得它的同意就让它们兄弟姐妹分离而跟我闹了脾气。我接收到了它的讯息,只能给它多一点目光的爱抚,始终把它摆在接受阳光最多的位置。也许是它原谅了我。两年之后的春天,它突然之间就用浓重的紫色撑起了一把大伞,浅紫的小花像星星一样,在深紫的叶丛中微笑。

那盆文竹是妈妈移栽给我的,妈妈把她盆里的文竹倒出来,从根部分出一半给我。文竹的叶子浅绿细碎,开白色细碎的小花。有一次,我说文竹开花了,一个朋友惊奇地说文竹还会开花。是的,文竹会开花。只不过花太小,比小米粒还小,容易被人忽略。文竹新生的枝子是柔软的,像新生儿般娇弱,长一长,就变老了,不但硬,而且有倒刺。有时候出游归来,便看到文竹窜出了许多新枝,钻进了旁边的绣球盆里、吊兰盆里。我总会把它端出来,一边批评它,一边把那些不听话的枝条一根一根理顺,小心翼翼穿插到它原来的绿色圆筒里去,让它在自己的领地里乖乖地生长。不服管教的它,每次都会给我教训,把尖锐的倒刺刺进我的手指头,整理一次,手上就会落几个红色小伤疤,洗碗的时候用微微的疼痛警告着我,总得一周左右才能恢复如初。

绣球花是家里最乖顺的孩子,从不挑嘴,随便掰一根枝丫埋进土里,几天就能精精神神地舒展身子,半月左右就能开出花来。家里有一盆粉红的,一盆肉粉的,一盆桃红的,开花都是一簇一簇的,一年四季在阳台上明艳着。

家里还有些孩子是桀骜的,比如四季梅和蟹爪兰,要么拗着性子几年不开花,要么零零散散结几个米粒大的花苞,几天不见自己就掉了。

还有些花草就是家里的过客,像茶花和栀子花,买过多次,看着是带花苞的,不久就枯萎了。还有海棠、杜鹃、芙蓉,买回来往往只开过一季,就香消玉殒了,与我无缘长伴。

今天还有一重惊喜。一只空了很久的花盆,原来是哪一种花草枯萎在里面已经不记得了,但是给其他花浇水的时候有意无意也会时不时浇一些,今天无意中把土扒拉了一下,居然看到一株潜滋暗长即将破土的幼苗,绿中泛着月白,有点像君子兰的样子。心怦怦跳着,赶紧掩埋起来,怕过早暴露在空气里影响了它的生长。那种天上掉下来的,不,土里无端长出的惊喜,就像离家出走的孩子终于返家一般,令人有种失而复得的快乐。

养花与养孩子相似,都需要用心。每周浇一次水自不必说,每季度还需要施肥,缺了肥力的花草就像营养不良的孩子一样,叶子单薄萎靡,颜色浅绿发黄,花茎短,花朵小,面对世界,从头到脚都显出怯懦和自卑。有些花的枝干是藤类的,有些花的叶子过于浓稠而枝干吃重,就需要用带杈的树枝给它们做个支撑。就像孩子的人生一样,有些时候需要他人的扶助,或许来自朋友,或许来自父母,当他处于困境时如果外界视若无睹,或许就不得不面对一个生命或者一个鲜活灵魂的凋零。

当然,修剪也是必不可少的,持着“为它好”的本意,我们对着花草落下剪刀,无视花草自己的意愿,把它们改造成我们想要的模样。花草即使有意见也是徒劳的,谁叫它们的归属权在人的手里呢,吃了我的饭,喝了我的水,就得接受我的改造,多么天经地义的理论。无端地想起《红楼梦》里的贾政来,他对贾宝玉的修剪结果是失败的,从行为上说却占据着从古到今观念的高地。

当然大千世界花花草草太多,长在荒野里的固然自由得多,却不得不接受风霜雨雪的洗礼;生在屋里的固然有遮风避雨的屋顶,但即便晒太阳也隔着一层玻璃,更无法避开养花人的关注。至于谁更幸福呢? 恐怕各有各的妙处。

花草自成一个世界,有人听得懂它们的花语,与它们互动,有人养花只凭自己的心绪。但无论如何,家中有花,就多了一些柔软和灵气,多了一些向善向美的心意,多了一种名字叫"爱"的看不见摸不着的情绪。

你好,旧时光

在2019年的最后一天,回头望去,其实,我最难忘怀的是2018年的12月31日。那天,我一个人驾车在昌吉市,跟随各色售房人员,看了十五套房。

地冻天寒,我的心比天地更冷,因为它无所归依。年近五十岁的女性失婚离家,对于谁,都是一场灾难。尽管,那是我的主动选择。

天黑了,看完最后一套房,与售房人员分手后,我独自驾车在昌吉市的大街小巷次第走过,漫无目的。路边那么多的高楼大厦,那么多盏温暖的灯光亮起,可是,没有一扇窗户是属于我的。每一盏晕黄的灯光下面,都有一个待归的人,可是,没有一个是等我的。那种孤单、那种晦涩、那种寥落、那种伤情,永生难忘。

当晚,便下定决心选定了一套房。元旦过后,交定金,签合同,凑房款,在亲朋好友的资助下,全款购买了现在的居所。2019年初,委托了装修,六月,搬进新居。我终于长长地舒出一口气,一直高悬的心落进了胸腔里,这个城市,终于有一块地方,属于我一个人,完完全全地属于我了。

那是一种无比美妙的感觉,踏实,自在,想怎样就怎样,能高高地扬起头,能直直地挺起腰,能横着走,能理直气壮地对物业人员说"你们公共卫生打扫得不行!"能仰面朝天倒在沙发里,没有任何顾忌,不必看任何人的脸色,不必考虑任何人的心情,那是怎样的一种舒爽和自由!

2019年3月到10月,一直处在紧张的工作状态中,心弦老是绷得紧紧的,常常有脱离掌控的事件出现,问题没法解决的时候,人就像笼中困兽,恨不得把什么撕个大口子,好能喘喘气儿。

11月,工作上基本没什么项目了,零零星星的活,心终于闲下来了。于是,又捡起了我的梦想——读书、写作,心灵找到了皈依。

11月到12月,两个月的时间,长长短短的文章四十二篇(首),订阅号一日一更,三十五期,从稿件校对,到文本编辑,图片寻找和编辑,基本一个人完成。回头想想,觉得这两个月,我是在文学的大道上闷头狂奔。总觉得来不及,因为我已经浪费了那么多那么多的时间,三十多年的光阴,我与文学分离,好不容易再聚首,我只想紧紧牵住她的手,再也不想分开,再也不能分开,再也分不开!

在文学的天地里,我还什么也不是,但我在努力。我相信,终有一天,我会成为什么! 她的天地中,终会有属于我的小小的一隅,就像我的新居一样。那么多的高楼大厦,终于有一盏灯属于我,一扇窗户属于我,将来,还会有一颗心属于我,虽然现在还不知道他在哪里。

悲喜交错的旧时光,温暖我心。

今夜,独坐灯下,写下这些温暖的文字,并不觉得孤单,只觉得幸福和满足。也许,当一个人的内心平和而丰盈的时候,正是他成熟的时候。

在这静谧的夜里,回望来路,我只想牵起嘴角,轻轻道一句:你好,旧时光!

家的样子

　　我的家是什么样的呢？

　　我的家必定是宽敞的，有四间以上的卧室，盛得下我的父母、妹妹、两个女儿和我、我的先生。

　　家里的墙壁得是白色的，月白，纯净又温馨。家具得是实木的，让我时时刻刻能接触到植物，哪怕只是曾经的植物，也会让我感觉是生活在大自然的世界里。

　　窗帘是蓝色的，那是海的颜色、天空的颜色，即使在阴天的日子里，我的世界也是晴天；即使闻不到大海的味道，也可以通过海的颜色感受海的宁静和广博。

　　窗户得是落地的，让我经常沐浴在阳光之下，接受阳光的爱抚，让内心的明亮温暖与外界的明亮温暖合二为一。

　　窗前得有白色的铁艺花架，花架上得有几盆花，不能光有绿色盆栽，得有花，让我在花开花谢间，感受生命的轮回，沉寂与繁华。

　　我的卧室得有一张足够大的床，从这头翻到那头去的时候，不至于掉在地上。还得铺着厚厚的棕垫，不仅要承载我的身体，还得承载我多变的梦境，那里有童年的美好回忆，有青年的意气风发，有中年的恬淡沉着，还有对温煦的老年生活的规划和向往。

　　厨房里各种锅灶家具要齐全，因为那是最有生活味的地方，酸甜苦辣咸，人生百味,最后都汇成香喷喷的饭菜味儿,被一股脑地端上桌,从中品出浓浓的母爱。

餐桌兼做我的电脑桌,其实本来是梳妆台兼做书桌的,但是我不喜欢那些脂粉味儿,怕熏坏了我清新的文字。我宁愿坐在餐桌前,让我的文字受些甘甜的水果味儿、温暖的饭菜味儿的熏染,熏出些人情味儿,暖心。

生活在这个家里的成员,必定是内心充满着爱,浑身散发出爱的光芒的。

我的父亲是一个小有名气的作家,虽然性格上也有点儿缺陷,但是年龄越大心态越平和,为人处事越有亲和力,不再那么容易冲动和急躁,让我不由得想起"六十耳顺"的古语。父亲除了拉二胡之外,更多的时间用来写作,把自己毕生积累的知识通过一篇篇文章用简洁朴素的语言表述出来,引领我们去认识这个世界。父亲的内心充满了对大自然、对亲人、对生活的热爱。

我的母亲是一个家庭妇女,可她不是一个简单的家庭妇女,而是一个有修养、有内涵、有文化、有能力的人。年轻的时候,她挑起家庭的重担,把我们三个孩子抚养成人。年龄大了,她帮着我们带孩子,用她的巧手做美味的饭菜、精美的绣花鞋,用一肚子的故事滋养我两个女儿的心灵,让她们从小懂得是非曲直、美丑善恶。她做人有原则、与人为善,从不口出恶言,待人仁厚宽和。我们的家族是一个大家族,母亲是长嫂,与五个小姑子相处都很好。我的姑姑们常说,母亲不仅是她们的亲人,还是她们的朋友。我现在还记得她年轻时,心情好的时候,会细声细气唱《洪湖水、浪打浪》《绣金匾》《送军》,调子拉得长长的,韵味十足。

我的妹妹是一个残疾人,是最不幸的那种,脑残。她三岁的时候发高烧,烧坏了智力神经,从此成长的只有身体,心灵永远留在了三岁。她常常会把鞋子左右穿反,衣服正反穿错,扫地扫不干净,擦灰擦不对地方,说话只会简单的那么几句。她的日常起居,一切都需要母亲来照管,这一点,没有超常的爱心和耐心,是做不到的。我的妹妹虽然是一个傻子,但她也很善良,因为她不懂得恶是什么。她太过简单透明的心里,生不出恶这么复杂的东西来。她常常想念亲人,我的女儿、我们的姑姑姨姨、我的弟弟等,所有不在身边的亲人,她都想念,会常常念叨,一旦见了真人回来,会拍掌大笑,状若疯癫,其实我们都知道她只是高兴而已。妹妹一直跟随父母生活,父母走到哪里,就把妹妹带到哪里,须臾不离,像一个尾巴。

我的大女儿是一个聪明懂事的孩子,大学一毕业,就开始靠自己的劳动养活自己。在我离开身边的两年里,她既能自己生活自立,还能照顾小十岁的妹妹,实际上接了我的班,给小女儿当了两年"妈妈",从衣食住行到心理辅导,做得非常到位。她养了两只英国短毛猫,爱其若子,不怕花钱、不怕麻烦、不嫌脏臭,走到哪里带到哪里,最近去西安,把猫也带去西安了。女儿养猫,跟我妈养我妹妹一样,有无限的耐心和爱心。

我的小女儿性格比较内向,不太爱说话,但很懂事,喜欢学习,成绩也很好,很恋人。我离开几天,她就发微信问我:"妈妈,你哪天回来呀?"这简单的一句,就把我的魂儿勾走了,简单处理下手头的事务,驱车二百多公里,颠颠地跑来一日三餐照顾她,接送上学,陪伴,让我们两个都沐浴在浓浓的亲情里。

当然,这个家现在还缺席一名家庭成员,虽然生活也算幸福,却不够完满。这个先生的岗位暂时空缺,虽然也有前来应聘的人员,却屡屡因心灵的契合度不够而一触即离。尽管父母一直很忧心,我却信奉顺其自然。已经人到中年,把一切都看透看淡,能遇到心灵的知己就彼此做个伴,相互扶持走向老年;如果不能遇到,也绝不将就,经济独立的女人独自生活,真没什么大不了的。与书为伴,知晓古今中外多少事,心灵绝不孤单;以笔为伴,写出苦辣酸甜诸般味,精神丰富圆满。

我的家,就是我的港湾,不管外面有多少风风雨雨,这里始终阳光灿烂,即使面对雷霆万钧,我也坦然展现欢颜。

回归田园的梦想

一直有一个心愿，回归农村，在那里建一院房。种一方庄稼，养一圈牛羊。雨天的时候，伏案写作，为梦想奔忙。

清晨，在鸡啼中起床，荷一把老铁锨装作下地，去观赏麦苗的碧绿，嗅闻梨花的甜香，随着暖暖的阳光，向青草更青处徜徉。

累了，找一处荫凉，在清风拂面中，掐一把野花，装点容妆。

家里的午饭，无需铺张，菜园里摘来新鲜的蔬菜，配上新鲜的羊肉，拉条子的滋味儿比啥都香。

饭罢，在沁凉沁凉的土炕上，好好儿歇个晌。

薄暮时分，拍一幅夕阳下的剪影，留几处麦田里的风光。

最好有人牵着我的手，我牵着我的书，收获一路艳羡的目光，在微风中散步、聊天、畅想。倦了，找一处草坡，背靠着背，数数天上的星星，找找天上的牛郎在哪里放牧他的牛羊。

踏着星光回家，惊起一片蛙鸣，欣赏夜虫的吟唱。看院里的狗儿撒欢，喂屋里的猫儿一把粮。

闭了电灯，在院里打个地铺，看着满天的星光，闻着满院的花香，渐渐沉入梦乡。在香气四溢的梦里，恬静安然，岁月无恙。

下雨的日子,把屋里的花盆搬到屋外,去承接天雨的滋润,拥抱微风的清凉。

落雪的日子,烧红了火炉,炉上坐一壶水,滋滋地响。炉灰里埋两颗洋芋,待煨熟了,剥了皮,香气四处流淌。烫一壶老酒,炒两个小菜,酒至微醺,唱许多古老的歌谣,让歌声在漫长岁月中,慢慢晕染,缓缓飘扬。

在那样的梦里,孵出的文字,必然散出月亮的柔光,渗出花儿的芬芳,穿透岁月,一路留香。

想念土炕

许是老了,忽然之间,就想念起旧时家里的土炕来。

那是一个我们当地特有的称谓"钥匙头炕",是区别于"满间炕"而言的。满间炕是半间屋子都被炕占据,人可以在炕上翻跟头,从一头翻到另一头,因为两头都是墙,无需担心掉下地。钥匙头炕就需要当心,有一侧是空悬的,妈妈在空处放了一个敦敦实实的木柜,红色的,不常穿的衣服、做好的鞋、裁衣服剩下准备做鞋面的布头,都一个包袱摞一个包袱地分门别类挨挨挤挤窝在柜子里,日常不见天日,换季时才大白于天下。

自从有记忆开始,我就在这盘炕上长大。

炕白天空落落的,墙角叠放码高的被垛子,用一只白色的被单盖起来。父母总是早早就下地干活去了,弟妹都小,叠全家的被子就成了我每天早晨面对的第一项家务。我每次都把被单抖平了搭在被垛子上,比划着两头均匀,两侧分别包围过去,在上方灵巧地折出一个三角再翻过去,被垛子就整整齐齐四棱见方威风凛凛地站在墙角了。被单上妈妈绣了花,有一幅是喜鹊登梅,一幅是梅花欢喜满天雪,轮换着用。

夜晚,土炕承载着我们一家的美梦。我睡在靠墙的位置,之后依次是妹妹、弟弟、妈妈、爸爸。爸爸睡在最外侧,是一家的守护神。

这小小的土炕,冬暖夏凉,哪个季节睡着都很舒服。

夏天做饭在南面独立的厨房,夏天的炕凉沁沁的。秋冬则不然,从下霜开始,就把厨房搬进主屋,炕上连着做饭的炉子,一日三餐毕,炕就热烘烘的了。尤其在冬日的夜里,一家人都在起居室里,爸爸在写字台上备课,我和弟弟围在方桌上写作业,妈妈在炉子边纳鞋底。那时农村的木门窗不太严实,寒冷的北风从门窗的缝隙里钻进来,俗话说"针粗的窟窿牛粗的风",看着生铁炉子炉膛里一直有火苗,可等写完作业,腿脚早凉透了。细心的妈妈早已把大家的被褥都铺好了,钻进去,被窝热烘烘的,那份满足感,穿透时空,一直藏在我的岁月里。直到现在,家里虽然有暖气,春秋两季,未免寒凉,觉得被子冰凉的时候,只好开了电热毯,但终归没有小时候的热炕舒服。

连猫都喜欢睡热炕。小时候家里有一只花狸猫。记得有一年,狸猫下了一窝猫娃子,父母给她们一家把窝安在正房对面的库房里。可是狸猫知道天冷,怕冻坏她的小宝宝,就轻轻叼住小猫仔的后颈,跳上屋门,从屋门上方的亮窗子进屋,把猫仔一只一只放进我的被窝。早晨起来,我的热被窝里除了我,多出来狸猫一大家子,被妈妈嘲笑一番。

时代进步了,现在农村的人家也都睡床了,可土炕带给我的温暖,却历久弥新,念念回响。

劳动的幸福

当你在讲台上，面对学生送出温暖微笑的时候；当你在电脑前，写下一行行文字的时候；当你在朝阳中，在湿润肥沃的土地上点下一行行豆种的时候；当你在夕阳下，寻找走失的小羊羔的时候；当你在工地上，打下一个定位桩的时候；当你在晨光熹微的街道上，清扫一片片落叶的时候，你是否意识到，你是幸福的呢？

没有劳动就没有人类，或许，对劳动的热爱，从人类诞生的那天起，就写进了我们的血脉里。不信你看，古人告诉我们，日出而作，日入而息。这是最早对于劳动的记录，延续了几千年，如今依然是热爱养生的人遵守的规范。

《礼记·月令》中记载：（孟春之月）天子亲载耒耜……帅三公、九卿、诸侯、大夫，躬耕帝籍。这不单单是一种仪式，更是古代整个社会对劳动的尊重。

是的，劳动会让人产生满足感。"莫笑农家腊酒浑，丰年留客足鸡豚"，这通过双手劳作换取的丰衣足食的日子，洋溢着多少喜庆。透过这两个句子，仿佛能看到背后那张满足的、炫耀的笑脸。劳动仿佛是天经地义的，"童孙未解供耕织，也傍桑阴学种瓜"，这是言传身教的力量，连不谙世事的小童的游戏，都是在学习劳动（种瓜）。

你辛辛苦苦做出几道美食，当家人边享用边称赞时，你的心中满盈着快乐；你在门前栽下一棵果树，把甜美的果子分享给亲戚朋友时，会情不自禁骄傲地加一句"我种的"，那果子也比买来的要香甜很多。自己写的文章总喜欢多读几遍，自己公司的产品格外顺眼,自己学生的每一点进步都令人喜悦,自家的孩子比谁家的都聪明可爱……你洒下汗水的地方,总是最牵动你的心扉,这就是"劳动"带来的自豪。

还有什么比劳动更让人幸福的呢?

更何况,能劳动者,还拥有令人羡慕的健康、亲密协作的人际关系、有序的生活和深度的睡眠,以及,自由。

放眼当今的中国,无论是机声隆隆的田野、碧草青青的牧场、挥汗如雨的工地、海洋深处的渔场,还是干净整洁的工厂、医院、学校、酒店、商场……无论你走到哪里,只要能看到人的地方,就能体会到劳动的欢畅。

只要不怕挥洒汗水,都能衣食无忧、幸福安康。

你是一个幸福的劳动者,你知道吗?

多年以后，与跑步重逢

人生很奇妙，有时候，因为一次不经意的遇见，就会改变自己的人生轨迹。

上个月，在游览木垒马圈湾景区的时候，偶然的机缘，邂逅了咏香，她是一名气质出众的美丽的钢琴教师，同时，也是昌吉市遇见跑团的成员。

就这样，我邂逅了跑团。

在跑团的微信群天天看到他们晒跑步打卡内容，心里蠢蠢欲动。回到昌吉市几天后，群内推出一个打卡二十一天的挑战活动，我鼓起勇气报了名。

次日晨，在海棠大道，我见到了跑团组长婧人，她个子不高，特点就是瘦，精气神足。她教我如何使用APP咕咚记录跑步，教我正确的跑步姿势，告诉我跑步需要的基本装备：带止汗条的帽子、飞巾、速干衣、腰包、跑鞋。这简直像给我打开了一个新世界，我原以为简单的跑步，原来还有这么多讲究。

她跑在我左侧，一边与我说话，一边轻轻松松跑着。她说她有配速要求，一会儿来迎我，就大步朝前跑走了。

我像一只在干涸的泥塘里挣扎的鱼，张大嘴巴，摆动双臂，拖着双腿，机械地朝前跑。说是跑，其实比走快不了多少，简直就像做着跑的动作在拍戏。双腿沉重得迈不动，笨重的身体不肯轻易向前，就这样一步三晃地勉勉强强跑着。

心肝脾肺肾，所有的内脏都在剧烈的晃动中叫嚣着，停下来，快停下来！于是我改跑为走,跑一段,走一段,等气喘匀了,再接着跑。

在一周之内,身体还在适应期。腿疼自不必说,腰也疼了,膝盖也疼了,只好将慢跑改成健步走。到跑步加健步走十天以后,身体好像适应了,终于让三千米的跑步不再那么艰难。

这时候,所有的感官功能都回来了。新割草坪散发出浓郁的草香,金色的阳光在树叶上跳跃,一群衣着鲜艳的女人在欢快的新疆舞鼓点下踩出优美的舞步,老大爷边健走边听着秦腔,小伙子碎步跑的同时听着激昂的音乐,中年男人汲取养生知识的滋养。

健康路口前后,算是一个早市,我闻到了桃子的香、甜瓜的甜,从茄子、辣子、西红柿旁边穿过,把韭苔、蒜薹、豆角们远远留在身后。赶上了拎白菜的阿姨,又被骑着电动车急匆匆去上班的小美女赶超。

这是生机勃勃、充满人间烟火味的秋天的早晨,平凡又美好,每一个早晨都与昨天相似,却又有那么一丁点儿的不同,或许今天的天更蓝,今天的风更轻,也或许增加了一个追风的少年,或者某人跑动的双腿变得轻松。

当你放下一些东西,清理一些东西,适应一些东西时,世界也会变得不同。

记忆中上一次的跑步,是二十六年前的东地小学,阔别二十六年之后,我与跑步在秋风中重逢,激烈的心跳、沉重的脚步、紧张的肌肉都是健康出现状况的提示音,用一点点毅力坚持下去,捱过了最初的那点儿痛,会欣然迎接健康的回归。

当奔跑在林荫大道上,调动全身所有的运动细胞的时候,你甩下的是颓废和虚妄,迎接的是新的生命与力量的回归。被琐碎的生活打磨掉落一地的健康向上,被奔跑的脚步捡回,每一个脚印,聚拢一点点的能量,如同跑道上树叶漏下的点点碎金,如同萤火虫点点的光亮,这些能量慢慢聚拢成团,环绕你,包裹你,让你成为一个崭新的发光体,温暖自己,照亮别人。

从高跟鞋到跑鞋

大红、酒红、黑色、白色、米色、金色、咖色,酒杯跟、细高跟、中粗跟,打开鞋柜,一排排高跟鞋像被遗忘在风中的往事,落寞而寂寥地缩坐在时光的一隅。

是的,我变心了,爱上了跑鞋。

高跟鞋是我回不去的飞扬跋扈的青春,跑鞋是我安静温润的现在。高跟鞋是靓丽的,招摇的,高傲的,喧哗的,先声夺人的;跑鞋是朴素的,沉默的,内敛的,贴心的,恭谨谦让的。不见得谁比谁高明,它们是双生花,是一枚硬币的两面,是人生的不同阶段,是终将离去的岁月,终将发出冗长的回声。

它们都有各自的好时代。在它们的主场上,它们都是主人的卫士,主人的一部分,承载着主人的喜爱,重托,自家人才知晓的秘密。

从高跟鞋走向跑鞋,从青年走向中年,从关注时尚漂亮到关注舒适自在,走好人生的每一季,一季有一季的精彩。

高跟鞋走的是职场的瓷砖,跑鞋亲吻的是运动场的地面。穿高跟鞋的时代,关注的是事业、家庭、孩子;穿跑鞋的时期,关注的是运动、健康、向上。

如果,你在晨曦微露时穿着跑鞋飞扬一天的好心情,换上高跟鞋再去书写职场的精彩,恭喜,你的人生比很多人更出彩。

认领一个来自星星的孩子

经常在抖音直播间晃荡的人都知道,在直播间被人喊"大哥""大姐""兄弟""家人""帅哥""美女"是常有的事,但是被陌生人叫"妈妈",恐怕是绝无仅有的。

所以,当作为一名聊天主播的我,在屏幕上看到这样一行字的时候惊呆了,"妈妈,我想叫你妈妈。"我以为是这个叫钟圳的人在恶作剧,于是笑着说:"你想叫我妈妈?你多大呀想给我当儿子。"不料他回复说:"我才19岁,我是残疾人,站不起来,我没有爸爸妈妈,我渴望母爱,我想让你当我妈妈。"我愣住了,为难地说:"好吧,那你叫我干妈吧。"不料他很坚持地说:"不叫干妈,叫妈妈。"屏幕上原来弹跳的字都不见了,大家都静下来。

然后他又说:"回关我呀。"我说着好好好,点了他的回关,顺便看了他的头像,真是一个年轻人。直播间有一个后进来的人奇怪地问:"这个叫你妈妈的人是谁?""我也不认识,今天第一次进来的游客,说没有父母,想让我当他妈妈。"正说着,钟圳的句子又跳出来:"妈妈,喊我儿子。""哎呀,我只生了两个女儿,还不习惯叫儿子。我叫你小圳吧。""叫儿子。"他很固执。我想,没人会这样固执地开玩笑,叹口气道:"好,儿子,你好吗?"他说了一个"好"字,再没发言。

被这莫名其妙当妈的经历弄得没了兴致,我看看时间也差不多了,匆匆结束了直播。刚关掉直播,我就看到了钟圳的留言,是一句语音,点开只有两个字"妈妈"。

语句不太清晰,像一个醉酒的人语无伦次。他是什么残疾,兔唇吗?我怀着好奇点进他的主页,大多数是一个货架,货架上摆着一些生活用品,显然这是一个小店面。有一个作品有字幕,写着"感谢一年来给予我关怀帮助的人"。点开有人像的内容,果然是一个大孩子,只是他一直不看屏幕,总是低垂着眼睑。几个视频,不是躺着的,就是坐着的,有声音,都是AI配声,没有他自己开口说的。

了解了基本情况,我回到私信语音回复:"你好呀孩子!你怎么样?你在云南吗?我刚进你的主页去看了看。如果乐意你可以给我讲讲你的生活。"他回复说:"叫儿子。""可以呀,叫个儿子。你好呀,儿子。""我在云南,不会走,和奶奶在一起。"正看着他的留言出神,他居然打来了视频电话,犹豫了一会,我还是从沙发上直起腰板接了,看看他到底是装神弄鬼,还是真的。

视频里果然是主页上那张脸,一张清秀的长脸,依然不看人,脸上有一丝羞怯,说:"妈妈。"一阵心酸涌上来,我爽快地答应:"哎,儿子。你怎么了?说话为什么不清楚。"他脸上浮起一朵笑:"脑瘫。"他所说的残疾,居然是脑瘫!"哦,"我赶忙安慰他,"你的情况其实没那么糟,你还认识字,你还会开店,你还可以养活自己,你很好啦!我妹妹是脑残,她除了吃啥都不会干呢!"他的笑容加深了。"我上了五年级。"看到他伸出五指,才明白他的意思。"你不能走路,是怎么去上学的?""奶奶背我。""你很棒。"他又害羞地笑了。他依然不看我,说了一句什么我没听懂。我愣着,极力想理解他的话。他着急起来,用手捂住了眼睛,我才明白他说的是"不要眼镜"。我说着好好好,赶忙摘下眼镜,像对待一个几岁的小孩。

"妈妈,我爱你。""儿子,我也爱你。"现在说出"儿子"两个字已经顺溜多了。"妈妈,我要做你的宝贝。""好,你做我的宝贝。""妈妈亲亲你。"本来没听懂他的话,看到他半边脸动了动,似乎努了努嘴,我瞬间明白,笑着也对他努了努嘴。他整个脸都笑开了,眼睛依然不看我,可是脸上在发光。我说:"很晚了,休息吧。晚安。""妈妈,你真好。""好,快休息吧。我挂了啊。"挂完电话我又看到了他的留言:"妈妈,我需要你。""除了爱和关怀,我给不了你什么。""我很缺母爱,需要你弥补给我。""好。""你声音好温柔。""以后有的是聊天的时间。""儿子爱听妈妈说话。"

他脸上写满了不符合年龄的纯真,像一个两三岁的幼儿。这是星星的孩子吗?抖音平台功能如此强大,居然硬塞给我一个来自星星的孩子。

卷二　啄饮篇

经历过食物短缺的胃,对余生的每一口粮食都分外珍惜。洋芋、萝卜、白菜、韭菜,那些大自然的深情馈赠,当我和我的父亲、母亲在厨房里摆弄它们的时候,有一种敬畏,有一种欣悦,有一种满足,有一种创造的快乐。那热气腾腾的人间烟火,是我和父亲、母亲永远的情之所钟。

奇台过油肉拌面

过油肉拌面是新疆奇台的一道标志性名吃，知道奇台的人，基本都听说过过油肉拌面；到过奇台的人，如果不能品尝此道美味，简直就是入宝山而空返。外出的游子归家，千里万里的回来，最盼望的就是一进家门，能端上一盘子妈妈做的过油肉拌面，唏哩呼噜吃进肚里，那个舒畅呀，犹如盛夏里忽然吹过的凉风。

我弟弟在陕西工作，一年总要回来两三趟，每次都重复同样的行程，早起随便嚼两口吃食赶飞机，中午地窝堡机场落地后，立马换乘汽车，饿着肚子再赶三小时的路，就为了那一盘妈妈亲手做的过油肉拌面，哪怕午饭已变成了晚餐，也乐此不疲，坚决不会在途中让其他食品占据了自己的胃。

日常家里做过油肉最适宜的是猪肉，羊肉太贵，牛肉太老。买回的新鲜肉切成手掌大小的块，用刀整理成方块，放进冰箱冻上。

晚上，拿出两块已经冻得邦硬的肉，自然解冻十分钟，顺丝切成五分硬币薄厚的肉片，手边放一盆水，现切现投进水里，好漂去肉里的血。硬硬的肉片遇水，就如同英雄遇到了美人，百炼钢瞬间变成了绕指柔，切完抓一抓，捞出来放进另一个盆里。放一勺姜粉，一勺花椒粉，倒一点酱油，拿筷子顺一个方向搅一搅，调料基本打匀了，放两汤匙淀粉，淀粉以奇台本地产的洋芋粉为佳。然后继续拿筷子顺向搅，看不到白粉了，下手抓一抓，水少了就放点水，水的多少以看到肉片相互之间滑溜溜为宜。

然后静置半小时,再用手抓一次,覆上保鲜膜,放进冰箱保鲜入味。

为什么要用手抓呢?用手抓过的肉比用筷子搅拌的肉香,就如同饺子馅手剁的比破壁机打的香,拉条子面手和的比机器面香一样,百试不爽。我想,各中原因,或许是满满的诚挚与爱心构成的纯手工赋予了食物别样的情义,激发出了最美的滋味。

次日晨,把肉从冰箱里拿出来下手再抓一次备用。十二点左右,拿出红色绿色的辣椒、葱、蒜、蒜薹洗净切好备用,和好拉条子面。

一般饭馆的过油肉放青椒和木耳,经过实践,我们认为青椒多了太辣,菜少肉多太腻,放点蒜薹刚刚好。

拿碗盛点水,加入酱油、醋、鸡精、姜粉、花椒粉、盐,用筷子搅匀了备用。如果有羊肉汤代替水,味道会更好。

面揉过两次,已经推得方方正正醒在面板上了,可以过油了。

倒大约一碗清油在锅里,烧滚后,捞一筷子肉放进油里快速搅动,肉片在热油中上下翻滚,如同鱼儿在水中穿梭,似乎无比快活,幽幽的肉香随之飘散开来。过油要注意火候,因为肉片切得薄,在油锅里打几个翻身就得及时拿漏勺捞出来,久了肉就老了,就失去过油肉的特色了。

肉全部过好油,把锅里油倒出来剩个油底子,葱、蒜放锅里炒香,蒜薹下锅炒得半熟时,肉进锅,淋一圈酱油,翻炒两下,辣子进锅,备好的调料汁进锅,再翻炒几下,尝尝咸淡,就可以出锅了。

我非常不理解爱上餐厅吃饭的人,尤其不喜点外卖,先不说餐厅的卫生条件怎么样,食材的新鲜度怎么样,单是滚烫的饭装进塑料盒里,就失了它原始的香味!

不爱做饭的人,很难体会到做饭的乐趣。我常常觉得,做一顿饭有点像打一场仗,捡菜、洗菜、切菜、和面,那都是战前准备,如同兵马未动粮草先行一般,要想做出美味的饭菜,细致的准备工作是必不可少的。

打开油烟机锅中倒上油,就像是擂响了咚咚的战鼓,神经紧张起来,切好的肉、菜、配菜、酱壶醋壶,各样佐料,就是那列队的士兵,即将为了主人的口腹之欲赴汤蹈火在所不辞。油一旦烧热,那就如同战场上打响了第一枪,先让谁打头阵扑进油锅,再由谁调出香味定下胜利的基调,最后大兵压境齐刷刷扑向战场,在上下翻飞的锅铲中,由硬变软,由生变熟,在相互的碰撞和倚靠中,生发出自身最优质的基因,变成了人间美味。

这整个过程流畅而紧凑,行云流水一般,气定神闲,把握准确,操作熟练,不急不躁,才能做出可口的饭菜。急躁火大,容易夹生或者烧焦;温吞拖沓,又易把菜烧得过烂;三心二意,容易把锅烧干;马马虎虎,往往味道平平,味同嚼蜡。只有带着轻松愉悦的心情,以喂好家人的肠胃为己任,把做饭当做一种享受,才能真正做得出极品的美味来!

做饭还有很多乐趣,看到用心做好的饭菜讨喜的模样,先会生出一种成就感;这些饭菜被亲近的家人一扫而空,又会有无比的满足感;倘若家人中有那情商比较高的,边吃边赞,那做饭的人简直自豪感爆棚,幸福无比,如同得胜回营的将军一般,看着人吃比自己吃还高兴!

在炒过油肉的同时,要在另一个灶上烧水,待这边菜出锅,那边水也开了。这时面板上犁成条的面已经醒好了,取一根放在面板上,两手像燕子翻飞一般上下轻搓,方柱形的面剂子瞬间变成了圆柱形,两手抻开,顺势一甩,在台面上轻轻碰几下,两手交互一理,抻长了的面被搭上另一根手指,继续抻继续甩,三次重复之后,细长细长的一根拉条子面就成形了,扔进沸腾的水里。继续,四根面差不多就是一盘子。

煮上三四分钟,拿笊篱捞进盘子里,滚烫的面,拌上喷香的过油肉,白的面,黄的肉,大红浅绿的辣椒,黄绿的蒜薹,养眼又养胃。吸溜一口,那个香呀,仿佛把归家游子空洞了一个世纪的乡思,都用这一盘面悄无声息地补上了。

奇台大盘鸡

大盘鸡是新疆特色美食中的代表,尤其在奇台,大街小巷的饭馆多半做大盘鸡,家庭聚会中,大盘鸡也是必不可少的主打菜品。

逢年过节时,主人用大盘鸡来招待亲友,表达最隆重的欢迎;游子归家时,母亲用大盘鸡来抚慰子女,表达最深切的思念。大盘鸡就是奇台人最浓烈、最诚挚、最深切的感情的表白。外地的朋友来奇台做客,如果朋友拿大盘鸡招待你,恭喜你,你是朋友心目中最重要的人。

大盘鸡做好一般盛在大盘中,一家人围桌食用,这是名称的由来。

做大盘鸡的鸡,一般以农家散养的土鸡为佳,芦花鸡次之,三黄鸡再次之。

在奇台,大盘鸡中可炖入各种不同的菜品,如洋芋鱼鱼、洋芋、宽粉、花卷、干豆角、干花菜、山药、粉条,等等。

今天我家的午餐是芦花鸡炖洋芋、凉拌小白菜、皮带面,犒劳我家最辛苦的中学生。

洗净切块的鸡,先放进水里略煮一下,撇去浮沫,清掉碎骨头渣子,备用。葱切段、蒜整瓣、青椒切块,洋芋切块。整袋的新疆大盘鸡调料开封,朝天椒、花椒、八角、姜皮、桂皮、丁香、香叶、草果、胡椒,各样捡出部分备用。

打火倒油,略烧一下,先把调料放进油里炸一下,再把鸡块入锅,炒动几下,加入料酒、酱油、葱蒜、盐，翻炒，加水炖。如果加鸡汤炖，会更美味。

大火烧开，小火慢炖，"紧火米汤慢火肉"，土鸡、芦花鸡一般要炖一小时。炖时一定要注意水量，万一水干了，鸡还没熟加点开水，继续炖。等到满屋子飘起浓郁的鸡肉香味，掀开锅盖，尝尝，确认肉已熟，将切成片的洋芋铺在鸡肉上，再闷一会，加点盐，翻炒一下，红色、绿色青椒下锅，翻炒，尝尝咸淡，就可以出锅了。

大盘鸡的特点是辣味出头，入口总体的感觉是鲜香麻辣，鸡肉在口里丝丝入味。吃一块鸡骨头，再来一口炖得绵软的洋芋，洋芋中炖入了肉香，那是一种极致的香，香得你神魂颠倒，所有的心神都集中在了食物上，筷子根本停不下来。

大盘鸡的绝配是皮带面。皮带面一定要薄，又不能煮烂，蘸着大盘鸡的汤吃，再配上碧绿的凉拌菠菜或小白菜，荤与素相互搭配，菜与面完美结合，堪称美食中的经典！

所有主人送给客人的心意，天下所有母亲对归家游子的抚慰，都在这美味的大盘鸡里无声地表达。聪明的你，收到了吗？

奇台羊肉汤饭

新疆有个奇台,奇台的美食远近闻名,其中有一样家家都会做,男女老少都爱吃的饭叫羊肉汤饭。

奇台的羊肉汤饭不同于其他地方的小吃。比如陕西的汤面片,奇台人觉得味淡,河南的汤面条,太软糯,没嚼头,用奇台人的话说叫"囊囊稀稀的",不喜欢。羊肉汤饭最适合在天冷的时候吃,比如冬天,或者秋末、初春,从冷飕飕的外面回到温暖如春的家中,香喷喷、热乎乎的两碗羊肉汤饭下肚,所有的疲惫、寒冷、不顺心都一扫而光,让人从里到外都透着敞亮和欢愉。

羊肉汤饭是个笼统的称呼,如果要细分,按照面的不同形状可以分为:汤揪片子、炮仗子、汤面条、汤拨鱼子、汤二截子、汤切刀子等。

揪片子,是把面剂子用手捏平,抻开,形成薄的长条,再用手揪成约五厘米长的面片。炮仗子是约五厘米长的圆柱形面条,面条是拿擀面仗擀开切的细条。拨鱼子是用筷子拨的小鱼形状的面。二截子跟揪片子很像,就是长一点。切刀子跟面条很像,就是面擀得厚一点。

奇台的羊肉汤饭香,主要原因是羊肉香。奇台本地的羊肉特别香,不腥膻。牛肉汤饭或者素汤饭都没羊肉汤饭香,奇台人一般不会用猪肉做汤饭。

正是初冬时节,今天,我家的午饭是羊肉炮仗子,配菜青椒炒腊肠。羊肉、胡萝卜、青萝卜、洋芋、西红柿、香菜、葱、蒜、青椒、腊肠,所有菜、肉切成小块备用。

我这边备料的时候,妈妈已经在那边和面了。

奇台的美食之所以能扬名立万,跟奇台的优质面粉息息相关。奇台有肥沃的黑土地,甘甜的天山雪水和地下井水浇灌着沃野千里,由于日照时间长、光照强、早晚温差大,奇台出产的小麦加工成面粉,和的面筋骨好、味道香,吃在嘴里有嚼头,还好消化。奇台人一年365天里有350天吃面食,年年如此,却一辈子都吃不厌。

和面一般用温水,十几度吧,水热了面容易皴裂,水凉了下面的时候黏手。水里放一小勺盐,左手端水碗,往面粉上倒点水,右手逆时针搅动面粉,使面粉变成絮状。左手点点滴滴地倒,右手丝丝缕缕地和。

小时候,妈妈教我和面,讲过一个笑话,我后来传给了我的女儿。从前有一个笨婆娘,养了一个笨女儿。一天,妈妈在炕上缝被子,女儿在案板跟前和面。一会儿,女儿说:"妈,水倒多了,面成了稀糊了。"妈妈说:"再挖些面!"女儿照做了,又说:"妈,面干得很了。"妈妈说:"你笨死呢吗? 再倒些水!"一会儿女儿又说:"妈,面又成了稀糊了。"妈妈气得大骂:"我要不是把手缝到被子里了,下去给你一顿笤帚疙瘩!"

这个笑话让我们在欢笑之余,也牢牢地记住了和面的要领。

等到面粉全部变成絮状之后,用手抓捏搓揉,基本成为一个大面团了,从盆里拿出来放在台面上,两手按住面团均匀向前推送,拉回再推,如此反复,这就是奇台人所说的揉面。揉好醒十来分钟,之后再揉一次。

这次揉完,需要把面团挽起来。这是一种特殊的揉面手法,用两只手把面团整个捧住,两个大拇指放在面团的中央,用两只手的下半部分去揉,左手帮着右手推出去,右手帮着左手收回来,一推一收之间,面团不断旋转,逐渐变成一个大馒头的形状,上面隆起光滑如富士山,开口的部分集中在了下面。然后把面放在面板上,在"富士山"顶上用油刷刷上清油,涂抹均匀,不然拉面的时候面黏在面板上拿不下来,可麻烦了。用手按压几下,反过来,有油的一面朝下,再按压几下,大概是一个锅盔的形状了,再用盆子扣住醒上。

下一道工序是推面,一般是在面醒上十分钟左右的时候,先用手反复按压面团,让它变薄,然后拿擀面杖左右推使之展开,要注意两边较窄的部位,需要留厚点上下推开。有经验的主妇推的面,是整整齐齐长方形的一张,没经验的人就推出各种不规整的形状。然后要犁面,左手轻轻按压擀面杖放在面的最右边,当尺子用,右手持刀,沿擀面杖从上往下把面划,划开的面就成了一个竖的细条。左手滚动擀面杖向左移动,右手跟着继续划。如此循环,左右手交替,如同轻盈的舞蹈,待一支舞结束,平整的一方儿面变成了一面板均匀的细条,条与条之间有自然形成的窄缝,看起来像钢琴的琴键,无比规整。然后拿塑料布盖严实,不然面会皲裂。

奇台的汤饭有两种做法:一种是氽汤,一种是爁锅。一般饭馆喜欢用氽汤,家常的做法是爁锅。

爁锅跟炒菜相似,锅中倒入清油,如果有炸好的羊油可以少放一点。油开了把切好的羊肉放进去,翻炒到水份基本干了,调小火,加入姜粉、花椒、酱油,如果家里有小孩或者老人怕羊肉膻的,稍喷点醋。火调大,加入盐,翻炒几下,放进葱、蒜、辣子丝,炒出葱、蒜的香味后,放入切好的萝卜等菜,反复翻炒,至半熟时,倒入开水。根据吃饭人数的多少和菜的多少,适量加水。

在等待水开的同时,搓面。把一条条长方形的面搓成圆柱,水开了,稍加点醋,拿起一根面抻开,拉甩两次,面搭在左手腕,扯住对齐的两根面头儿,用左手拇指和食指将其分开同时捏住,右手把面揪成大约四厘米长的小段,丢进锅里,丢面要又轻又快。

下面的过程很有趣,汤锅要小滚,各种菜在锅里上上下下,氤氲着热气,散发着香气。下面的人右手翻飞如春燕,迅速而准确地把揪好的面丢进沸腾处,这样面与面之间不会粘住,都是独自在汤锅里游泳。菜香和肉香里慢慢融入更多的面香,随着这奇妙的香味的融合,面下完了。快速加入香菜、鸡精和盐,根据经验倒点醋,尝一尝,醋和盐要少了可以再加。

面、菜、肉经过炒制,又经过一起沸腾,汤是奇妙的香味,面是硬硬的面,菜是软硬合适的菜,一人一碗,烫烫的汤饭吹着吃,边吸溜边吃,吃得热火朝天,身也暖了,心也暖了,无比舒畅!

吃汤饭一般要有配菜。一般奇台人家常的做法是切个生菜,比如胡萝卜、青萝卜、西红柿、黄瓜等凉拌。我家今天炒了青椒腊肠。

锅里放点水,腊肠片煮六七分钟捞出备用。锅里倒一点点油,腊肠片放进去,炒热了,看到里面的油化了,把切好的葱、蒜和青、红椒依次加入,无需加盐和调料,淋一点点酱油即可。出锅后,尝一口,鲜香无比。

做汤饭用的菜没有定规,根据口味和各人喜好各有不同,可以用豆角、蘑菇、木耳、干花菜、干豆角、茄子等。出锅时调味的菜有菠菜、豆腐、韭菜、香葱、蒜等。总之各家的饭大同小异，有共性又有个性，非常有趣。

但是，不管谁家的妈妈做羊肉汤饭调的是啥菜，有一样东西是共同的，那就是母亲对子女浓浓的爱，不掺任何水分，没有任何泡沫，不管你走多远，不管你官多大，回到老家，还能吃上一碗妈妈亲手做的羊肉汤饭，你就是世界上最幸福的人！妈在，家就在。

这带着浓浓的母爱的羊肉汤饭，聪明的你，学会了么？

奇台手工臊子面

说起"臊子面",那可是奇台的一道名吃。臊子面其实就是碱面,面要长,也叫长寿面,是奇台人过生日必吃的饭,以其面长寓意寿长,是家人对寿星的美好祝福。时至今日,即便在酒店,小孩的百日宴上还有上一小碗臊子面的传统。

每次提起"臊子面",我都忍不住莞尔。因为小时候,我一直错把"臊子面"当成"嫂子面"。

我的家庭是一个大家庭,父亲兄弟姐妹九人,父亲老大,因此母亲就是长嫂,家里做臊子面常常是母亲做主导。我小时候家里穷,粮食短缺,伙食差,因此对于美食印象特别深刻。

印象最深的就是吃臊子面。爷爷爱吃臊子面,他过寿的时候,家里必做臊子面,逢年过节,他也会吩咐母亲"擀个长面"。那时候,姑姑叔叔们都携家带口回来了,家里非常热闹。

最热闹的地方要数厨房,自然而然地分了工,母亲向来是和面、擀面的,四姑是专门燣臊子汤的,其他姑姑婶婶们剥葱、剥蒜,洗菜切菜,烧火洗碗,各司其职。大家一边干着活,一边聊着天,时不时哈哈大笑,厨房里充溢着饭菜的香气、聊天的快活空气、柴火燃烧时散发的植物香气。总之,一屋子的人间烟火气。

就在这种充满浓郁的亲情味道的烟火气里,一次,小叔说:"臊子面臊子面,天生就是嫂子做的。"今天想起这句话，我理解小叔当时应该是表扬母亲臊子面做得好。当时六七岁的我，却误把"臊子面"当成了"嫂子面"，以为嫁进人家给人当了嫂子，就必须要做"嫂子面"，像履行嫂子这个身份的职责。当时偷偷地想，那我还得学会做"嫂子面"，不然以后怎么给人家当嫂子呢，不会做"嫂子面"将来的小姑子一定会笑话的，因此对于学习做"嫂子面"格外留心。这个美丽的误会一直保留到上了初中，有机会下馆子，看到餐厅招牌上的"臊子面"，才明白此"臊子"非彼"嫂子"。

过去奇台人在家里做臊子面，都是要手和面擀面的，讲究吃手工面。最近几年，随着人们生活的日益富裕，生活节奏的加快、服务业的兴起，越来越多的家庭做臊子面，习惯于在超市买一把机器做的碱面，回家只熰臊子汤，现成的面一下，快捷方便。但是我固执地认为，吃臊子面，就一定要吃手工擀出的面，那才算是正宗的奇台臊子面。

在我小的时候，妈妈做臊子面，和面用的是蓬灰水。

蓬灰我没见过，关于蓬灰的知识，是妈妈讲给我听的。

蓬草是戈壁荒滩上长的一种蒿草，叶子短小胖圆，有点像盆栽多肉的叶子。在干旱的碱地里，它们大片大片茂密地无拘无束地生长。在秋季，烧制蓬灰的人在戈壁滩上挖一个坑，用镰刀将蓬草割下来扔进坑里，点了火烧。蓬草很怪，看着是绿色多汁的，却是易燃的。等烧得差不多了，把凉水浇进坑里，热灰冷却后，就凝结成了五彩斑斓的块，跟炉膛里的釉子有点相似。

把蓬灰块捡了运回家，和面的时候，敲一块丢进开水碗里，快速搅动，灰块会慢慢溶化，基本溶完了，把上面的清水蓖进其他碗里，这就是蓬灰水。水呈浅黄色，略带蓝色，有淡淡的咸味。

随着时代的进步，现在已经没人烧制蓬灰了，现在和面都用食用碱。

和碱面有讲究，水要用开水，晾一下，以不烫手为宜，水中加入盐和碱，一般五口之家和两碗面，放两小勺盐，两小勺碱。盐和碱在水中化开后，拿一个带有碱水的手指头沾一下面粉，在亮处看，如果手指头上被水洇湿的面微微泛黄，就可以了。

左手端水碗点点滴滴倒水，右手在面盆里绕，把面绕成絮状抓出来放在台面上。絮状的软硬要合适，大约比拉条子面硬一点适宜。如果软了，将来面切好捏的时候会靠条；如果硬了，揉面会非常困难。把絮状的面反复揉，会感觉越来越硬，面团初步成形后，一定要找个温暖的地方去醒面。

醒上面之后,准备菜。燣臊子汤常用青萝卜、胡萝卜、圆菇,有些人家还加香菇和木耳,这根据各人口味习惯可以调整,但是千万不能用洋芋。因为切好的臊子是小丁,洋芋丁一燣锅就烂了,会让臊子汤变糊,大大影响臊子汤的质量。调汤的菜要有菠菜、香菜和豆腐。豆腐以冻豆腐为宜,鲜豆腐有卤水味,冻豆腐则可以把水挤干,也就挤掉了卤水味,更好吃。

臊子面之所以叫"臊子"面,是因为菜要切成"臊子",就是碎丁。切萝卜时,先切出三个薄片,另置,把萝卜上切出的平面向下,整个萝卜就不会滚动了,这样不容易切到手。家里有个表弟媳妇,是大城市长大的,不会做饭,结婚第二年来新疆。婆婆让她切萝卜,她不敢用手扶着萝卜,拿刀冲着滚动的萝卜乱砍乱剁,婆婆看得目瞪口呆,这件事一度成为家里的笑谈。萝卜切成片,再切成丝,调转方向,切成丁,臊子就形成了。

做臊子面的肉,以羊肉为佳。经过半生的实践,妈妈的经验是鸡胸肉和羊肉配合做臊子面,最香。肉也切成丁备用。

这时候面已经醒得差不多了,热乎乎的,比较好揉,揉几下,越来越硬,揉不动了,就拿擀面杖压面。压薄了,折叠,再压,如此反复,直到面变得均匀。把面切开一分为二,把小面团挽起来,面硬不好挽,可以手上沾点水,抹在接口处,便于黏合。

燣臊子汤的方法和炒菜类似。锅中倒油,油热放肉,水干放姜粉、花椒粉、酱油、葱、蒜、辣子丁。略炒后放臊子。不同的是,略炒几下要放醋,防止臊子煮烂,臊子一旦煮烂了,汤也糊了,菜也没嚼头,就不好吃了。炒得八分熟,加入预先烧好的开水,就让汤去滚,这时臊子汤的香气就随着氤氲的水汽四溢开来,使劲勾人的馋虫。

女儿小时候,每到这时,就翕动着鼻子走进厨房,妈妈常会拿个小碗先舀半碗汤给她。女儿笑呵呵地把汤吸溜吸溜喝了,一脸的满足和幸福。

那边燣着汤,这边就开始擀面了。擀面要用淀粉,擀出的面滑爽劲道。面团用手掌压平,擀面杖上下左右压面,不断转动面团,尽量让它保持圆形,擀几下,转动面,再擀,再转动。擀半开了,就把面缠在擀面杖上,反复擀。因为面非常硬,擀起来非常困难,几乎要把全身的重量都通过双手倾注在擀面杖上,才能换得面的慢慢变薄。最后,当面铺满了整个面板,有五分硬币那么厚时,就算擀好了,当然越薄越好。

小时候,父亲常教我们唱的一首儿歌"下到锅里团团转,捞到碗里一条线",说的就是巧手女子擀出的面条。

面擀好后，卷在擀面杖上，前后移动擀面杖，使面折叠起来，越往上越窄，便于切面。

切面是个技术活，要尽量把面切得窄，才能保证最终下到锅里的面条细。面的两端要均匀，哪头也不能切断，一头断了，出来的面条就短了。

切好后，从最上面一层把面拾开，抓成一把，搭在横着的擀面杖上，要用手捏。捏面是为了使面条更细。

小时候，我就是固定给妈妈撑着擀面杖的那个人。妈妈常叫我把擀面杖的一端顶在墙上，手扶着另一端，我的个子小，把手臂伸直，高高举着，高度才合适。因为那时候的面条长，举低了面条堆在面板上，不方便捏。一张面捏完，我的胳膊往往累得坚持不住了，但是得硬撑着，而家庭聚会人多，常常要擀四五张面，妈妈的手掌都擀肿了。

三四十年过去了，那种坚持的感觉依然记忆犹新。我想，那时候，妈妈和我一样也在硬撑着。妈妈坚韧的品格，就是这样在一粥一饭间、一举一动中无声地传承了下来。

面捏好盘成一把，放在面板上，看起来有点像女人脑后的圆髻，令人赏心悦目。准备年货的时候，把碱面擀好，盘成这样的"圆髻"冻起来，招待客人的时候方便取用。

接下来就是下面了。煮碱面也有讲究，一般煮五分钟左右为宜，时间短了是生的，时间长了煮烂了，感觉差不多的时候可以捞一根尝尝。面下好捞出来，要放在预先晾凉的开水里面过一下，这样吃起来更滑爽劲道。

这时候要调汤了。把火重新打着，菠菜、香菜放进去，放点鸡精，调一勺醋，要舀一点汤在碗里，尝一尝，醋要出头，不然酸碱中和，就味淡了。

吃臊子面一定要面少汤多，面多了，味道会比较寡淡。挑小半碗面，浇上两勺臊子汤，整个屋子里都充盈着臊子面的香气。吃一口臊子，有肉有菜，不软不硬，香味浓郁；吃一根面，滑爽劲道，再喝一口汤，微酸爽口，菜、面、汤完美结合，香得人的灵魂似乎都要出窍了。

一碗臊子面享用完毕，必定还得再来一碗。如此极品的美味，只吃一碗，怎么对得起自己的味蕾呢！

臊子面是这样的一种饭食，要求比较高，操作需要精细，还比较费力气费时间，做起来非常麻烦但吃起来很香。因此,不是最亲的亲人,不是最好的朋友,不值得我们为他做一碗臊子面。

　　臊子面不仅仅是一碗面,还盛着我们对长辈的虔敬,对寿星的祝福,对亲人和朋友最真的深情厚谊。

幸福的味道——奇台氽汤饺子

"好吃不过饺子",在奇台众多的美食之中,我对饺子情有独钟。饺子的吃法分干饺、汤饺、煎饺,我最喜欢的是汤饺。

干饺是最简单的吃法,饺子煮熟,一般蘸醋和油泼辣子,也可以加油泼蒜,更美味。

煎饺多一道手续,饺子煮熟后,在电饼铛里刷了油,煎得两面金黄,再食用,比干饺多一份油煎的脆香。

汤饺的吃法最为复杂。汤里要放羊肉、胡萝卜、青萝卜、粉条、豆腐、辣皮子,调味用葱、蒜、香菜、胡椒粉,羊肉要用姜粉和花椒去腥气。今天,我家做羊肉氽汤饺子。

第一步煮羊肉。剁成小块的羊骨头,放进凉水锅中,水开撇去浮沫,火转小,加入生姜和整花椒,略加点盐,小火慢慢煮。水要一次加满,中途如果缺水需要添加,需加开水。也有人煮肉不加盐。我家的观念是煮时加盐更美味。

一般来说一小时左右可煮好,捞出骨头,清出肉汤,倒掉锅底的骨头渣子。另一个锅里煮上饺子。重新把肉汤倒进锅里,如果汤太肥,需要预先把上面一层浮油另行清出。再点火,将准备好的豆腐、胡萝卜、青萝卜、泡好或者煮好的粉条入锅。煮至半熟时,另一个锅里的饺子基本已好,漏勺捞出饺子放入汤锅,再加入备好的葱、蒜、香菜、胡椒粉，以盐、醋、味极鲜调味即可。这时，锅里有形似元宝的饺子，有长长的粉条，此饭也称为"金线钓宝"。民间有在冬至日吃汤饺的习俗，取"金钱满钵"的寓意。

汤饺需尽快食用，饺子在汤中泡久了，皮泡软了，就不好吃了。

每只空碗里先放入煮好的羊骨头，再拿筷子在锅里捞一筷子粉条，舀上鼓着肚子的饺子，舀上香喷喷的菜和肉汤。

再看这碗氽汤饺子，白胖的饺子，红的萝卜，点缀着鲜绿的香菜，还没吃到嘴里，那浓郁的羊肉香味就扑进鼻子，口里止不住就生出口水来。咬一口滚烫的饺子，香气随着热气溢出唇齿之间。啃一口羊肉，鲜嫩肥美，香得叫你恨不得把舌头也吞进去。再喝上一口微带点酸味的汤，鲜美的热汤溜下肚去，微微的热汗就冒出来，浑身那个舒坦呀，给个皇帝当都不换！

这就是奇台人吃羊肉氽汤饺子的乐趣！

远行的奇台的孩子，如果不能常常回家品尝这正宗的羊肉氽汤饺子，那么，就自己动手吧，做一锅羊肉氽汤饺子，吃着饺子，给孩子分享关于"金线钓宝"的来由。在这人间烟火里，给家人营造满满的温暖和爱，在食物的香气里，让关于家乡的记忆生动鲜活。家人品尝到的不仅是美食，还有那名为"幸福"的味道……

爱心早餐小米粥

小米粥是实打实的爱心早餐,为什么这么说呢?一是因为它的食疗功效,二是因为它美味,但做起来麻烦。

小米粥具有健胃、养胃、和胃、活血、养颜和健脑的功效,不仅适合全家老少食用,而且对产妇虚寒的体质有很好的调养作用,还具有增强免疫力、促进消化、滋阴、明目、安眠等作用。

在奇台,小米粥是产妇的主要饮食,一般在坐月子期间,每天至少要喝一次小米粥。我生小女儿的时候,大出血,差点送了命,身体极度虚弱,妈妈熬的小米粥滋养了我,让我一天天恢复了强健的身体。

人一般连着吃同样的食物几顿就不想吃了,小米粥却不同,尤其是我妈熬的小米粥,连着喝了九十天,硬是没喝怕。无论何时,只要闻到小米浓郁的米香味,我都会觉得温暖,有一种躺进浴缸里被暖洋洋的热水包围的满足感和舒适感。

在寒冷的初冬的清晨,我用小米粥的温暖来滋养辛苦上学的小女儿和操劳了一辈子的妈妈以及全家人的胃。今天,我家的早餐是小米粥、羊肉炒蒜苔、干粮。

这时,熬粥的锅已经开了,揭去锅盖,再用勺子推推锅底,拿勺子撇去最上面的浮沫。烧稀饭的浮沫和打荷包蛋的浮沫一样,都是食物中不该入口的成分,如果你不信,非要尝尝不可,可能会尝到灰尘和草芥的味道。

　　浮沫要反复撇，刚开始的浮沫泡泡比较大，颜色比较深，随着浮沫一点点被撇去，浮沫渐渐变得细腻洁白。这时，不可食用的部分就算是撇干净了。小米基本已经熟了，要拿勺子背在锅底上跐。"跐"是奇台方言，就是用勺子背对小米进行碾压，使小米变烂。这样操作，使小米粥变得粘稠，香味特别醇厚。

　　以前我觉得自己烧的小米粥没有妈妈烧的香，问妈妈烧小米粥的诀窍。妈妈说，一是要用铁锅烧；二是要用大火烧，紧火米汤慢火肉；三是要用勺子跐；四是如果米汤清了，可以在里面揉进去芝麻饼，又甜又香。

　　今天，也许是认认真真撇去浮沫和用勺子跐的缘故，小米粥看起来相当好，水和米融为一体，醇厚的小米的香气钻进人的鼻子里，犹如仙露一般，似乎游走于人的全身，让人神清气爽，周身舒畅。

　　粥锅里满是细密白腻连绵的泡沫，表明粥已经熬好了。拿勺子舀起来看看，清稠刚好，那就关火。如果稠了，可以放一两袋牛奶烧开，变成牛奶小米粥，浓郁的米香里加进了奶香，加点盐，味道更好。

　　炒锅倒油，烧热加肉，水份干时火调小，加入姜粉、花椒、盐、酱，先倒进葱和干辣皮子炒香，再倒进蒜薹翻炒，需要加点水略煮一下。蒜薹较硬，熟了是甜的，所以炒蒜薹需要盐出头且多炒一会，才能入味。

　　菜熟了装盘，盛一碗小米粥，配上南瓜饼，简单又美味的早餐就算是成了。有时候我也会想，给女儿用心准备这样的爱心早餐，多年以后她回想起来，感受到的必然也是满满的温暖、浓浓的爱意，就如同我的妈妈一直给我的那样。

温暖鸡蛋茶

昨天中午,问小女儿今早吃什么。她说鸡蛋炒面子。我的嘴角不由得微微翘起。她所说的"鸡蛋炒面子",其实就是鸡蛋茶,奇台人在惊蛰这天必备的一种特殊的传统饮食。

惊蛰的到来,标志着仲春时节的开始。在惊蛰之前,气候还是比较寒冷的,动物冬眠,不吃不喝,称为"蛰"。三月初,春雷惊醒了蛰伏的动物,称为"惊"。所谓的"惊蛰"也就是春雷乍动,惊醒了蛰伏的动物。

为什么在惊蛰这天要吃鸡蛋呢?

据说,惊蛰这一天要祭祀白虎,而白虎通常獠牙张嘴,只有以蛋喂食,饱食后它才不会伤人。而经过演变,当初喂给白虎的鸡蛋,如今变成了喂给人们自己啦。

不管民间传说是什么样的,在奇台,鸡蛋茶不仅仅惊蛰的时候要吃,奇台冬季漫长而寒冷,香甜可口的鸡蛋茶甚至成为妈妈奉献给全家人的暖心暖胃的常用早餐。

小女儿在八岁之前,一直住在我父母家。小时候,她爱吃鸡蛋茶,并把鸡蛋茶创造性地改名叫"鸡蛋炒面子",从此,鸡蛋茶在我们家就被正式更名为"鸡蛋炒面子"了。

吃鸡蛋茶要用到炒面,这种炒面是把干面粉放在铁锅里炒熟。

炒面是个细心活,要用小火慢慢炒,火大容易糊锅。只要火打着,就需要快快用锅铲翻炒,炒一分钟,就得把火关了,炒一会儿,锅凉了,再打火,如此反复,直到面炒黄为止。因此,炒面要想炒好非常不容易,非得是有爱心又有耐心的人才能做好。为了小女儿明天的早餐,妈妈下午就炒好了面。

早晨起床,我烧了一壶茶,打了八个鸡蛋,每人两个。做鸡蛋茶一定要用羊油。蛋液打匀,锅中放进油块,待油化了,煎蛋,煎好就得。吃的时候,夹一筷子鸡蛋放进碗里,舀两勺炒面,一勺白砂糖,用滚烫的浓茶一冲,搅匀了,就可以了。

炒面和糖的量,依各人口味可多可少,但是茶一定要烫,如果茶不烫,搅拌完后,水是水,面是面,面和水分离,就不好吃了。

鸡蛋茶有羊油的香味、炒鸡蛋的香味、炒面的香味,还有糖的甜味,几种味道混合后,是一种非常适宜的令人愉悦的香味。寒冷的早晨,香甜滚烫的鸡蛋茶顺着食道滑进胃里,周身温暖起来,身上微微出了汗,心里暖洋洋的,被爱和温暖包裹着。

经常吃妈妈做的鸡蛋茶,今天是自己做的,总觉得不如妈妈做的好吃。妈妈说:"现在的鸡蛋不如以前的香了;还有,你把鸡蛋煎老了。""啊?"我诧异地问,"那应该怎么样?"妈妈说:"蛋液少点倒进锅里,飞起来就用筷子搛出来,分几次倒,这样鸡蛋就是嫩的。"我回忆了一下,自己是分两次把鸡蛋炒了,全部都在锅里。

别看这小小的一碗鸡蛋茶,要做好还是有诀窍的。妈妈的经验是经过大半辈子的实践慢慢积累的,年轻人借鉴老人的经验,可以少走好多弯路。

暖身又暖心的鸡蛋茶。我相信,这温暖的记忆,会长久地留在我和女儿的记忆里,滋养我们的心灵。

奇台葫芦汤

奇台人的早餐很丰富，必须要有菜、有汤、有主食。菜可以是炒菜、凉拌菜、咸菜，但汤必须是现做的热热的汤，驱逐寒气，暖身又暖心。汤的种类很多，有葫芦汤、鸡蛋茶、荷包蛋、小米粥、大米粥、牛奶稀饭、洋芋拌汤、奶茶、玉米糊糊等。主食可以是馒头、花卷、包子、锅盔、干粮子、蒸饼、洋芋搅团、黄米干饭等。

今天我们单说其中的葫芦汤。葫芦汤是成熟的葫芦烧制成的，色泽金黄、香甜可口、美味无比，是我家最常做的早餐之一。

烧葫芦汤的葫芦，以板栗瓜为最佳，它的特点是沙、甜。那种棒槌形的丑瓜比板栗瓜更甜，但是烧的汤比较清。

葫芦去皮去籽，切成块，再切成筷子头厚的片备用。配料是葱、盐和炒面。

倒入清油少许，葱花呛香，葫芦进锅，放一丁点盐，炒一会加水煮。待葫芦煮烂，拿勺子趷，使汤变成糊状。放入三匙炒面，搅均匀，略煮一下，就可以食用了。

吃葫芦汤放炒面最香，如果懒得炒面，放干面粉也可以。

葫芦汤有清油葱花的香味，有油炒葫芦的香味，还有炒面的香味，香甜可口，令人百吃不厌。

葫芦汤还有一种更可口的吃法，需要前一天晚上把豆子煮好。豆子在煮之前要用水泡，泡软了易煮烂。豆子可以选用赤小豆、绿豆、扁豆、花芸豆等。在葫芦煮烂时加入豆子。豆豆葫芦汤比放炒面的葫芦汤更好喝,在葫芦的甜香中多了豆子的沙沙的感觉,很醇厚。

记得我家小女儿上小学的时候,她的班主任杨辉老师——一位可亲可敬的负责任的老师,曾经在一次家长会上无情地批评:"请各位家长对自己的孩子负点责任,早起半小时给孩子做早饭,让孩子吃了热饭来上学。好多家长习惯给孩子给点钱,你想叫他买包子,你知道他最终买了什么吗? 很可能就是路边商店的垃圾食品。"

在我做学生的时候,家里每天都有热气腾腾的早餐,那是妈妈为我们姐弟几人准备的爱心早餐;在我做妈妈的时候,家里每天依然有热气腾腾的早餐,那是我为女儿准备的爱心早餐。

这一碗黄灿灿、热乎乎的葫芦汤,暖人身的是食物的营养,暖人心的是背后承载的一代一代传承的亲情。年轻的父母们,请早起半小时,为孩子烧一碗香喷喷、甜丝丝的葫芦汤吧。

迟到的冬至节

所谓迟到的冬至节，套用一句名言"你过或者不过，我就在那里"，其实是庆祝形式的迟到。12 月 22 日冬至，25 日，我和女儿早晨吃了冬至节传统美食——汤杏皮子。

我的父亲是一个很讲生活情趣的人，表现之一是对于奇台传统节日饮食的重视和习俗的尊崇。比如，过端午节，他必定想方设法折几根柳枝挂在门上，还提前叫我妈给孩子们做五毒绣花鞋穿，还要吃凉糕或者粽子。过中秋节呢，必定要掐瓜牙子献月亮，吃月饼。冬至节前几天，他就嚷嚷着叫我过来拍照，说写了冬至节吃杏皮子的文章，文章已经写好了，等我拍制作过程的视频。

于是郑重其事地约好了时间，叫我妈和好了面，我们一家其乐融融地制作杏皮子。一般人家做杏皮子是把小面丁用大拇指一趾，变成一个小面卷即可，父亲却不一样，除了这个传统的吃法之外，还要用筷子在面丁上戳窝窝，谓之"小碗碗"，面丁一头按平一头 90 度加个尾巴，谓之"小勺勺"，还要拿面丁放在专用的梳子上趾，趾出来的杏皮子是带了均匀的花纹的。这是什么？这就是生活情趣。

我一边参与制作，一边拿手机把制作的过程记录下来，拍照片或者视频，尽量满足父亲的需求，所谓"老小孩"，需要像对待小孩一样地哄着让他高兴。父亲一边做，一边回忆小时候，他跟着他的奶奶趾杏皮子的情景，又回忆我的女儿小时候跟着他趿杏皮子的情景并感慨道,过节就是给孩子过的,孩子不在身边,光是大人,没意思;又嘱咐我,过两天去昌吉的时候,要给孩子把趿好晾干的杏皮子带上,下给孩子吃。

为了在今天早晨让女儿吃上香喷喷的杏皮子汤饭,我昨夜拿出胡萝卜、青萝卜、圆菇、冻豆腐、香菜、羊肉、鸡胸肉、葱蒜辣子,切成丁,分装好置于冰箱,做好了准备。

清晨七点半准时起床。热锅凉油,肉丁下锅,食盐、调料、酱油,切好的臊子下锅炒,放点妈妈在秋天亲手蒸的西红柿酱,颜色好看味道鲜美,炒一会添凉水。在凉水锅里就把杏皮子下进去。为什么呢?杏皮子经过三天的晾晒,已经干透了,放在凉水锅里泡着,等锅开了,臊子熟了,面也熟了。如果等锅开了再下面,面熟的时候菜已经烂了,就不好吃了。开锅煮三五分钟,捞一块杏皮子尝尝,面熟了,调香菜、醋、鸡精、盐,起锅。

一碗香喷喷的杏皮子汤饭就算是成了!

两碗饭,两双筷子,两双筷子亲密地头挨着头,像我和女儿头挨着头温暖彼此。

这一碗饭承载着父亲对他的奶奶的思念和感恩,承载着他对我女儿的想念和怜惜,承载着我对女儿无尽的爱,承载着中华饮食文化、爱的传承。

包饺子

"北方的饺子南方的面",很久以来,饺子是北方人最喜欢的吃食。当然,过年的餐桌上饺子也占据着主导地位。但是饺子做起来比较麻烦,如果在待客的当天做,会耽误做菜的时间。因此,在奇台,过年的前几天,家家户户都会有一个必须要完成的任务——冻饺子。

饺子形状似元宝,象征着财富、幸福和团圆。因此,大年初一的早上,人们都会下一盘热汽腾腾的饺子,全家共享,分享团圆的喜气,也暗含对新年财运的美好希冀。

饺子的馅依个人喜好而定,在奇台,传统的馅料有白菜、萝卜、芹菜、豆角、洋芋。现吃的饺子羊肉韭菜馅、牛肉皮牙子馅比较多,但冻饺子这两种馅就味道不太好。过去人们还能吃到麻腐饺子(麻腐其实相当于麻籽仁做出的食品,麻腐加上青萝卜做馅,就是人们常说的麻腐饺子),现在没人种麻了,也就见不到麻籽了,麻腐饺子也就成了一个传说。随着网络的出现,各种信息在网上以光速传递,年轻人学了南方的虾仁饺子、三鲜饺子,这都是新吃法了。

做饺子的第一步是和面,面比拉条子面略硬,和好要醒一醒,醒一会要再揉一次,然后撒上干面粉,用盆子扣住或者用塑料布包好,以免面干皴裂。在醒面的间隙做馅子,我家今年做的是白菜和豆角两种馅。

　　冻羊肉要自然解冻。白菜洗净,两片叶子叠一起,拦腰分成三段,竖着切成细细的丝,再倒个头,切成碎碎的丁,撒点盐,拌匀,杀水(让盐把白菜里面的水份腌出来)备用。夏天焯水速冻的豆角自然解冻,切成碎丁备用。羊肉、皮牙子、葱、青辣子,切碎丁备用。羊肉泥里面加入姜粉、花椒粉、酱油、少量的盐、鸡精、清油、皮牙子、葱、青辣子的碎丁,用手搅拌均匀,拍光,放置一边入味。拿干净的纱布包了杀好水的白菜,两手用力挤捏,把白菜里面的水挤干净。腌入味的羊肉分别拌进挤过水的白菜和豆角里面,反复搅拌,调好味馅子就算拌好了。

　　醒好的面切一条,搓成均匀柱状长条,奇台人叫面剂子,左手轻轻按在面剂子上,右手持刀,左手滚动面剂子,右手均匀切成一段一段的小面团,奇台人叫陀陀子,把陀陀子90度翻转,手掌压扁,要注意压得尽量圆,然后左手转动扁圆的面团,右手滚动擀面杖,面团就变成圆圆的饺皮子了。左手拿皮,右手舀一小勺馅放在皮中间,饺子皮对折,两手交叉一捏,饺子就基本成形了,再用手细细捏一遍,防止开裂,一个饺子就算包好了。包好的饺子一个个整齐排列在托盘里,托盘底要盖纱布,或者撒干面粉,防止饺子粘在盘子上。

　　包饺子一般是一家人一起包,图的就是热闹喜庆,几个人分工合作,有揉面的,有拌馅的,有专门擀皮的,有专门包馅的,几个人说说笑笑,十分热闹。如果孩子不在家,常常会叫了亲戚朋友,呼朋引伴地包饺子,不仅是减轻了劳累,更重要的是缓解了亲人不在身边的寂寞。

　　过年吃饺子,吃的不是饺子,而是对亲情的渴望,对美好未来的憧憬。你家包饺子了吗? 祝愿天下每个父母,都能吃到儿女亲手包的饺子。

蒸包子和炸油馃

饮食文化是一辈辈传下来的，奇台人的年味儿，是从蒸包子和炸油馃开始的。

昨晚，妈妈交待我说："明天早晨早点过来，我把面已经发了，明天蒸包子。"于是，一晚上醒来两次，五点起床收拾出门。凌晨六点，我和妈妈正式投入奇台人过年的堡垒战——蒸包子。

手工小酵子是昨天搅的，妈妈睡前已经兑了一盆面。揭开盖发面的棉布巾和塑料布，发面已经把掌盘撑得满满的了。在面板上撒上面粉，端起掌盘把发面扣在案板上，舀一盆面粉，用热水将面粉拌成絮状，放在发面上，之后就是揉啊揉，反反复复把面揉匀才行。揉了一会，手腕就疼了。我长这么大，亲手揉面蒸馍馍的次数少之又少，妈妈却是无数次地重复这样的动作，将我们养大。

记得妈妈曾说，弟弟三岁时在西地乡卫生院住院，她曾叫姑姑去医院陪护弟弟一晚。她傍晚从西地乡步行走回家中，到家搅酵子，半夜起来兑面，黎明开始蒸馍馍，天亮馍馍蒸好，装了半口袋馍馍又步行去西地乡，小晌午才走到医院，来回三十公里。妈妈的这种辛劳，对我们来说，几乎是不可想象的。

面揉好再次放进掌盘，开始切羊肉、白菜、皮牙子，准备拌菜包子馅。又切了油渣块和葱，用妈妈提前炒好的面拌了油渣包子馅。切了羊油和葡萄干、苹果、腌制的玫瑰花，拌了糖包馅。妈妈油锅里炒热了豆沙，拌了豆沙馅。等到其他馅料拌好，白菜挤了水备好,天已大亮,面也发好了。将发面倒在案板上,化了碱水,小心洒进发面的小孔里,再次揉面。妈妈说:"每次揉面,都想起以前老人说的话'打到的媳妇揉到的面'"。我撇撇嘴说:"现在啥年代了,哪里还有打媳妇的。"妈妈说:"以前的媳妇要是馍馍蒸得不暄,就有挨打的。"

反复揉面,用刀切开观察横断面,如果没有黄色的碱印,面就算揉匀了,再次盖住等面发。切了土豆做了女儿点的洋芋搅团。吃过后,面已经发好了,下一步包包子。将发面堆在案板上,一次切一条,搓成擀面杖粗细的面剂子,左手前后转动,右手用刀切成碗底大小的面团,手掌压平,左手转动面团,右手持擀面杖擀四下,包子皮就成了。爸爸是负责提供皮的,我和妈妈是负责包包子的。油渣馅包成扁长的,我们叫老鼠包子。芝麻糖馅包成三角的,玫瑰糖馅包成四角的,值得一提的是,四角形的新样子是女儿今天即兴发明的。豆沙馅包成圆的扣着放,像个胖乎乎的小馒头。白菜馅的包成圆的朝上放,小褶子很好看。各种形状的包子,放在不同的木板上,衬了纱布,像接受检阅的士兵,叫人看着赏心悦目。

包完一半馅子,起火烧水准备上笼屉蒸了。包子整齐排列在圆形的笼子上,包子之间刷点油,防止包子粘连。上锅蒸十五分钟,就熟了。

中午两点,包子终于蒸完了。我们都累得躺倒在沙发上,爸爸不断地叫给他捶腰,说腰疼,干不动了。轮着休息了一会,又蒸了一锅小花卷和两个葫芦。小花卷卷了香豆子、红曲、姜黄,红色、黄色、绿色间杂,揣了清油,又好吃,又好看。

葫芦蒸好后,锅里放油,油热放白砂糖炒,再放入葫芦炒成泥状,倒进面粉里,切一块发面放一起继续揉啊揉。揉匀了,继续放掌盘里待发。

这时我们终于能休息了。爸爸抓紧时间问我一些微信使用的细节,比如如何存照片呀,如何转发照片呀,怎样发朋友圈呀,等等。我叫爸爸、妈妈加成好友,一个给另一个发照片,两人都学会了,喜不自禁。我又教妈妈发微信,她不会写字,教她用拼音写,几十年不用拼音,妈妈把拼音都忘光了;教她在朋友圈里拍照,蒸好的包子都装起来了,案板上只有一盆花卷,我就叫妈妈拍了花卷。"写什么呢?"妈妈为难地问我。我说:"随便写呀,比如,今天我蒸了包子和花卷,朋友们到我家吃包子来。"于是,我一个字母一个字母教妈妈,她终于把这句话写好发了朋友圈。

爸爸看了,笑话妈妈,说写的朋友圈文字没文化。爸爸自己写了什么呢?他选择了拍书,然后写道:"我写了大半辈子文章,总想有一套自己的文集传世,现在总算如愿以偿了。我希望熟悉我的人,都能看到,多提意见。如有需要,我无偿赠送,请给我打电话即可。"然后我教他点了"发表",爸爸紧张地问:"是不是谁都能看见,要是那样,别人可能觉得我出个书就到处显摆。"我听了哈哈大笑,告诉他只有他的好友可见,他微信通讯录只有四个好友,只有这四个人能看见。他听了,终于放下心来,舒心地笑了。

葫芦面发好,妈妈把面分成三块,在案板上抹了清油推开。我和女儿拿茶杯盖使劲扣下去,压一下,一个圆圆的葫芦饼就诞生了。一个个金黄的葫芦饼像一个个小太阳。饼与饼之间的残料,稍做加工,就变成了月亮、星星和蜗牛。

清油烧开,火调小,饼坯去锅里打个滚,一个个金黄金黄、软乎香甜的葫芦油饼就成形了。

劳动一天,我们虽然很累,但很开心。蒸包子,炸油馍,不仅仅是劳动,更像一种艺术创作。看着一个个包子、一个个小星星在自己的手中诞生,品尝到食物香甜的滋味,心里真是无比惬意。一家人同劳动,同娱乐,热乎乎、暖哄哄、甜滋滋、香喷喷的年味儿,就在我们的劳动中不断地发酵,酝酿,单等到除夕夜惊破夜空的那一响,年味儿就破茧成蝶,蹁跹在我们每个人的心头了。

炸丸子

奇台人过年的餐桌上,少不了一样菜。它,胖嘟嘟,圆溜溜,咬一口,软糯酥滑,肉香四溢,猜出是什么了吗?对,象征着幸福团圆的鲜肉丸子。丸子的吃法很多,可以烧丸子汤,勾点汁吃红烧丸子,也可以装火锅,还可以与白菜、粉条等一起炖大杂烩。自家做的丸子,真材实料,非常可口。

丸子可以用牛肉做,也可以用羊肉做,依个人口味而定。我家的丸子是用羊肉做的。选肥瘦搭配的冻羊肉,自然解冻到能切的程度,切成半大的块放进打磨机中,选几段葱白,一起加入打磨机,打成肉泥,倒在盆里,加入适量的花椒粉、姜粉、盐、鸡精、酱油,用筷子搅拌一下放置一旁让它入味。

把豆腐切成小块用热水过一下,去除卤水味,然后拿一个光滑的漏勺,把一块豆腐捏开放进漏勺,用大小合适的勺子挤压豆腐,使豆腐屑从漏眼中漏出,重复此动作到所有豆腐变成豆腐泥。我们以往是用手捏豆腐的,费时费力,还捏不匀,豆腐块团进丸子,丸子容易裂开,从实践中改进工序和技术,事半功倍。也有人家用馍馍渣子和肉做丸子,那样的丸子硬,表面不光滑。

豆腐泥做好后,准备工作就算齐备了。在肉泥上打两个鸡蛋,取适量淀粉用少量水化开倒进肉里,把豆腐也倒进去,用手反复搅拌到均匀为止。边搅拌,要边感受肉泥的软硬程度,如果太软,丸子不易成型,就要适量加点干淀粉。为了确保味道适中,我们先拿了一小块肉泥放电饼铛里烤熟,尝了尝,感觉味道有点淡,又加了点酱油和盐,再次试吃,感觉不错。

下一步工作是团丸子。拿一碗水放旁边,手心蘸点水,防止肉泥粘手。然后右手拇指和食指取小块肉泥放进左手手心,两手相对,右手顺时针画圈,三五圈之后,肉团就在手心里变成光滑的肉丸了。

往年,都是妈妈做好肉泥,我只参与团丸子的工作。现在,妈妈一年年变老,越来越干不动了,我也该接过妈妈的班了,传承了几百年的手艺不能在我这里断了。午饭后,我和妈妈一起劳动,接受妈妈的指挥,边实践,边听妈妈传授经验。其实往年我也自己做丸子,但就是不如妈妈做的好吃。今天才知道,我自己做都没有加淀粉和鸡蛋。我和妈妈团好丸子,就上班去了,妈妈准备午休后炸丸子。

下班后,我到家,妈妈已经把丸子炸好了。原来泛白的小丸子,在滚烫的油锅里走了一遭后,已经变成金色了。黄澄澄的小丸子挨挨挤挤的,在饭盆里探头探脑,勾引人的食欲。我捡起一个尝了尝,软乎乎的,有弹性,满口肉香,真棒!

我们的父母那一辈人接受家庭教育比较多,有文化的少,可是对传统手艺的传承,那可是个顶个的匠人。我们这代人,普遍文化程度较高,但从小就上学了,大学毕业不久就结婚,学到的生活本领少。像我妈妈的技能,做绣花拖鞋、做布鞋、缝衣服、做各种传统美食,等等,我就学了点做饭的手艺,还不太精。下一代更不必说了,动不动点外卖,少了多少生活情趣。

今年的过年准备工作,我要全程参与,从往年的辅助变成主力军,不仅要学到经验,还要用文字记录下来,言传身教,将来再传给我的女儿。让我们每一代人过年,都充满红红火火的烟火气息,就像那首歌唱的,"把根留住"。

一碗老卤汤

奇台人过年的餐桌上,卤肉是必不可少的一道美食,谁家待客的菜谱中如果少了卤肉,就像吃手抓肉没有放盐似的,总感觉没滋没味的。

往年在外奔波,往往是大年三十才回到家,只大概知道卤肉的方法,没有亲力亲为,总感觉自己知道的只是皮毛,正如古人所说"绝知此事要躬行",今年,我在妈妈指导下亲手卤肉。

奇台人过年喜欢卤着吃的有牛肉、猪蹄、猪耳朵、猪肉、鸡腿、鸡爪子、鸡蛋、豆腐干,或者整鸡。今年我家卤的是猪蹄、猪皮、鸡腿、猪肉。

妈妈动口我动手,先在锅里添半锅水,凉水下肉,把要卤的肉分别放水里焯一下,这个过程奇台人不叫焯,叫"炸",其实不是用油而是用水,这就算是我们的地方特色吧。这一步是为了去掉肉中的血沫,水烧开大约五分钟即可捞出。

在烧水的同时,要配卤肉用的调料包。准备一个纱袋,将桂皮、草果、丁香、砂仁、生姜、花椒、大茴香、大香(八角)、比卜放进去,纱袋口用线系紧备用。

锅里有血沫的水倒掉,重新加半锅凉水。水量以浸没肉为宜。先放进去猪蹄,放去年冷冻的卤汤,放调料包、大约半勺子酱油,适量的盐,大火烧开后,转中火,大约一个半小时后,猪蹄就熟了。判断肉熟没熟,一般用筷子戳一下,如果戳得动就可以了。但是猪蹄胶原蛋白多,一凉就变硬了,所以要多煮一会儿。熟了捞出来,放在案板上晾着,等凉了装进食品袋放进冰柜,到待客的时候拿出来放蒸锅里馏一馏,就可以吃了。

之后的猪皮、鸡肉、猪肉逐一卤完,锅里的卤汤变得浓香、量少,将卤汤倒进大碗里,等凉了放冰箱冷冻,下年接着用。

这碗老卤汤,一年年变得成熟、浓香,加进新的调料和新的肉之后,却又生成了新的卤汤。正如我们的人生,表面上看似乎重复着上一年的生活,在一天天掠过的日子里,结识新的朋友,经历新的悲欢离合,我们的身上也就有了新的印记,慢慢积淀成了我们独一无二的个性。

这也正如民族文化所具有的强大的融合性。在这片广袤的土地上,无论发生过什么,都一律被包容,被承载,被化解,被融合,而我们厚重的民族精神,始终在那里,稳如磐石。

"桃李不言,下自成蹊",这碗老卤汤,默默无言,却一年又一年把我们的"年味"传下去,把中国的传统文化传下去,生生不息。

新疆美食榆钱饭

　　榆树是新疆最普通、最常见的一种树,无论是城市的街道,还是乡村的田间地头,榆树的身影到处可见。新疆的春天来得比较迟,三月底,榆树的枝条变得柔韧,上面打满了紫红色的花苞,那就是春天来临的标志了。四月中旬,榆树变绿了,先长出来的不是叶子,而是新鲜嫩绿的榆钱。

　　晚饭后外出散步,一出小区大门,看到一个邻居怀抱着一些榆树枝进门,我恍然醒悟,榆钱成熟了,可以做榆钱囷囷子了!

　　我的父亲是一个非常有生活情趣的人,春天吃各种野菜就是其中一个标志。自小,我们也跟着父亲养成了吃野菜的习惯,黄花菜、苜蓿、椒蒿、马英子、黄连、榆钱都是我们喜欢的美食,尤其以榆钱囷囷子为最,不但当季吃,还要冷冻储存到过年吃。我们对这道美食的喜爱程度,可见一斑。

　　父母喜欢榆钱囷囷子,是有原因的:一是它确实味美;二是它有清热安神、利尿杀虫、止咳化痰、和胃健脾、消食的食疗功效;还有一个最重要的原因,榆钱囷囷子和洋芋一样,曾经救过他们那一代人的命。

　　二十世纪五十年代末期,最好的粮食替代品,就是洋芋和榆钱囷囷子。所以,亲身经历过那个年代的父亲母亲,对榆钱囷囷子的喜爱怀着感恩、怀着对美好生活的珍惜,不一般的情感寄托于这道美食,使得在我家,吃榆钱囷囷子更像一种仪式,在我们子女心中产生了一种敬畏的感情,因此格外重视。

思及此,我给弟弟打了电话,叫他出来跟我一起去采榆钱。

最近父亲住院,远在陕西杨凌的弟弟扔下手头的工作飞回来,已经买了明天的机票要返程,两人去采榆钱,可比一人方便多了。再则,也能让他吃了新鲜的榆钱困困子再走。

我们驱车去了郊外,二人合力,采了两袋榆钱回来。归家时,天已黑透。明亮的灯光下,母亲喜笑颜开,连生病未愈的父亲,也拿了个盆,坐在茶几前,跟我们一起拣榆钱。

拣榆钱是一个细致的工作。做榆钱困困子只要一瓣一瓣的榆钱,还要把混在其中的虫子和树叶拣出来,把紫红色的外壳筛干净,一定要认真仔细才可以。

一家五口围坐在茶几周围,一边拣榆钱,一边拉家常。恍惚间,我们仿佛回到了童年和少年的时光,那时,也是一家五口,休戚与共,福祸共担。

父亲絮絮地开始讲,过世的爷爷生前爱吃榆钱困困子,一年至少要吃三次,榆钱刚成熟时吃一次,后来榆钱长老了,吃起来有滑腻的感觉了,还要吃一次;爷爷六十多岁时还拿着斧头上树砍榆树枝,谁劝都不听。

母亲也回忆年轻时候用榆钱困困子代替主食的事情,又说起我和弟弟小时候,我们两个拣了一大筐榆钱,母亲从地上回来,蒸了两笼才蒸完。我们静静聆听,其实这些事情,我们都知道,每年拣榆钱的时候,父母都会讲一遍,讲了三十多年了,但是我们每次都认真听,还要应和,跟第一次听一样。

榆钱拣好了,拿筛子筛,边筛边把漏网之虫再拣一遍,然后倒进洗菜盆里,认真淘洗两遍,再用笊篱捞进筛子,把筛子放在面盆上控水。控一会,用新的纱布把榆钱上的水基本擦干后,倒在案板上。舀一碗面粉撒到榆钱里,边撒边用手抄,让面粉均匀地粘在榆钱上,就好了。有些人偷懒,不擦水,榆钱上粘的面粉过多,吃起来都是面疙瘩。我家做的榆钱,粘好面粉后,榆钱还是绿盈盈的,吃起来甜丝丝的,好吃。

蒸锅加半锅水,打火烧水。蒸笼铺上雪白的笼布,把拌好的榆钱均匀摊上厚厚一层,蒸笼上锅,二十分钟就好了。

起锅后,把蒸好的榆钱倒在面板上,晾凉装袋冷冻,想吃的时候随时可以炒。

有的地方把这个饭叫"榆钱饭",用蒜泥和醋凉拌了吃。奇台人都是炒着吃,一般用清油、羊油混合了入锅,葱切丝,油热了放入葱,放一点姜粉、花椒粉和盐,葱呛香了赶快把榆钱入锅,炒热就可以吃了。诀窍是手要快,不能把葱炸黑了;油要多,油少了不香。这是传统的做法,现在也有用肉末炒的,用鸡蛋炒的,都很香。榆钱困困子鲜嫩香浓,吃了一碗,还想第二碗。

奇台人爱吃困困子,不仅蒸榆钱,还蒸茼蒿、甜菜、苜蓿花、百合花、葫芦花,拌了面蒸上,都叫困困子,炒着吃,都好吃。

今天早晨,母亲早起,炒了一锅榆钱困困子,弟弟吃了一大碗后,我开车送弟弟去了机场。

一碗榆钱困困子,于父母而言,是对过去岁月的缅怀;于我们而言,是对饮食文化的传承,是对父母家人的陪伴,是对美好生活滋味的品尝。

春日美食韭菜盒子

"夜雨剪春韭",想想都美,春日刚刚一拃长的嫩韭菜,沾了雨珠儿,更添一份鲜嫩,抓在手里,摩擦出一种脆生生的轻微的咔嚓声,脆嫩得似乎人都变得年轻了。

周六的早上,我就买了一把鲜嫩的毛韭菜,炸韭菜盒子再合适不过了。

拿出一块羊肉自然解冻,哼着歌儿把韭菜拣了洗好晾上,和面。

干面粉里加入一匙绿生生的香豆子粉,加入一点小苏打,倒点清油,少许盐,加入滚烫的开水烫面,拿筷子搅拌至絮状,再打入一个鸡蛋,增加面的酥软程度,下手揉成面团醒上。

肉切成小丁,用姜粉、花椒粉、酱油、盐腌制,再加入葱蒜末儿,使之更入味。韭菜切碎放进肉里,加点儿清油,一股香味儿已经飘出来,忍不住咽一口口水。

面团揉一揉,切成小块,擀成面饼,加了香豆子粉的缘故,一个个面饼黄澄澄的,像十五夜晚山里初升的月亮。拿一个"满月",在其中一半放上一勺翠绿的韭菜馅儿,然后对折,两头留个气孔捏边儿,双掌合十一压,掌心里的菜盒子内部的空气被排出,捏严实两头的气孔,再细细捏过一遍,"满月"就变成"半月"了。一个完整的菜盒子成形,躺在菜板上,等待华丽变身,从温香软玉变成金黄酥嫩。

锅里添油,油开之后,几只"半月"在油锅里排开,仿若小舟荡在清凌凌的河上,飘逸自在。用小火把菜盒子炸得金黄,放进面盆盖上盖子,让韭菜去去辣辣的生韭菜味儿。

等二十个韭菜盒子炸完,最前面的一批已经不烫嘴了。拿起一个黄灿灿的韭菜盒子,咬一口,皮儿酥软,馅儿香浓,浓郁的韭菜和肉的香味儿不仅满盈了口腔,连整个屋子都被熏染,那是浓浓的人间烟火的气息。

食物与节气紧密相连,哪个时段儿该吃什么食物,按那个节点儿做了,口感就特别好。就如秋日要吃蟹,冬日的红泥小火炉儿煨酒。这韭菜盒子在春天吃格外香,其他季节还想不起来做。

凡事都有个刚刚好,就如十八岁的姑娘该来一场风花雪月,二十五岁的姑娘该走进洞房,三十前当了娘,五十岁退休开始自己人生的下半场。未尽的愿望,人生的梦想,都在下半场里好好思量,该实现的当仁不让,在人生的秋天里恣意张扬。

农家烧馍

这里是木垒县英格堡乡月亮地村。我急匆匆低头走着,却突然顿住了脚步。那是什么味道?久违了的,如此遥远却又如此近切,如此香醇的烧馍馍的味道!

惊喜间抬头,眼前正有两个男人抬着一个铁板走过,那是烧馍馍专用的烤板,上面三排黄澄澄的烤馍馍,正散发出新鲜诱人的香味儿来!我的眼睛像被无形的绳子牵引着,眼睁睁看着他们走进了路边的一个大门里消失不见。转脸去看他们的来路,路边一个土制的烧坑子正静静地卧在那儿,跟我记忆中的一模一样。记忆的闸门被轰然打开……

我十三岁之前,一直住在农村,奇台县西地乡桥子村,从我记事时起,家里就有这样一个土制的烧坑子。平日里,它静悄悄地趴在路边,毫不起眼,有时候会有路过的人站在旁边聊天,聊得累了,抬起一只脚撑住身体,除此之外,它似乎提供不了更多的用处。只有到了每月烧馍馍的时节,它便摇身一变,大展神威。

日常关闭的炉门打开了,炉膛展现出真实面目,像一个黑乎乎的饥饿的嘴巴大张着,我和弟弟便按照妈妈的吩咐,给这个嘴巴填食物——麦草。熊熊的火光亮闪闪,火焰跳跃呼啸,像它的咀嚼和吞咽,那么饥渴,迫不及待,那么满足,欢畅淋漓。另一端的烟囱,不断吐出黑乎乎的烟。在这吞噬营养和排出废气之间,烧坑子成了一个活物,形成了一个循环,仿佛要把那平日里静默着积攒的精力都一股劲地释放出来,向天地万物宣告它的存在,火焰发出的毕毕剥剥的声音,多么像它的笑声。

烧呀烧呀,大约半小时后,炉膛烧红了,妈妈会用铁质的烤板盛了生馍馍来,戴上手套,小心翼翼把烤板推进炉膛里去,两边有固定在炉壁上的钢筋支架,担在上面就好。然后关上炉门,看时间等着取馍就成了。

记得我家的烧坑子门是一个炕面子(盘火炕用的大约八十厘米见方的土坯)。封门的时候,把炕面子挪过来堵好灶门,然后就手和点泥巴勾缝子,过一会,就会看到热热的水汽从泥巴边沿上袅袅升起,待这泥巴干了,馍馍差不多也就熟了。

挪走炕面子,用火钩把装馍馍的铁板钩出来,那股新鲜的烧馍馍的香味儿就窜出来了。看着那金黄金黄的烤馍馍,小孩子是没有任何抵抗力的,往往等不到馍馍被拿回家,就手掰一块下来,咬一口,咔嚓咔嚓,脆香!那个时候,农药化肥用得少,面粉、清油、香豆子的香味都很浓郁,很纯粹。那股天然食物的香味,和着家的温暖气息印在记忆里,一辈子都忘不掉!

我回过神来,顾不得矜持,做了不速之客。迈步进院子,刚抬进来的铁板放在地上,一个男人正在热馍馍上刷清油,一刷之下,烤馍馍更加金黄油亮,分外好看!我跟主人打了招呼,急忙拍了几张照片,他们就匆匆抬着铁板到旁边的集市上卖馍去了。带着花头巾围着皮围裙扎煞着面手的女主人热情招呼我进屋。这是厨房,案板上正醒着发面,旁边有半碗胡麻,看来要做胡麻蒸饼的。到处搁着木板,醒着揉好待蒸待烤的馍馍,我一边拍照,一边告诉她我要写文章,女主人高兴地边做蒸饼演示边解说。末了,女主人请我喝了水,还留我吃饭。这淳朴的农家习俗,让人心里涌起阵阵暖意,真像穿越了时空隧道,回到了小时候农村的家里。

女主人送我到门口,我才发现原来这是一个民居带民宿的地方。体验农村生活的原始风貌,城市客人来吃一吃天然简单的饭菜,踏踏雪,看看广阔的原野,感受一下热情、淳朴、好客的山民特有的暖暖的人情味儿,给自己的心灵放个假,洗个澡,挺好!

这正是:窃取浮生半日闲,徜徉月地心中暖。重逢父老殷殷意,美味飘香忆旧年。

温暖的"奶茶"

已经记不清第一次喝奶茶是在哪座山上的哪座毡房里，只记得，每次上山游玩，只要坐在蒙古包里吃饭，必须要点两壶茶：一壶清茶，一壶奶茶。奶茶必须是滚烫的，那酽酽的茶香、浓浓的奶香、淡淡的咸味儿交织出的醇香，一入喉，就如同细雨润泽干渴的土地一般，舒适和幸福感从身体的每一个毛孔散发出来，整个人都被幸福的味道所包围。

父母都喜欢喝奶茶，早餐固定不变就是奶茶、荷包蛋、粥、牛奶、葫芦汤、鸡蛋茶。我继承了父母的饮食习惯，有时候也在家里烧奶茶，而且喜欢用现买的新鲜牛奶烧，感觉更香。小女儿喝不惯纯牛奶，却对奶茶欣然接受，于是，我的家里常常飘着奶茶的香气。

最近几年，孩子们流行喝珍珠奶茶，小女儿也迷上了这个，一周里总有那么两三天，要喝一杯珍珠奶茶。其实，珍珠奶茶的"祖宗"，还是传统的草原奶茶，总离不了水、茶叶、鲜奶，只不过调制出了更多的口味。

前年，大女儿旅居西安，在那里生活了一年多。我从新疆去看望她的时候，出发前问她想要我带什么给她。她回答说："奶茶粉。在西安买不到我们那里每一家便利店都有的咸味奶茶粉。"我带了两大包给她，后来知道，她半个月就喝完了。我想象着女儿独居异乡，在深夜里冲一杯奶茶的样子。我想，奶茶氤氲的香气里一定也飘荡着对家的思念。

前不久结识了一位名叫书惠的朋友。她是一名家庭教育指导师,坚持记了四年多感恩日记。我最近着手整理编辑她的感恩日记,准备把那些温暖的文字搬上我的公众号,让它们去温暖更多人。在日记里,我结识了一个全新的"奶茶"——她家的小狗。通过文字,我感受到书惠老师一家人对这只小狗的喜爱和包容,它是她女儿的玩伴,每天跟着爸爸送女儿上学,陪伴了女儿的成长。哦,对了,她女儿的名字叫"珍珠",合起来就是"珍珠奶茶"。我猜,奶茶一定是书惠老师一家非常喜爱的一种饮品,不然不会用它为家庭成员命名。

有人说,奶茶的魂魄在于熬,只有反复熬煮,才能成就奶茶的醇香。我对于奶茶的认知,却在于融合。我继承了妈妈烧奶茶的方法,先在锅里熬好茶,茶叶一定要用砖茶,等到茶汤烧得红艳全部倒进一个小盆里。把锅底残留的茶叶末用清水冲洗干净后,倒入牛奶,牛奶烧开后,一手拿一只质地细密的漏勺,一手端起茶盆,看红艳的茶汤经由漏勺注入奶锅里,将洁白的牛奶晕染成蜜色,在小火中烧开,加入适量的盐。当茶、奶、盐完美融合之后,奶茶也就成了。

曾经听过一个真实的故事。三个南方的摄影爱好者到新疆自驾游,其中有一个女老板从小不吃羊肉,也不喝奶茶。开车到南疆的罗布人村落时,不慎出了车祸,被当地的维吾尔族大哥所救,并在医院输了维吾尔族大哥的鲜血。这个女老板被抢救过来后,说的第一句话居然是:我要吃羊肉汤,给一碗奶茶也行。这奇妙的血液的融合。

我常常会闭着眼睛想象,千年前南方的茶叶如何乘着骆驼,在驼铃声声中,越过万水千山,跨过戈壁荒滩,在走向波斯和大食的途中,在新疆广袤的草原上,与洁白的牛奶相逢,"金风玉露一相逢,便胜却人间无数"。于是,原来只喝牛奶的游牧民族,迷恋上了奶茶,南方与北方握手言欢。

最近妈妈住院,我在医院陪护,住着一间四张床位的大病房,除妈妈是汉族外,其他三张床位住的都是哈萨克族妇女。住院的第二天早晨,我惊奇地发现,在四号床位照顾女儿的老阿妈,在女儿的病床上铺上了花头巾,摆上了切片的馕,床头柜上的搪瓷壶里飘出浓浓的奶茶香。老阿妈拿出一摞碗,逐一斟满奶茶,递给其他床位的病号和她们的陪护者。在住院的情况下,老阿妈是如何"变"出一壶飘香的奶茶的?这成了我心底难解的一道谜题。而她们对于奶茶的钟爱,却深深地烙在了我的心里,忘不了陪护妈妈的哈萨克族女大学生古丽扎用流利的普通话对我的解释:她们每天必须喝奶茶,不喝会头疼。

这融入骨血的奶茶哟,这南方与北方的完美融合。

美食记

喜好美食的嘴巴，由于快节奏的生活，一段时间来被浓重的麻辣所刺激，好久不曾细细品味从自己手中诞生的食物本身的香味了！

很多比较费工夫的吃食，渐渐浮上我的心头。恰好，同样爱好美食的文秀姐住在我家，两人兴致勃勃地一一做起来。

烫面油饼

烫面油饼是奇台很出名的美食。顾名思义，烫面油饼用的面是开水烫的，添水之前，面粉里要加入一点香豆子粉、清油，烧得滚烫的水浇在面粉上，用筷子搅拌，不太烫手了和起来。面要和得软一点，这样炸出来的油饼酥软可口。

面揉好后，醒一会儿，搓成长条状，切成碗底大的面团，擀成薄如纸的饼，饼上划两刀，再醒一醒，就可以下油锅炸了。

烧开水，化半碗浓浓的白糖水，晾着备用。油饼在锅里转个身变得金黄，夹出来放进备用的盆里，浇一勺糖水，盖上锅盖。所有油饼炸完，把盆里的油饼翻个身，最下面的改到最上面候场，一个个油饼金黄、酥软、甜蜜、香气扑鼻，入口即化，真正是人间极品美味！

其实，不仅仅吃油饼是一种享受，制作美食的过程就是享受的过程。

温热的面团在手里随着有节奏的揉搓，变成我们需要的形状，一种安定、幸福、满足的感觉氤氲在心头。或许，这种满足来自远古，已经成为一种基因密码，秘密地根植于我们的血液，而揉面的动作，就成为开启幸福密码的钥匙。

炸油饼是另一把开启幸福密码的钥匙。火苗呼呼地燃着，油锅热热地烤着，油烟机嗡嗡地响着，厨房里飘着浓浓的菜籽油的香味，空气里满溢着幸福的味道。拿起一只油饼，轻轻放进油锅，看它瞬间白衣变黄衣，那是一种创造的快乐。

洋芋鱼鱼

洋芋鱼鱼是奇台另一道著名的美食，因成品形似小鱼而得名。

洋芋鱼鱼最重要的食材是洋芋。六七只洋芋去皮洗净，泡上干香菇、木耳，羊肉、葱、姜、蒜、胡萝卜、青萝卜、西红柿备用。做洋芋鱼鱼最重要的功夫在磨洋芋上，磨洋芋要用一种特制的金属工具，我家没有，就改用绞肉机把洋芋打成稀糊汤。洋芋打完后，用纱布包起来挤干水份，然后加入一点盐、小半碗面粉、两大勺淀粉，像和面一样和匀。

洋芋面可以搓成鱼鱼，在开水里煮熟，与羊肉蔬菜一起炒着吃，类似炒拨鱼子，但更劲道爽口，叫干吃；也可以炝锅后，边搓边下在汤里，当汤饭吃，叫汤吃。我们选择汤吃。

油锅烧热放进羊肉，爆起嗞啦声的同时，羊肉特有的带着点令人着迷的膻味的奇特香味，就从锅里慢慢弥散开来，填充了厨房的整个空间。肉的水份基本炒干时，加入姜粉、花椒粉和盐，炒一会儿加入酱油、葱、蒜、辣子、各种配菜，菜炒香了，再倒入预先烧好的水。于是，肉、菜在锅里上下翻滚着。水汽氤氲中，我和文秀姐捏起一小团洋芋面，搓成小鱼状，投进沸腾的锅里，两双手飞快地动作着，两只嘴巴也不闲着，说说笑笑间，鱼鱼下完了。尝尝咸淡，加点醋和鸡精，完美出锅。

吃上一口，洋芋鱼鱼Q弹，有嚼头，香！一口菜，一口鱼鱼，一口汤，在这秋日略显清凉的早晨，抚慰空荡荡的肠胃，那种暖心暖肺的感觉，除了"幸福"二字再找不到更好的词语表达！

豆角焖面

豆角焖面最好选老一点的豆角，面条要切成短面条，油和肉要比平日炒菜略多一些,如果用羊娃子排骨焖,味道更佳。

羊排红烧,多放点水,待半熟时,放入折成小段的豆角,炒匀,调好咸淡,把面条抓乱,轻轻摆放在肉和豆角之上,盖上锅盖,大火催开,小火焖熟,注意水量,不能糊锅。面条焖熟了,用筷子轻轻抄散,锅铲炒均匀,出锅。

焖面盛到盘子里,还没吃呢,就香味扑鼻。尝一口,吸了肉汁的面条,劲道爽口。羊排浓浓的肉香,豆角混合了肉香,香味与香味相互融合碰撞,哎呀,真是美美与共呀!

任何时候,生活在给你一个小小的敲打的时候,总会再给你一朵小花。人间烟火,最抚凡人心。

卷三　在野篇

　　如果把自己比做一种植物，我想，我就是一株向日葵，根永远深深扎在大地，用金黄的笑容迎接每一缕阳光、每一道晨曦、每一阵风雨。行走在大地上，与大自然相亲，每一段旅程都是那么珍贵。

归园田居

晋朝大诗人陶渊明,热爱田园生活,留下了许多歌咏田园生活的诗歌,其中脍炙人口的有《归园田居》系列和《饮酒》系列,有两首我最喜欢,其一是:

种豆南山下,草盛豆苗稀。

晨兴理荒秽,带月荷锄归。

道狭草木长,夕露沾我衣。

衣沾不足惜,但使愿无违。

其二是:

结庐在人境,而无车马喧。

问君何能尔? 心远地自偏。

采菊东篱下,悠然见南山。

山气日夕佳,飞鸟相与还。

此中有真意,欲辨已忘言。

这两首诗歌描绘的田园生活,对于生在农村、长在农村,奋斗在城市,已步入中年的人们来说,简直就是一种致命诱惑、理想天堂!

今天的我们,长久地生活在高楼大厦,穿梭于钢筋水泥的森林,听惯了汽车马达的轰鸣,看惯了不夜城的霓虹,然而我们的内心深处,静夜里浮上心头的,依然是那割舍不下的田园之梦。对土地的热爱，是我们终极一生的梦想。

多少次，我们在恍恍惚惚中，闻到了草木迷人的清香，感受到太阳当头暖暖照着，看到了熟悉的小时候的老屋，尝到了记忆里妈妈的饭菜的奇香，我们开心地笑了，伸出手，想要去拥抱这一切时，却失了足，在黑暗中睁开眼，怔愣半晌，才不得不承认，这一切只是南柯一梦。

几十年的光阴里，在人生的沙场上，我们来不及犹豫，来不及回头，来不及遗憾，只是一味地低头，负重向前。今天，当我们终于小有成就，能够和城里孩子一样，在城市里有了一点点的立足之地的时候，回过头来，逐一盘点，蓦然发现，奋斗的路上丢掉了最最重要的东西——我们的故乡。那湛蓝湛蓝的天空、黝黑肥沃的土地、一望无际的庄稼、卫士一般的白杨，这一切构成我们最最渴望的、可望而不可及的故乡啊！

回得去吗？回不去了。童年的老屋，早已荡然无存，旧址上，或者是他人的新宅第，或者是摩天的高楼，匆匆忙忙的城市化进程，无法等待我们迟到的乡思。从此，我们成了一个没有故乡的人，如同没有根的浮萍，在社会的风吹雨打中，飘飘荡荡，无所依凭；如同海上的不系之舟，看似潇洒，却无处安放我们的灵魂。

忽然有一天，一个幸运的机会，让我终于回到了魂牵梦萦的故乡，我梦中的天堂。

正是金秋九月，秋风送爽，瓜果飘香。我们一行几人开着车，沿着蜿蜒的河床，走在乡村的土路上，没有柏油路的平整干净，可是这如同儿时一样扬着灰尘的土路，却如此亲切，连车里轻微的颠簸，也像一种享受。路两边是大片大片的庄稼地，绿油油，充满旺盛的生机，不管它是谁家的庄稼，看着都像自家的一样可人。眼睛贪婪地吸吮着这绿色的海洋，恨不得把几十年的对绿色的缺失，都在这路途中找补回来。

天越来越蓝，空气越来越凉爽，远处的山模糊的影子，渐渐变得清晰，蓝天背景上的雪山，闪着银色的光芒，与白云遥相呼应。近处的山，是一片深深浅浅的绿色和灰色，洼地的松树是深绿的，山脊上草稀的地方，是深浅不一的灰色。而近处，是似乎永远也走不到头的绿色。

拐过一个弯，眼前蓦然变了景象，一成不变的绿色变成了五色缤纷，五彩的花海铺就了一片高地，在高地的中央，静静据守着一栋古色古香的四合院，让人忽而疑心，是不是误入了哪部电视剧拍摄现场。蓝天白云之下，白墙灰瓦，掩映在绿树丛中,四周五色鲜艳的花儿在风中微微荡漾,远远望去,让人产生一种错觉,那院子似乎漂浮在花海之上一般,如梦似幻。

近了,近了,看到了高高的青石台阶,台阶上的朱红大门。同行的朋友欣悦地说:"到了!"拾级而上,我仿佛梦游一般,倒坐房、垂花门、影壁、抄手游廊、朱红的柱子、新中式的格子的红色门窗、宽阔的大厅、透光的顶棚,这一切都显得那么不真实,却又触手可及。

路上,朋友介绍过,说这里是奇台县碧流河镇南沟村,南接天山,北临伴行公路,与国家5A级景区江布拉克接壤,土地肥沃,风景秀丽,冬暖夏凉,是极为难得的最适宜人类居住的地区之一。我们的目的地是一个名字叫作"红星天一"的生态农场的仿古四合院,装修古色古香,具有农家乐的性质,可做乡村土席,让我们重新品尝儿时的味道。农场种植了大量的蔬菜,菜地可租赁,是一个集农产品生产、休闲农业、乡村旅游、养生养老、农耕体验等功能为一体的新型产业。农场拥有一个接待大厅,可容纳400人同时就餐。

虽然已经被预告,可是听到和看到完全是两个概念,目睹这个宽广到可以跑马的大厅、门与门相对而开的房屋、飞檐斗拱、雕梁画栋,我依然被惊艳到了!

内宅的房屋都是一套一套的设计,拥有各自独立的起居室、洗手间,客人可以小住,尽情领略田园风光,体验新式田园生活。啊,真是太好了!

想象一下,白天,随着喔喔的鸡啼声,伴着啾啾喳喳的鸟叫声,在朦胧的晨光中醒来,呼吸着丰收大地上飘着的醉人麦香,漫步在田野之间,欣赏远处的山、近处的花,摘一根顶花带刺的黄瓜,像小时候常做的那样,随便抹一抹,放进嘴里喊里咔嚓,品尝这有机食品的自然清香。花丛中拍一张"我在丛中笑",与大树来个合影,或者让同行的朋友帮忙拍个剪影,或者就只拍风景,把远山近树都装进相机里去,做个永久的记忆。

中午,点一桌子的乡村土菜,放养的鸡做的大盘鸡,山上的羊娃子肉烤的红柳烤肉,地里挖出来的洋芋做的糖洋芋,地里现掰的苞米、现摘的葫芦、现挖的红薯做的煮杂粮……

所有的食品都是最新鲜、最原味、最纯粹的,跟我们小时候吃的一样,跟记忆里妈妈做的一样。

午后小憩,在充满花香味和泥土气息的空气里自然地醒来,去乡村土路上散散步,拔拔野草,侍弄下菜园,像小时候常做的那样。

晚饭后,找一片茂盛的草地躺下来,面向深邃的夜空,一颗,两颗……慢慢地数数好多年没有见面的星星,跟它们打个招呼,道一声"好久不见",像久别重逢的老友那样……

真正是"误落尘网中,一去三十年""羁鸟恋旧林,池鱼思故渊",回归田园,是我们每一个游子的终极梦想;"采菊东篱下,悠然见南山",是流传千年的惬意时光。在纷繁复杂的现代社会,我们无法开垦一片真正属于自己的土地,而"红星天一"生态农场的建设者,却给了我们这样一个机会,让我们每个人都有机会在这里实现自己的田园梦想。虽然这不是我们小时候家里耕种的土地,可是它同样是一方净土,能够承载我们对土地的情义;虽然这不是我们小时候家里睡觉的土炕,可它同样是一个港湾,可以安放我们四处漂泊、无依无靠的灵魂。

想通了这一切,我们放松了自己的身心,偷得浮生半日闲,尽情享受这难得的休闲时光。山居生活果然跟我们想象的一样美好,随意徜徉在山间的小路上,一首久远的,久远到我们以为早已被遗忘的歌曲,不知不觉间逸出了我们的唇畔:

荷把锄头在肩上

牧童的歌声在荡漾

喔喔喔他们唱

还有一只短笛隐约在吹响

……

清晨,我们走进屋前的菜地,在西红柿垄里,从西红柿叶子的缝隙中,发现成熟的没被采摘的红彤彤的果实,像找到珍宝一样开心;拿一把亮闪闪的铁锹,挖开多少年没有挖过的泥土,在黑土里扒拉出圆溜溜的土豆、纺锤形的红薯。顺手拔掉肆意疯长的杂草,打掉西红柿秧子上多余的枝叶,整理被踩坏的田垄……

一瞬间,我们不再是写字间里西装革履的白领,变成了心无旁骛侍弄菜地的老农。什么商业模式、什么考核、什么业绩,统统都靠边站,无所顾忌,专心做一个农夫。中午,在暖阳中"采菊东篱下,悠然见南山",对着南山发一会什么也不想的呆。傍晚,"山气日夕佳,飞鸟相与还",我们也随着飞鸟,从原野回归四合院。"道狭草木长,夕露沾我衣",走进屋里换了被夕露沾湿的衣裳。

关灯上床,屋里分外明亮,"秋高山月白"。四下里一片沉寂,没有机器的隆隆,只有"明月别枝惊鹊,清风半夜鸣蝉",在诗情画意里心满意足地睡去,赴一场与周公的美美的约会。

于是,我们发现,我们不是生活在俗世里,而是生活在唐诗宋词的明月清风里,重复着千年前古人做的事,体验着与他们同样的心情。

可惜,"山中无甲子,人间日月长"。不知不觉中,三天的假期结束了,我们依依不舍告别了农场,踏上返程,身虽离开,心却遗落在了这里。友人相互约定,待到冬日,我们再来聚首,白天去看山上的雪,晚上静听雪落的声音。

感谢你,红星天一,带领我们重拾儿时的记忆,描摹梦中的天堂!从此以后,你就是我的梦想,你就是我的天堂,你就是我永远的故乡!

清晨之美

一向晚睡，所以难得早起。今天，因为要上舞蹈班的早课，所以定了闹钟勉为其难地六点半起床。

漫不经心地走出大门，清新的空气扑面而来，让我不由得精神为之一振，从来都不知道，原来，家乡奇台的清晨，是这么美！

晨曦初露，天朗气清，眼前是笔直宽阔的大马路，车辆极少，我走到马路中间，拍了一张照片。透过镜头望出去，这景致，美到令人震撼！

马路两边的行道树是长枝榆，已经彻底舒展开了身子，枝繁叶茂了。长枝榆前是金黄色的树篱——金叶榆，这鲜艳的黄色，与身后的绿色相映衬，分外好看。金叶榆与长枝榆的空档里，满植着观赏草早熟禾，绿油油一片，透着新鲜，透着喜气。

转过这条道，走上迎宾路。这条马路更为宽广，六车道，也更为美观，马路两边五彩缤纷。一人多高的修剪成圆球形状的圆冠榆疏疏落落，四周是半人高的蔷薇，被整理得方方正正，是一段绿色的墙，细碎的鲜绿的叶子，明黄色的花苞星罗棋布，密密匝匝，个别地方的花开了，艳丽的明黄，鲜嫩、灿烂、生机勃勃。

再走一段，插入了紫色的灌木紫叶风香果，枝干和叶子都是紫色的，端庄秀气。再走几步，是一段草花亚麻花，开着蓝色的小花，清新雅致得像民国时期的女学生。还有马莲花，叶子像剑一样笔直个性，花朵四瓣，靠近花蕊的位置是白色，渐渐转成蓝紫色,玲玲珑珑,像女子的兰花指。馥郁的香气传来,那是两米高的树,开满淡淡紫色的小花,是丁香,亭亭玉立。

这还只是迎宾路两侧。街边开放式的小公园里,还有很多很多植物,有花有树,郁郁葱葱,五色缤纷,令人赏心悦目。深深吸一口气,细细品味,品出甜丝丝、香喷喷、清爽爽各位滋味儿,哪一种都令人精神振奋无比喜悦。

街边三三两两走着锻炼的人们,有慢跑的,有快走的,有倒着走的,还有放了音响跳广场舞的,有打太极拳的,练剑的,慢悠悠,姿态优美。

一日之计在于晨,这美好的清晨,对于不同的人来说,有不同的意义。对于学生来说,清晨的早读意味着离心仪的高等学府又近了一步;对于出差的旅人来说,清晨的出行意味着良好的出行环境和快人一步的工作效率;对于慈爱的母亲来说,清晨的早餐承载着对孩子浓浓的爱意;对于各负其责的上班一族来说,清晨思考的当日计划引领着忙碌充实的一天工作。

对于我来说,这美好的清晨是锻炼的最佳时间。随着音乐的节奏,在舞蹈老师——年轻美丽的相老师的带领下,肢体自由舒展,心情喜悦祥和,灵魂在高空飞扬,无酒自陶醉,无风自蹁跹。

舞蹈是多么令人喜爱的一种艺术,不拒绝任何喜爱它的人对它的青睐,只要你愿意把时间和精力交付给它,它就愿意热情地拥抱你。随着音乐的节拍,舞动你的身体,那是多么美妙的一种感觉。所有的问题都不再困惑你,所有的烦恼都随风而去,心情轻松而愉悦,只专注于一个点,那就是老师的动作,尽全力去模仿。

老师的一举手一投足都带着无限的风情和妙曼的韵味,不同种类的舞蹈,展现出不同的风情。跳汉民族的传统舞蹈,那是一种千年传承下来的中国女子的婉约之美,透着含蓄,带着羞羞的喜气。跳维吾尔族舞蹈,那是热烈而欢快奔放的,传达对生活的无限热爱,喜气洋洋。跳蒙古族舞蹈豪爽大气,动作粗犷豪放,好像把人的胸襟也撑大了许多。

啊,清晨,这美好的清晨,如果你愿意早起走出家门,感受清晨之美,它能带给你多少乐趣,多少收获,多少希望,多少力量!如果你一直把它当成和周公约会的最佳时机,那么,你错失了人生多少美好的体验,多少崛起的良机。

美好生活,从美丽清晨开始,愿更多的朋友来体会清晨之美!

夏日避暑盛地小渠子游记

炎炎夏日,骄阳似火,云淡风轻,地上像着了火,人热得没处躲。一行人相商,找个地方避暑去,来一场说走就走的小小旅行。听说要去的地方是乌鲁木齐南山的小渠子度假区,心下有点不以为然,因为之前去过索尔巴斯陶,一样是南山,草木稀稀拉拉,无甚出彩之处。

车顺着沿河路南上,经过硫磺沟镇,沿途路边草木葱茏,只是满眼的红褐色山石,令人不由得生出焦渴之感。车窗打开,凉风习习,天越来越蓝,空气越来越清新,等转到小渠子的村道上,南山已然是一片绿色的山峦了。近处的山是黄绿色的草坡,像横着竖着斜着铺的绿色地毯,在低洼处,露出更南边的远山来,是深色的幽幽的蓝,在湛蓝的天边做了个剪影。近山与公路之间,是一片一片的草滩和庄稼地,不同的植被,把这片绿地做了天然的分割,深绿浅绿,各不相同,自成一景。

这乌鲁木齐的南山,原来还有这么好的景致,看来是我的见识太短浅了!

终于到了目的地——小渠子,红顶白墙,有餐厅、客房、蒙古包,还有硬化了的活动场地,可游戏,可歌舞。南面的篱笆出去,是一条小河,河水湍急,水流极为清澈,应该是山上的雪水消融汇聚为河。跨过河是一条上山的小路,山坡上丛生着蔷薇,黄色的花开得正艳,热闹浓烈,让人的心无端地轻快起来。山坡上还有一个破旧的小院,有人出进,像村子的原居民。旁边有一栋红顶的鸡舍,山坡上有一群鸡在自由觅食,两只老鹰不时在空中盘旋又落下。这真是原生态的乡村美图!

此次出行共十八人,大家热热闹闹打着招呼,拿出带来的零食、果品、酒水,先自给自足起来。这时,赶上了一台好戏。

我们旁边的一桌人,吃了饭化起妆来,脸上涂了厚厚的油彩粉底,一打听才知道,他们是票友,走到哪,锣鼓家什带到哪,唱戏搞直播呢。我好奇地关注着他们的一举一动,画了彩妆,着了戏服,支好锣鼓,拿出道具,一行人在简单的水泥平台上,开始上演秦腔《三娘教子》。

锣鼓响起,三娘出场,举手投足,一板一眼,没有丝毫敷衍。虽然听不懂唱词,但看得懂动作。三娘走动时的唱词大概是交代背景的,之后坐下织布,动作认真细致。这时儿子出场了,蹦蹦跳跳,一段动作道白之后,三娘考校孩子的学识,背不出书,于是罚跪,开始教子。我只听懂了一句"一寸光阴一寸金",其余都不懂,但是我看得懂三娘的悲伤。她的眼睛里盛满了悲伤,唱词咿咿呀呀,动作无奈落寞,我心里难受得想要流泪了。

天下的母亲都是一样的,面对顽皮桀骜的孩子,母亲的期盼、失望、无奈、悲切、希冀,种种强烈的情感,撑得我的心都要碎了,我听不懂三娘,但我看得懂三娘。

正在这时,一帮女同学相互攀扯着要登山去。

我站起来随大家离开了。我不敢再听下去了,再待下去,我要为这听不懂的戏流泪了。路上,我一直在想,这样简陋的舞台,不,甚至不是舞台,只是一块平整的场地,但他们如此认真,从服装、道具、乐器、化妆,到每个演员的每个动作、表情,到锣鼓的伴奏,这台戏呈现给观众的每一个细节,都那么一丝不苟,这种敬业,这种对生活的热爱,这种对艺术的敬畏之心,深深打动了我。

北面的山洼里,长着成片的松树,密密匝匝。从一个斜坡上去,眼前豁然开朗,这是一片草地,草有半人高,开满了金黄、浅蓝、粉紫、白色的野花,星星点点,看迷了人的眼。同学们欢呼一声,扑进草地,像扑进母亲的怀抱那样急切而自然,坐着、趴着、躺着,各种姿势的摆拍,嘻嘻哈哈,恣意洒脱,忘情玩耍。

被一阵急雨赶回驻地,稍事休息后,开启晚餐模式。

同行的阿杜同学是专业的歌手和主持,带着吉他,吉他弹唱一阵,再随卡拉OK高歌一曲。吉他弹唱都是民谣,七八十年代的校园歌曲,大家三三两两随意坐着一起唱起来。一瞬间,我们都仿佛回到了高中时代,变成了少男少女,怀揣着美好的梦想和对未来无限的希冀,单纯而美好,简单快乐。当阿杜蹦上榻榻米,手持麦克风,高歌《我们在一起》的时候,全场都嗨翻了。同学们在榻榻米边沿上坐成一排,牵着手左右摆动,自然而然形成亲友团,阿杜在他们背后又唱又跳,副歌部分大家齐声唱和,我们在下面忙着拍摄视频。这简直就是一场完整的演唱会,各种角色和要素齐备嘛!

当阿杜蹦下榻榻米时,号召大家齐上场,带着跳十六步,唱着《路灯下的小姑娘》。十几个人共舞,那是怎样一种浓烈的快乐!在青山绿水之间,在充满浓浓的负氧离子的清新空气里,我们放松心情,放飞自己的心灵,释放所有的压力,我们的灵魂在快乐中无拘无束漂浮漫游……

晚餐很丰盛,同学聚会免不了举举酒杯,其中最令人难忘的,还是酒令游戏中的相互挖坑,游戏后的群魔乱舞,吉他伴奏的浅吟低唱……

山间夜凉,一夜好眠,清晨七点半,准时起床。走出屋门,叽叽喳喳的鸟鸣,嘹亮的鸡啼,偶尔的狗吠声,踏踏的马蹄声,这一切久违了的声音,那么亲切,那么熟悉,那么可爱,把人的心都要融化了。

早餐后,听到一个意外的消息,同行朋友中有三位身患较严重的疾病,甚至有从重症监护室中抢救出来的。看着她们的笑脸,听着她们银铃似的笑声,回忆着昨天晚上她们挥洒自如的舞姿,我沉默了。我被深深感动了。我一向自诩是热爱生活的人,但是与她们相比,就是小巫见大巫了。很多身患重疾的人,不是在病床上挣扎,就是在家中避世,他们不断嗟叹命运的不公,暗恨世人的薄情,很难走出疾病的阴影。但是这几位朋友,勇敢融入社会,藐视病魔,以积极乐观的态度面对周围的一切,甚至笑得更加投入,舞得更加尽兴,能更好地体会生活中的真善美,并且那么善解人意,不由得让人心生敬意。

午餐后,被滚滚的雷声撵出了度假区。一步步远离宁静的山居生活,一步步走进滚滚红尘。返程堵车严重,同车身患重病的两位姐姐下了车,号召附近车上熟悉和陌生的人们一起跳广场舞,注视着她们的笑脸,我热泪盈眶……

秋游木垒音乐公路

金秋季节，天高气爽，阳光煦暖，正是出游的极好时节。

清晨，五位好友同行，向木垒县新建的网红公路——马圈湾音乐公路出发。

车行路上，伴着轻松的音乐，友人自在地闲谈。我问起音乐公路的情况，友人说，这是西北地区第一条音乐公路，长365米，车走在上面，路会唱歌。穷尽我的想象，怎么也想不通不长嘴巴的公路为啥会唱歌，带着无限的期待，我们向着木垒县进发。

走出木垒县城，沿着人民路一直往南，经过照壁山乡，车慢慢进了山区。秋天的山区，满眼的金色，高高低低起起伏伏的山丘，被枯黄的秋草覆盖，几乎看不到地皮。虽是枯草坡，然而有碧蓝的天空、洁白的云朵、山洼里深绿色的松树、蜿蜒的柏油路做伴，却并不显得凄凉，反而有一种温婉的气质、煦暖的惬意，透出一种稳重的美，就像四十多岁的女子，历经了世事的沧桑，看透了人情的冷暖，却依然在内心保留着对生活的热爱，那种成熟的气韵，如醇酒，需要慢慢品味。

走进马圈湾农业生态公园，路更加险峻，汽车时不时急转弯，引来友人的笑闹惊呼声。万亩旱田已经归仓，黄澄澄的麦茬地接受着阳光的爱抚，为下一轮的生命蓄积着力量。就在我们的眼睛觉得疲惫的时候，一片五彩缤纷的花海跃入眼帘，大家都惊喜地叫了出来，等不及车子停稳，纷纷跳下车，拿起手机开始拍照。

这是一片勿忘我,红的、紫的、白的、蓝的,白色镶着各色边儿的,细细看去,犹如每个人都长着不同的面孔,每朵花都各有特色,自成一景,让人不由得感叹大自然的神奇。

大家小心地进入花丛,站着拍、蹲着拍、坐着拍,合影、独照、自拍、相互拍,拍得热烈而欢快,每当有一张得意的照片拍出,都引来兴奋的尖叫和急切的围观,然后是哈哈大笑,叽叽喳喳,如同几百只鸭子放出。

在花丛里尽兴之后,我们又发现了一路之隔的麦田,也是好景。路边是冬麦,只有半拃来高,还不能盖住黑黝黝的土地,但是那份新鲜的绿色,让人感受到新生命的力量。那股勃勃的生机,令人感动。在这片新麦的东边,缓坡之后,是黄灿灿的麦茬地,泛着温厚和煦的光芒。在同一片土地上,演绎着春与秋的接替、新生与死亡的轮回。这新生,意气风发、生机盎然;那死亡,坦荡磊落、厚重朴实。两种生命的状态,一样的惊心动魄,一样的于无声处听惊雷。

终于看到了期待已久的音乐公路,路面一半是彩色,一半是普通的灰色。我们小心翼翼地驶上彩色的路,将车窗降下来,准备聆听美妙的音乐,却被呼呼的风声打搅得不得不关窗,关了又怕听不到,折中一下,打开半拃宽,屏息凝神,细细分辨,听到了,听到了,终于听到了!那是《咱们新疆好地方》的曲调!随着嗡嗡的车轮声,这声音初时小,慢慢地,越来越大,越来越真切。那声音浑厚有力,犹如实质,沉甸甸的,直扑进人的心里来!那声音如同有了生命力,有了自己的意志,不容置疑地拨动了我们的心弦,让我们不由自主地跟着哼唱起来。我们在聆听它,它又何尝不是在聆听我们!人与路,就这样达成了完美的和谐统一,你中有我,我中有你,充盈心中的,是对我们美丽的新疆深深的热爱。一段路走完,一曲完整的《咱们新疆好地方》刚好被车轮弹奏完毕,好神奇呀!

我们高兴地又笑又叫,像一群无拘无束的孩子,反复听了四次,才终于过瘾。

在前方路边停车,我们走下车来,终于看清了音乐公路的全貌。这是一段平缓的弯道,白色的栏杆将路面一分为二,一半是普通的柏油路,一半是特殊的彩色路面,一条橙色的彩带,又将这半幅路一分为二,两边的绿色路面,像绿色的地毯铺陈着。仔细观察,这路面不像普通的路面那样追求平整,应该是水泥打的,排列着无数一寸来宽的凹槽,像钢琴的黑白键。当汽车走过的时候,车轮如手弹奏琴键,发出动听的旋律。

这真是太神奇了！什么人这么聪明，能设计修建出这样的路来，真是佩服！

我们拿出准备好的国旗，在路上尽情与国旗合照，在国庆节即将来临之际，纪念这奇特的际遇，没有国富民强，哪里会有这样的特色工程问世，满满的幸福感和自豪感！

带着满足踏上返程，透过车窗看去，漫山遍野的羊群、马群、牛群，悠闲的牧人，洋溢着幸福气息的农家小院。这一切，都是那么踏实，让人感受到平实的幸福。感谢你，我的祖国，生活在你的怀抱，现世安稳，快乐幸福。

月亮地的美

自 12 月 21 日参加完月亮地的冬至节活动以来,数次提笔,又数次作罢,未能成文。因为月亮地太美了,意蕴太丰厚了,仰望它的绝美,难免生出敬畏之心,怕我拙劣的笔不能表达它动人的韵致之万一。但放弃吧,又绝不可能,就像一个青涩的少年,面对暗恋仰慕的心上人,欲语还羞,那么,就来吧,鼓足勇气,月亮地,让我将你抱个满怀!

月亮地位于木垒县英格堡乡,在天山的北坡边上,是一个古老的小村落。民间传说,"月亮地"这个富于诗意的地名,源于此村形似弯月的地形,也源于此地曾建有一个月亮娘娘庙,如今古庙虽已消失在历史的烟云中,但诗意的村名却流传下来。此村始建于清末民初,是中国汉文化传统村落之一。

2017 年首次拜访,我就惊诧于它的美。

正是夏日,绿荫遮道,处处繁花,绿色掩映间,是一栋栋古色古香的民居——拔廊房。听说,村里至今还保留着百余年前的全框架木结构拔廊房,还在正常使用中,令人惊叹不已。家家都有很敞亮的院子,院内有自种的菜园,各色蔬菜琳琅满目,青翠欲滴。户户都有古风的门楼,有茅草顶子的,有木制飞檐翘角的,都挂着客栈的牌子,大红灯笼在微风中轻轻摇晃,恍惚间,让人产生误入了某部古装电影的错觉。

村中小路青石板铺就,行走其间十分舒适,既不像城市中有些瓷砖或者大理石路面光可鉴人,走得让人提心吊胆,亦不像农村中传统土路雨后泥泞,脏污不堪,朴实的石板路,最适合穿着平底鞋闲庭信步,愉悦、舒适、放松、自在。

今年冬日造访,宁静古朴依旧。

村头有一个大型的仿古雕塑"年轮",高高竖起的木架,顶上和地上各有一个大大的车轮。这雕像竖在蓝天之下,以远方的雪山、近处的田野为背景,造型古朴自然,有岁月沧桑之感,恰与村落给人的印象相吻合。

村中有一个"农耕博物馆",应该是一栋民居改造的。大门两侧的山墙上各有一幅铜制浮雕。左面那幅是一个头戴高帽的少数民族人士驾着马车缓缓行来,车后尾随两峰骆驼,骆驼褡裢沉甸甸的,显然是远来的商旅,他正和旁边另外一人用手势交谈着,表现了农耕文明与商业文明的交流、碰撞、融合。右面那幅是一人扶着犁犁地,拉犁的老牛正埋首用力,两人握手言笑晏晏,其中一人是少数民族的服饰,他背后跟着一只盘羊,展现了农耕文明和草原文明的交融。虽是雕像,但人物神态动作自然逼真,惟妙惟肖,且意蕴深厚,令人回味无穷。

院子里南北都是展厅,土木结构的房子,保留了传统农房的特色。院里一株老榆树,叶子落尽,枝丫遒劲,直指天空,有种"烈士暮年,壮心不已"的苍劲之美。走道边两个古朴的木架子,上面吊着两个古老的木质车轮毂,虽是老旧的物件,当艺术品陈列出来却显出一种沧桑之美。还有一盘石磨,经年不用,落了雪,沉默地稳稳立着,像进入了深度睡眠,在梦里追忆当年被毛驴拉着磨面、磨豆子、磨苞米的忙碌和热闹。

走进展馆,仿佛穿越了时空的隧道,回到了几十年前。馆里陈列着许多农业生产用具,如铁犁、木杈、刮板、镰刀、木锨、摆篓、抬把子等;还有马车、驴车的配套用具,如水鞍子、马笼头、驴肚带、驴鞯子等;还有很多现在早已不见的生活用具,如卡盆、斗、现子、撒子、算盘等;还有木匠手工作业的专用工具推子、刨子、墨斗等,不一而足。这些老物件,有些我小时候见过,有些不认识,每一件都印着岁月的痕迹。那把刨子,我凝视良久,它的木柄溜光水滑,木纹清晰,显然被它的主人无数次地握在手里,被汗水所浸润,至今,仿佛还散发着曾经的老木匠的体温,温润,沉静,泛着美丽的光泽。自从进了馆,我七十多岁的老父亲就激动起来,指着陈列的各种物件,一一讲解它们的用途,回忆他和他的父辈是如何使用这些家什,如何辛苦劳作,才开创出今天的美好生活来。

这个农耕博物馆,几乎完整地展示了近现代当地农业生产的状况,物品无言,却似乎在默默诉说我们的上两辈人曾亲历过的叫如今的现代人难以想象的辛劳,这些农具、用具正是岁月的见证。感叹感恩之余,不由得庆幸,我辈生活在农业现代化的年代,脱离了繁重的手工劳动,生活是多么美好幸福。

虽是冬日,空气却是温润而和煦的。天蓝蓝的,太阳暖融融的。

小广场上有个戏台,屏幕上打出了"英格堡乡跨年活动暨加联杯第四届乡村厨王争霸赛文艺汇演"的字幕,广场上已经人山人海了,后半部是挨挨挤挤的摊位,全麦面粉、荞麦面、冻粉条、猪血馍馍、烧壳子、油馃子、油香、馓子、花卷、土果子、海棠果干、各种干菜、葵花籽、葫芦……总之,农家土产这里应有尽有,俨然一个小小的农产品展销中心!游客们选购心仪的物品,穿红着绿的演员们相互打打闹闹,扛着长枪短炮的媒体记者到处抓拍,让喜欢的瞬间定格。

演出开始之前,有主持人上台唱歌热场,又有书法家挥毫泼墨写对联送祝福。十二点,活动开始,随着主持人宣布节目开始,热闹的锣鼓敲起来,唢呐声响起来,一人高举上书"囍"字的牌子,几个男人抬着大红的轿子入场,跟着几个摇头晃脑的大头娃娃,还有穿黄色衣衫的人骑着毛驴,红衣女子划着旱船,着大红衣衫手持彩扇的女子们扭起秧歌。这热闹的表演瞬间引爆了场上的气氛,人人都觉得沾了喜气,笑逐颜开,如同参加农村的传统婚礼一样。

秧歌队绕场一周退出,演出正式开始。来自英格堡乡各个村排演的节目一个跟着一个,有鼓舞、扇子舞、麦西来甫、眉户戏、现代舞等,不一而足。来自媒体的朋友们架起摄影机录像、做直播,观众边看演出边用手机拍照。

演出完毕,人群涌向美食基地,"厨王争霸赛"已经拉开了帷幕。十几个锅头同时架着火,戴白色高帽的厨师们紧张忙碌,炒出过油肉、夹沙、丸子等传统乡村特色菜肴,冬至传统饭"汤杏皮子"也热气腾腾舀进了游客的碗里。主持人组织由游客组成的评委团现场品尝菜肴,现场打分,评选厨王。

好看的节目养眼,传统的美食养胃,来自天南海北的游客,在这里观看、拍摄、传播、参与、品尝,收获满满。

在村里绕行一周,我们走进"闫老五客栈"。房子的外观是传统的,屋里的陈设却是现代的,堪比星级酒店的客房自不必说,单说主人的屋里,现代化家电家具齐全。厨房干净整洁,厨师技艺娴熟。

品尝完色香味俱全的大盘鸡焖饼子，我们与主人闲聊。得知村里的土地已经流转了，依托对古村落的修复政策，他们家家吃起了"旅游饭"，自家就是民宿客栈，在过着自己日子的同时，让游客参与体验农村生活。这里根据古老的二十四节气，将新疆人的传统习俗做成了旅游特色，比如，惊蛰喝鸡蛋茶，端午插杨柳、吃凉糕，中秋剜瓜牙子、献月亮，冬至吃"汤杏皮子"等。日常呢，他家卖馍，你家卖醋，王家的粉条，张家的干菜，赵家的杂粮，陈家的土鸡，甘甜的水果，绿色的蔬菜，酽酽的砖茶，浓浓的乡音，烈烈的酒，热热的心……这一切，汇成了一股无形的特色，叫"传统生活"，不仅吸引来大批的游客，也召回了那些进城务工的年轻人。人们在这里日出而作日落而息，天晴了侍弄菜园，天阴了喝喝小酒，招待天南海北的客人，也把新疆人淳朴、热情、好客的传统，经由客人，通过直播，带到了四海八荒……

在月亮地，随便走进哪个门里，不管认识不认识，都有真诚的笑脸相迎，有酽酽的热茶暖心，有自家炒的葵花籽招待。这种质朴的、暖心的、亲密无间的感觉，让被钢筋水泥所包裹、冷漠了许久的人们，忽而暖了过来，放下所有的心防，带着纯粹的心，欣赏小村的自然之美，人文之美。月亮地淳朴厚道、热情好客的民风，正是中国农耕文明中最精粹的人情味儿的传承，豁达，包容，敞亮，友好，对天地万物都怀着深深的善意。

月亮地，传统与现代在这里交汇，农耕文明与商业文明在这里相融，这样的交汇融合，使得古老的月亮地，多姿多彩，活色生香，焕发出勃勃生机。

月亮地，这里有原始的沉静之美，融入其中，让人的心静下来，远离浮躁，但又绝不消沉；现代元素的融入，给它插上了现代文明的翅膀，使它成为出世与入世的完美结合。如同一个正当盛年的美妇，既有温柔娴静的传统美，又不失童心，偶尔客串激情四溢的少女，展现她的现代美。

月亮地，自然之美流于外，人文之美秀于内，钟灵毓秀，美不胜收。

哦，月亮地，我的梦中情人，亦真亦幻，飘然若仙，却淳朴天然，充满人间烟火气。让人怎能不恋慕向往，将你的美深深珍藏。

雪花儿

没有风,雪花儿翩跹。我用目光专注地追逐一朵朵雪花儿,看她们斜飞着轻盈落地。

草坪上原有一簇簇枯黄的草,整个夏天她们没有享受过喷灌,依靠可怜的几场雨苟延残喘,从秋到冬,她们将干枯的手指伸向天空,祈求一场无根之水的滋润。现在,她们被绒绒的雪轻柔地盖住了,像被含着水汽的白云盖住,像被浸水的棉絮盖住。她们心满意足地闭上了眼睛,在雪被下面,做一个关于碧波荡漾的美梦。

小小的树林里,树上和树下一片洁白。轻柔的雪花儿落在树枝上,树们舍不得将它们抖落,一团团的雪把树枝儿压弯了,她们也努力歪着身子挺着,想把这湿润的气息留得更久一点。

雪花儿落在我的车上,我仔细分辨,终于看到了美丽的六瓣。哦,从前,它们总是成群结队地降落人间,"大我"隐藏了"小我",文章中"六角形的雪花",我怀疑那只是一个传说。今天,我终于捕捉到这美丽的六角形的精灵,将她们定格在我的手机里保存。这滋润万物又美丽的大自然呀,你真像一个美丽又仁慈的仙女。

停驻脚步的匆匆,生活中,总有一些美,等待着捕捉她们的眼睛。

春天软软的足音

北方的春天像内向的小姑娘，总是那么羞涩，觉得她好像来了，远处看有隐隐约约的绿色和鹅黄色在枝头上落脚了，靠近去细看的时候，却又失望了，百分之九十九的灰褐色的枝条里，只有百分之一的鲜嫩的绿芽。甚至，你觉得天热起来了，可以穿单衣了，单衣刚刚上身，就给你来一场意外的小雨，空气瞬间冰凉，像置身于南方的早春了。

就这样冷一下热一下的，早晨你上班出门的时候九摄氏度，穿上了风衣，中午居然热得出汗了。下午太阳一落，小风又嗖嗖地逼着你打了寒噤。连那些遥看似有的草色，连着观察几天也一动不动了。你一灰心，干脆不在意了，春天，你爱来不来！几天没理她，今天，却突然发现春天由一个"和羞走，倚门回首，却把青梅嗅"的小姑娘变成了婀娜热烈的少女！

你瞧街边那前几天星星点点有些儿绿意的矮篱，仿佛在一夜之间成熟，华丽蜕变，一段儿新绿，一段儿鹅黄，一段儿深紫，把世界装点成了五颜六色的童话。加之她们拥着的树，都是一树一树的繁花，有浅粉的樱花，深红的海棠，雪白的苹果花，浅紫的丁香，在春风里摇摇曳曳，风过处，樱花树下落英缤纷，恰似人间仙境一般。

这个时节，不仅眼睛不够用，相机不够用，连鼻子都不够用了！它已经被各种不同的花香弄得五迷三道，分不出谁是谁了！

　　煦暖的阳光下,宽阔的水面上,远处是几十只鱼鹰,排列在水面上晒嗉子。近处是一片一片的残荷,叶子已经不知所踪,许多黑褐色的茎露在水面上,让人自然而然想起"留得残荷听雨声"的句子。

　　当视线从水面转到岸边时,我不由得呆住了!"万条垂下绿丝绦",就这样鲜活地被眼前的柳树诠释了,像行为艺术。柳树的枝干有竖直向上的,也有横生的,但是都垂下长长的细柔的枝条,让人想起少女的长发,总想将一捋。那些柔顺的枝子仿佛拂在你的心上,把你的心弄得软软的,喜悦的,连说话都柔声柔气的,连呼吸都轻轻浅浅的,连脚步都柔柔弱弱的。

　　唉,春天哪,你怎么可以这样呢?你的软软的足音,消解了我所有的仰头大笑、豪气干云,硬生生把一个好端端西北女子的粗犷,改造成了江南女子的弱柳扶风。

穿行在春日的胡杨林

人们提起胡杨，必定会想起它为人所熟知的两个特点：一是"三个三千年"，二是秋季金黄的胡杨最美。那么，胡杨在春季是什么样子呢？很少有人关注。2024年4月19日，我们一行十人采风小团队，在春日煦暖的阳光和微寒的风里，来到了昌吉市老龙河胡杨林。

景区还未开门营业，司机侯师傅擦拭完蒙尘的区间车，带领我们驶向胡杨林深处。

弯弯曲曲的老龙河真像一条巨龙，蜿蜒着穿过整个景区。景区南北走向，全长十五公里，迂回蜿蜒的边界线，像一个美女的侧影，梳着高高的发髻，挺着长长的脖子，曲线优美。

这里是花海，花儿已经出土了，过两个月你们再来，这里就是真正的花海了！导游小迪兴奋地告诉我们。美丽的小姑娘操一口标准流利的普通话，后来丁老师告诉我小迪是维吾尔族姑娘，我仔细看了她的脸才相信了他的话。

初春的风拂过胡杨，也拂过我们的脸。胡杨的叶子已经萌发，有一些微弱的新绿。我们停在路旁，去仔细看那些胡杨。枝子上有一些去年枯涸的残叶，还有一些新鲜的紫红色像桑葚的毛茸茸的物质，侯师傅告诉我们那是胡杨花。我们都惊奇地围拢来仔细观察，胡杨花算不得美，正开的是粗壮的短短一条，颜色新鲜，开败的就变得细长,像倒光了面粉的空袋子,软软地挂在枝头,颜色暗淡,风一吹,飘飘洒洒落满地,像一地的毛毛虫。侯师傅说胡杨每年在四月中旬开花,花期十天。

我看到一些去年的胡杨叶子上,长着圆圆的小颗粒,像一粒一粒的香菜籽,牢牢附着在叶子上。侯师傅说那是虫卵,很硬的。我捏了一下,果然很硬。侯师傅说胡杨又叫异叶杨,一棵树上生着三种叶子。低处小枝条是条形叶子,像柳叶;中间是心型的圆叶子;高处的叶子锯齿状,有点像银杏叶。叶子是蜡质的,硬硬的。

我忽然想起去年在玛纳斯魏家场村转悠的时候,看到过一棵树上有三种叶子,正是侯师傅描述的那样,才恍然明白,在那里看到的也是一棵胡杨。只是因为这里胡杨林密,胡杨的树冠不大,枝条向上生长的多。而魏家场那棵树独占了路边的空地,阳光充足,所以它肆意生长,树冠很大,像一把撑开的巨伞,我没有认出它。

我们来到了古树村,据说这里的一些老树有两百多年的历史。树身有两人合抱那么粗。杨老师说前几天看的榆树,才七十年就四人合抱那么粗了,胡杨两百年了才长这么点。我不由得苦笑,胡杨生长的这是什么环境呀? 虽说老龙河以前有水,可水枯也几十年了,如此干渴环境下的胡杨,如何能跟有水滋润的榆树相比呢?

我问侯师傅胡杨能浇水吗。侯师傅说不能。去年他放水浇过三沟胡杨,比其他地方的胡杨发芽晚了很多。看来,胡杨已经适应了干旱,就像一个长期饿肚子的人,胃口已经变小,突然给他一锅饭,他就吃撑了,吃出病了。侯师傅指着那些细密丛生的小胡杨说,胡杨的根比树长,像韭菜根一般在地底下盘绕,小树就是从地底下的根须上长出来的。

这里有一个风铃苑。那是胡杨林间的一块空地,头顶拉了铁丝,悬挂着一串串风铃,圆圆的像灯的玻璃外罩,中间垂下玻璃吊坠,挂一方硬纸短笺,有风吹来,玻璃吊坠与玻璃外罩相撞击,发出叮叮咚咚的声音,像一曲清脆的乐曲。短笺也随风舞动,写在上面的祝福就在风里翻飞。我想,那些曾经写下"某某我爱你""祝妈妈早日康复"的人,一定会在梦中听到这样清脆的叮咚声吧,在这样美好善良的祝福里酣眠,他们的梦一定是彩色的。

我又不由得牵挂起两年前我挂在西藏冈仁波齐神山的五色木牌。每一块木牌上有一个祝福,我把最真挚、最美好的祝福挂在了神山之前,期望着吹过神山的风也吹过我的心愿,照耀神山的太阳也泽被我的祝福。风刮过那些经幡,代替了我的祈祷,把我的祝福传播到了天地宇宙之间。如果有一天能重返神山,我想,我要找到那些木牌,重新描绘被风吹旧的心愿。

车慢慢驶过龙湖,水面上浮着一只麻鸭,车过,惊扰了它,就向远去漂去,在一泓如镜的明亮的水波上,划开流动的暗纹,恰如春日里播种机后的犁沟,盛开与凋零之间,刹那芳华。

再一转眼,近处的两只麻鸭被惊动,展翅贴着水面疾掠到远处去了。

从南侧看,因为湖心沙洲的分割,湖的造型恰似一对龙眼,盈盈秋波闪动间,不见气势如虹,唯见妩媚动人。

玫瑰园中玫瑰的叶子已经展开了,像无数只在风中挥动的小手,在小手的招展之中,仿佛已经看到了那一朵一朵粉红柔软的玫瑰,闻到了盈盈的香气。

畅想之际,一只有半只手掌大小的鸟拉回了我的注意力。它的羽毛灰色里夹杂着黑色,细长挺翘的长长的尾巴,在车前的柏油路上蹦蹦跳跳,似乎在为我们引路。大家都惊叫起来,叫师傅开慢点,别压着小鸟。侯师傅笑了,说哪能呢,这是花姑娘,机灵着呢!同行的薄老师说,她家地里也有这种鸟,高兴的时候,叫声"嘀哩嘀哩,嘀哩嘀哩",悠扬婉转,特别好听!许是蹦累了,许是看我们没有误入歧途它放心了,"花姑娘"跳进路边的草丛里不见了。

那里是一大片丛生的红柳林、梭梭林、沙枣林。我们的目光正漫无目的地在杂乱的林草间游走的时候,忽然一只五彩斑斓的大鸟闯入视野,大家哗然。有人喊那是什么?有人答野鸡!车停了,几个人蹑手蹑脚下了车去跟拍,幸好那只野鸡并不怕人,披一身红色为主的五彩羽毛,在路边的土埂上傲然站立,就像一个自信优雅的模特,在聚光灯下展示自己的高雅,良久,才一扭身钻进了灌木丛。

丁老师说,野鸡学名叫环锦雉。导游小迪说,这里是野鸡公园,邂逅野鸡很正常。侯师傅经常在胡杨林里巡逻,熟知每一棵树每一只鸟。他笑着说,一次在大路上碰到两只野鸡打架,他走过去阻拦,两只野鸡打得难解难分,不但不怕人,拦都拦不住呢!

爱说笑话的杨老师说:"那肯定是一只野鸡抢了另一只的老婆!"薄老师应声反驳:"不可能!野鸡都是一双一对的,对爱情可忠贞了,才不会呢!"

大家都哈哈大笑起来,笑声在胡杨林中穿来穿去,又惊得一只带着小鸡娃的灰扑扑的母野鸡从路边急速钻进高大茂密的草丛里去了。

小迪说这里是野生动植物园,还有刺猬、松鼠和狐狸呢!

车驶过月亮湾时,侯师傅骄傲地向我们介绍起在这里最具有传奇色彩的生物——三眼恐龙虾。

据侯师傅说,三眼恐龙虾是一种与恐龙同时代的活化石生物,中央电视台在2000年报道过这一发现。三眼恐龙虾有指甲盖那么大,像蜗牛一样,脊背上带壳,黄色,长有三只眼睛,身前有一对触须,身后带一双"筷子",在水里游动很灵活。它们平时沉睡在土里,遇到下雨,碱滩上有一个一个小水坑的时候,就复活了,从地底下钻出来,在小水坑里扑棱棱游来游去。一旦复活,它们就赶快产卵,生命周期只有九十天,九十天后就死了。

侯师傅带我们来到月亮湾湖边,这里有两只三眼恐龙虾的模型,做得很大,头顶上用塑料珠子镶嵌着三只眼睛,让人觉得特别神奇。侯师傅蹲在湖边说,前年三眼恐龙虾特别多,很多游客在这里捕捞,手伸进水里,三眼恐龙虾自己就游到手心了。游客带回家去养,都死了。三眼恐龙虾只能在泥巴糊糊里生存,人却偏要把它们养在清水里,它们只能死了。去年就没看到三眼恐龙虾了,今年不知会不会有。

这是一种多么神奇的生物呀!因为体格小,还是因为适应能力强?曾经的地球王者恐龙灭绝了上亿年了,它们却仍然活着,延续至今,还保留了奇怪的三只眼睛。作为水生动物,它们却在土里沉睡,直到水的气味把它们唤醒。那么它们到底是强大的,还是弱小的呢?大自然的法则多么不可思议,简直就是人类发明的辩证法的例证:强大的就是弱小的,弱小的就是强大的。

有人说,多么可惜,三眼恐龙虾活过了那么多年,怎么就不见了呢?难道是灭绝了?白老师说,因为人类发现了三眼恐龙虾,所以三眼恐龙虾灭绝了。大家都沉默了。

我们在沉默中拍下了湖边的铭牌,上面有对三眼恐龙虾的介绍:"三眼恐龙虾,最早出现于三亿年前的古生代石炭纪,在经历了三次地球世纪大灭绝之后,至今仍有数种品系存活,并广泛地分布于世界各地。由于三眼恐龙虾的出现年代横跨了恐龙的中生代时期,因此也被视为当今见证恐龙时代最佳的活化石生物。这些三眼恐龙虾虽然经过了数亿年的时光旅行,但是它们奇特的外观造型却都如实地保留下来;除了长有一对复眼及一只单眼外,它们还有72对腮足可帮助它们运动和获取氧气及食物,除此之外,三眼恐龙虾具有特殊的生物现象及繁衍模式。"

我们默默地在干涸的河床上穿行。周边不时看到高高的黄土的河岸,犹如古老的城墙,我们仿佛穿行在时空隧道,在历史的河流中溯洄。

练塘印象

一、练塘小镇

练塘，一个安静古朴的小镇。如果不是培训被安排在这里，或许我此生都无缘抵达。

一条小河穿过小镇，暗绿色的河水，看不出深浅，水中有鱼，水上有船。那是几只古朴的画舫，似乎不是当做交通工具，而是一些道具，泊在时光里，只是为了缅怀。

河的两岸有低矮的石栏，疏疏落落的香樟树、石榴树倒映在水中，点点火红的榴花，在密密匝匝的浓荫里，散发出点点喜气。

河上有桥，顺德桥、尚善桥、朝真桥、万善桥，都是单拱石桥，像一只只月牙儿，稳稳停在河上，方便了脚步的丈量。

两岸是青石板的小道，小道一侧是一溜古朴的房屋，白墙黑瓦，原色木门，黑褐色或者黄色的木格子窗，屋檐下往往有黄色木格子做装饰，在无言中彰显着精致的江南风情和厚重的历史文化。

这些房屋大半是一些小店，门口或栽几丛青竹，或种一株石榴，或者垂挂一蓬金银花，芬芳馥郁。小店的名字雅致，半墨、禅舍、有庐、长春园、三里塘、信昌堂……卖的是古玩、饰品、冷饮、小食、茶叶、黄酒等，给空灵的透着仙气儿的小镇添一点俗世里的烟火,免得它飘飘欲仙飞升了。

也有一些住宅,最别致的当属一栋挂着"青君阁"匾额的民宅,匾额两侧是两只褪色的大红灯笼,双扇带木格子窗的黄色雕花木门,门两侧一副对联,上联书"读书写字种花草",下联书"听雨观云品酒茶"。驻足门前,我暗忖,住在这里的一定是位文人雅士,他的对联描述的就是悠然自得的惬意人生。

在这些房屋前面临河的位置,三三两两撑起一些方伞,伞下是一些桌椅,主人饭后闲坐聊天。游客倦了,也可以歇歇脚,谈谈天,吃吃零食,顺带欣赏路边一架一架姹紫嫣红的盆花。

这里的空气总是潮润润的,夹杂着花香和草木的清香。难得见到太阳,即使在晴天,阳光也并不炽烈。西部大漠那恨不得把人烤成肉干的烈阳,在这江南水乡里,也仿佛受了环境的熏染,变得含蓄婉约起来,像谦谦君子,和煦温润。

大多数是阴天,仿佛随时都会有雨落下来。大雨倾盆的时候,站在四合院二楼的窗边观赏,看急雨沙沙落在层层叠叠的青瓦上,迅速汇集成小溪,沿着屋檐叮叮咚咚落下去,落在一楼天井的小花园。小花园里的花木极为繁盛,家里盆栽的月季,在练塘的花园里高约三米,一朵盛开的月季花,有人的面庞大。青竹自不必说,都在四米以上。

更多的时候是小雨,细细密密的如烟似雾,如情人的手抚过面颊,温柔细腻,爱意盈盈。无需打伞,在雨中漫步,仿佛穿行在一个轻灵空透的平行世界,所有物事都成了背景,影影绰绰,所有的烦恼和牵系都远去了,内心里只余些微隐隐的安宁与幸福。

最妙的是不知名的鸟儿的歌唱,总是在凌晨五点左右响起。住在二楼,窗外是一片竹林,周边有几棵香樟树,从朦胧的睡意中苏醒,我总是猜想,这鸟儿是落在香樟树上,还是竹梢?总是一只鸟儿起个头,再有其他的鸟儿加入,高一声,低一声,像二重奏。听着听着,我又会在这美妙的歌声里睡去。当真正醒来,起床的时候,窗外只剩了车水马龙,充斥耳膜的是车辆穿过空气的呼啸声,鸟鸣已经远行。但我内心里有隐秘的幸福,在旁人不知道的时候,我秘密享受了鸟儿的歌声,可以幸福一整天。

练塘,这静谧安然、韵味天成、怡然自得的小镇,像一个绿色的美好的梦,轻轻浅浅,泊在我的生命里。

二、石桥榴花

我是朝真桥,横跨千年的时光,稳稳坐在练塘的市河之上。我最开始是一座木桥,1552年,因为一位道人的善念,我在鸠工的手里以石桥的模样重生。不胜140年光阴的重负,石头也有累的时候。1695年,里人叶秦压再次让我满血复活,至今也有了328个春秋。

坐在这条小河之上,我迎接每一轮朝阳,送走每一道霞光,熟悉那些白墙黑瓦之下的悲欢离合,目睹许许多多的生命从襁褓走向死亡。

很多人来了又去了,很多鸟聚了又散了,那有什么关系呢?我有石榴陪着就足够。

石榴啊,她长在我的心里,是真的。

记不清是哪一年,大概三百年前吧,石榴在我的肚子里萌芽。我可怜的石榴,你生在哪里不好,偏生在一座石拱桥的肚里?没有肥沃的泥土,没有温暖的阳光,我心疼地看着你,苍白着脸儿,缓缓地抽出一片又一片叶子,在石头与石头的缝隙间,匍匐生长。我想挪动身上的骨头,腾出一些空间给你,让你的枝丫能舒展身子。可我不能,我只是一座石桥,没有挪动的力量。我多么渴望我死了,石头分崩离析,好让你穿越我的身体见到阳光。可我无能为力,人类的智慧让我坚如磐石。

我看着你在我的肚子里挣扎求生,柔软的枝叶四处摸索。你可知道,你在穿过我的身体的同时,深深根植在我的心里。我是多么矛盾啊,想陪着你生,看花开花落云卷云舒,又想为你而死,用我的死换你的生。可我是一个废物,无法移动,甚至无法决定自己的生死。我只能眼睁睁看着你在黑暗里探索,努力生长,从一株小苗到一棵蜷曲的小树。我尽量蜷缩身子,把我的骨头的间隙指给你,鼓励你向着南方——阳光的方向爬行。

若干年以后,你终于在朝阳的缝隙里,破石而出,拱出了我的身体,我是多么多么开心呀。看到你在阳光下舒展身子,生出许许多多枝枝叉叉,抽出无数的绿叶,在微风中拍着小手,又开出火红的榴花,努着小嘴儿歌唱,我是多么幸福啊!

我相信,我一定是全世界最幸福的石桥。我和你,生长在一起,石头与树,你中有我,我中有你,如果不是亲历,谁能相信这样的奇观呢?

亲爱的,我再也不想死了,三百年太短,我想永永远远和你在一起。清晨,我们一起在鸟儿的歌声中醒来,相互致意。你调皮地丢一朵落花给我,想染红我的脸庞,我可不想让你得逞,召唤清风,将落花轻轻扫进身下的小河。太阳升高了,你用修长的枝子为我遮挡阴凉。下雨了,你用叶子搭起帐篷,我们一起聆听动人的滴滴答答。

亲爱的,让我们永远在一起,让幸福的时光绵长,地老天荒。

三、雅致庭院

参加第十一届新疆作家创意写作培训班,我们住在上海青浦区练塘镇陈云纪念馆后院。

这里是陈云同志小时候生活过的地方。

进入电动大门,右手边的三层小楼,名曰"翠园",白墙黑瓦,飞檐翘角,原木格子窗,典型的江南建筑。一楼有餐厅、茶室、铺着木地板的天井,二楼是宿舍。

左手边是一片竹林,青翠的竹子密密匝匝,仰头望去,直刺青天,目测高度十米有余。竹林边疏疏落落几棵香樟树,遮天蔽日,树下有矮矮的篱丛,错落有致。

穿过小小的庭院北行,是一条深绿的小河,小河弯弯绕绕。河边的石栏曲曲折折,精雕细刻着兰花、荷花、桂花,小小石桥以雕花和云纹做装饰,显得精巧雅致。河中有几个小喷泉,日夜喷水,使得整个小河多了许多欢腾的味道。河面上几株荷花,圆圆的肥大的叶子漂在水面上,几朵稚嫩的荷花将开未开的样子,亭亭玉立。水中养着几百只锦鲤,活泼泼地游动,习惯了人的喂食,每有人投食,便一条跟着一条蜂拥而至,把绿色的小河染得一片彤红。

河边有罗汉松、红枫、玉兰、迎春,以及我不认识的许多种草,都长得蓬蓬勃勃,还有七窍玲珑的太湖石,有一次晚上散步,发现一组像一只小狗蹲立在路边,一组像一头大象,蒲扇般的耳朵垂下来,静静在夜里蹲守。

穿过石桥,右手边是我们上课的"实园",左手边是一带曲折的回廊,回廊那边就是陈云纪念馆的前院了。

实园是一个雅致的四合院,穿过玻璃门进去,中间四四方方的天井是一个小花园,园里草木繁盛,花影扶疏,花花草草都长成巨型,欣赏一朵玫瑰脖子需九十度仰视。四周回廊木柱、木地板、木栏杆,栏杆上许许多多精致小花盆,养着各种多肉。外侧是纪念馆的办公室、图书室、活动室,常见着长裙的江南女子优雅地走进走出。办公室的白色外墙上,每隔几步挂着一幅木雕,或方或圆,黑褐的颜色,中间镂空,雕刻着兰花、牡丹、荷花、梅花等，绕以龙凤或者蝴蝶、蜻蜓，坚硬的木质，却呈现出柔软的花卉昆虫，将最美的生命定格。

教室在二楼，一个巨大的椭圆形会议桌，我们二十人围桌而坐，老师坐在北面，身后有电子投屏。我们如饥似渴地倾听、做笔记、拍照，总觉得课程太短太短，想要学习的知识太多太多。

教室外的回廊，一侧是完整的一圈木格子窗，窗是双扇的，可以打开。课间，我们推开窗，俯在温婉的木质窗框上，在小小的一方阳光下，拍一个剪影，看那黑与白的分明，光与影的交错，享受小小的快乐。下雨时，把手伸出窗子，看小瀑布似的雨水，穿过莹润的手指，扑到泥黑的地里去，享受那润润的清凉。

每每吃过晚饭，我们喜欢在翠园的小天井流连。

小天井中间铺着木地板，放着茶几和圈椅，可以自由组合谈天或者晒太阳。两个大瓮，半人高，本该是笨重的样子，却烧制成两层，小小的喷泉从中心汩汩流出，沿内层的外壁流下来，被外层汇聚，反复循环，自成一统，是巨型的流水摆件。两只半人高的灰色陶制"花瓶"，葡萄浮雕枝枝蔓蔓，覆盖了整个瓶身，正自奇怪为何两边有铁耳，下方坐在带耳的铁圈上，绕行一圈，却发现这原来是一个花瓶形状的炉子，内有炉齿。不由得赞叹，不愧是精巧秀气的江南，一只火炉，居然像一件艺术品，对比北方那四四方方敦敦实实的生铁炉子，不由得哑然失笑。

木地板的四周有各种植物，竹子、红枫、三角梅、玫瑰，等等，竹丛连接着层层叠叠的木格子窗，江南的雅致便漾在这初夏的蓬蓬勃勃的小小庭院里了。

四、陈云纪念馆

陈云纪念馆的大门向西开，正对大门的广场后三层楼是"陈云生平馆"，馆前矗立着高大的陈云同志铜像。广场南侧有"陈云文物馆"，北侧是半环"陈云手迹碑廊"，穿过陈云生平馆后的小广场，跨过曲折的小桥，是"陈云故居"。

陈云生平馆以照片为主、视频和物品为辅的方式，展示陈云同志伟大的一生，有年少时求学的学堂照片，有战争年代和新中国成立后各阶段重大历史事件节点上伟人们的照片，还有他小时候用过的物品，等等。走完三层的陈云生平馆，就仿佛沿着陈云同志的人生轨迹走了完整的一遍。

纪念馆的前院是植物的天堂。罗汉松、雪松、五针松、香樟、含笑、白玉兰、广玉兰、丹桂、红枫、柳树、红花檵木、紫竹、翠竹含笑立在五月的微风里,还有一些叫不出名字的黄色、粉色的小花,犹如彩带,铺展在如茵的绿草地中。

陈云手迹碑廊就环着这样一方草地。碑廊像倒放的"【"的形状,看起来应该是把陈云同志的手迹拓刻在大理石上,再挂在墙上的。手迹内容涉及哲学、经济、党建、教育、文化和修养等方面,跨越了革命、建设、改革的各个历史时期,很多语句,今天读来,仍然有教育意义,如"不唯上不唯书,只唯实,交换,比较,反覆""脚踏实地实事求是""建设规模要与国力相适应""做好古籍整理工作,继承民族文化遗产""雨花台烈士永垂不朽",等等。

走进碑廊,就仿佛在历史中穿行,一句句谆谆教导,一句句读过去,仿佛触摸到了陈云同志那颗为党为民鞠躬尽瘁的心。

走出碑廊,站在蓝天下,耳边有那么多的鸟儿在吟唱。"姑姑等,姑姑等""咕咕噜,咕咕噜""呷,呷,呷""叽叽,喳喳喳喳,叽叽,喳喳喳喳"由近及远,又由远及近,忽高忽低。四周的树木,青碧的枝叶间,寻不到一只鸟儿的影子,可是,四面的十几种鸟鸣,像从立体声环绕的音箱中发出,你方唱罢我登场,有不耐烦排队的,索性组队二重唱,将老一辈革命家用鲜血换来的和平,尽情歌唱。

陈云故居掩映在高大的香樟树下。

陈云两岁丧父,四岁丧母,被舅父母收养,就生活在这里。这是一栋两层小楼,砖木结构老式江南民居,舅父母居住在楼上,陈云当年居住在楼下。屋子里陈列着旧式的木床、木桌椅,一边的条案上摆放着提盒、茶壶、茶杯、茶叶罐等日常用具。靠墙立着一架结实的木头梯子,一头搭在地上,一头连着二楼。遥想当年,年轻的舅舅、舅母无数次从这架梯子上上下下,照顾年幼失怙的陈云,给他家的温暖,送他上学,把他培养成人。感谢陈云的舅舅、舅母,有了他们的用心呵护,才有了这位伟大的无产阶级革命家,才让我们能沐浴伟人的光辉。手抚悬梯,我在心里对这对重情重义的夫妇深深致谢。

走出陈云故居,就是练塘镇的市河。碧绿的河水,静默无声地兀自流着,带着它对千年世事的洞悉,带着对陈云旧事的了然,带着对美好未来的期许,静默地,流着。

村庄变奏曲

这个村庄,正青春

最近几年,听到很多关于村庄的言论。有人说,村子老了,像行将就木的老人,在夕阳里苟延残喘;有人说,村子已死,失去了人气,就失去了烟火气,失去了活力,如古井深潭,一切皆成回忆。

我知道,有很多村庄是这样的:将土地流转之后,绝大多数中年人和几乎全部的年轻人离开了村庄,他们把自己从土地上解放出来,到城里去谋生,或者打工或者创业,住上了楼房,当上了"城里人"。

有人卖了原来的老院子,只在祭祖的时候回归,开车直奔祖坟,祭奠之后,在村子里巡视一圈,怀想怀想过往,寻找一下自己曾经生活的痕迹,轻飘飘抛下一点惆怅和感叹,然后便扬长而去,回归自己的生活。一旦驶出村子,这点儿怀念便烟消云散。

有人留着老院子,留着老家具,在春节前后回来扫扫积雪,再体验一把久违了的脸被冻得通红、头上冒着热气的感觉,出一身舒畅的汗,心里便安稳了、踏实了。春天再来,种点儿萝卜、白菜,半月回来一次,用这点儿菜地,维持着与土地的薄弱的联系。如同一株草,主根断了,毛根还活着,输送着些微的养料,维持着这蔫嗒嗒半死不活的命。

我曾在禾木和白哈巴看到过这样的景象:村子在山坳里,薄薄的晨雾飘荡在村子上空,一片片笔直挺立的白桦林像卫士守护着怀抱里的村庄。随着太阳的升起,灰白的天空越来越蓝,而在那纯净的蓝天的背景上,从一个个尖尖的木屋顶上,一缕缕白色的炊烟飘起,歪歪扭扭地升空,在蓝天上袅袅地舞动,尽兴了,便悄然淡去。这样的美景像天然的水墨画,醉了多少人的心头。

为什么有那么多的人,冒着冬日的严寒和冰封的山路来看这袅袅炊烟?我想,除了对美景的渴望外,或许在最隐秘的心灵深处,也是我们对土地、对村庄、对炊烟、对人间烟火的祭奠和怀念。炊烟的背后是什么?傍晚的村庄会告诉你:是温暖如春的屋子,是屋子里人头攒动的热闹,是一张张嗷嗷待哺的嘴巴,是旺旺的炉火和炒菜做饭的烟熏火燎,是这一切背后的踏实与安心,是这其中隐藏的活力与激情。

今天,我看到了这样的村庄。二百五十六栋白墙黑瓦的院落,被八纵九横的笔直宽阔的柏油路分割,整齐而安静地据守在雪地里,像棋盘上静默的棋子。村子里几乎看不到人影,除了一户办白事的人家。走进村子的接待中心,大门一开,喧哗声扑面而来。原来人都在这里!有五百多人围满了几十张桌子,这里正在进行一场"乡村非遗划拳比赛",三张铺了红色桌布的小桌子是赛台,有裁判、记分员、主持人,比赛像模像样。参赛选手有男有女,女人划拳,更容易引起观众的兴奋,划拳声、叫好声、议论声,嗡嗡嘤嘤,几乎要遮没了主持人的播报。总之,人声鼎沸,热闹非凡,活力四射!

我们参观了小麦博物馆,博物馆里有多种小麦种子的样品,有静静立在长颈瓶子里的小麦不同生长时期的植株,有小麦培育过程的文字描述和图片展示,有关于小麦发展历史的回顾,有古代的农书,有石镰、石斧等文物,有历代农人常用的各种农具,有"腰站子"有机小麦的鉴定证书,有各种面食的模具,有关于小麦和面粉的视频介绍……这里,将小麦的前世今生,浓缩在了五百二十平方米的空间里。

这里有腰站子有机农产品加工厂,生产有机面粉、清油、手工拉面。通过参观通道的玻璃窗,我们看到了银光闪闪的机器、在静默中忙碌的工人、拉好正在晾干的像一挂挂小瀑布的拉面、林立的高高的油罐……这一幅幅画面,像一部无声的电影在播放。

我们还看了好几个展厅,展台上堆放着各种口味、不同礼盒包装的琳琅满目的农产品。有机面粉有饺子粉、全麦粉、黑小麦粉、富硒面粉、荞麦粉、特一粉,清油有红花籽油、胡麻油、菜籽油、葵花油,杂粮有有机的玉米、小米、黄豆、黑豆、绿豆、红小豆、燕麦米等,还有有机拉面。他们还成立了腰站子品牌管理(杭州)有限公司,采用"网上+网下"产品销售模式,已经将"腰站子"有机农产品的名头传遍了大江南北,正在向国际市场进军。

这里还建有可容纳二百人学习的培训基地,打造了广袤的麦田公园稻草人基地,修建了五栋布置温馨装修风格各异的田园民宿,并带动五十余户村民自建了民宿,整个腰站子村都成了游览观光区。村民就生活在景区里,村民的日常生活就是一幅可供游客纾解乡愁、拥抱田园、触摸土地的流动的画图。

展厅的工作人员、博物馆的工作人员都是年轻的大学生,带领我们参观的腰站子旅游公司经理韩乐是一个二十多岁的小伙子。他们都是大学毕业以后,带着外面世界的见识,带着振兴乡村的梦想,带着改变家乡面貌的激情,回乡参与家乡建设的。韩乐自豪地告诉我们:"我们村欢迎有志之士来参与建设,我们这里工资待遇普遍高于平均水平。我的月工资是八千元,还不包括其他福利!"参观团队瞬间沸腾了,有人说:"哇,年薪十万加呀!还招人吗?"有人问:"这里有单身要找对象的吗?"韩乐大笑着说:"我就是!这里单身的很多!快来吧!"

我们还了解到,腰站子村荣获过全国文明村、全国乡村治理示范村、全国森林样板村、全国美丽乡村宜居村庄等称号,户籍人口1585人,常住人口223户535人,有耕地3.5万亩。村民的土地全部流转到村合作社,村民全部变为合作社股民,收入由以前单一的种植收入变为"土地流转费+土地流转入股分红+丰驿文旅公司资金入股分红+劳务收入(工资性收入)"构成。2023年合作社及公司实现产值5.6亿元,已连续为村民分红十三年,村民年收入最高可达二十余万元。

在"乡村振兴"的大潮中,在众多徘徊观望的村庄里,腰站子村如同一只大鹏借着政策的东风,扶摇而上,一飞冲天!

这个村庄,正青春!

梭梭花开

北方的春天来得总是那么迟缓。农历四月在古代有很多别称,如薄暑、初夏、麦夏、孟夏、夏始、夏首、新夏、早夏等,从名字看就知道农历四月进入火热的夏季了。5

月3日,我们几位文友站在老龙河畔,感受到的却是迟来的春天。

脚下的黄土地松软肥沃,随处可见沙鼠圆圆的洞口,人迹罕至的地方正是它们的自由家园。这里是老龙河支流河谷,河水已经成为传说,河谷平整,看得出早些年被开垦成了良田,现在因为限水已经撂荒,唯有整齐的田埂还显示曾经被人类改造过的痕迹。忽然想到,土地和牲畜一样,也有"家生"和"野生"的区别。"家生"的,必然有整齐的田垄,有青青的庄稼,有清水漫过,也会被化肥补给充足的养分;"野生"的维持着原始的状态,雨水是唯一的水源,产出的是野草、灌木、树,比如眼前的胡杨、红柳和梭梭。如果土地有感知,到底是"家生"的还是"野生"的更有幸福感?我轻声问这个或许无聊的问题,土地没有回答,掠过耳畔的只有准噶尔轻轻的风声。

多云天气,天上洁白的云朵时聚时散,眼前的景物也时阴时阳。胡杨刚抽出新叶,叶子绿中带着嫩黄,透着新鲜劲,透着喜气。红柳开花了,粉红色的细碎小花,覆盖了整个枝条,使得一丛一丛的红柳像一片一片燃烧的红云。很久没有见过梭梭了,小时候冬天家里烧梭梭柴,见到的大多是粗壮的主干,今天看到的是细细的毛枝。我仔细打量那白色整齐向上的枝条时,不由得惊呼出声,梭梭开花了!

自小在沙漠边长大,多次见过梭梭,今天却是第一次见到梭梭花开。那是一串串黄色的小花,形似小米,因极细小,无法分辨花瓣或者花蕊。梭梭的枝条是月白色的,这浅黄的小花附在月白色的枝子上,不细细分辨,还真看不出来。这是多么低调、朴实的小花,像脚下的沙土地一样朴实无华。

三五个文友在准噶尔的微风里走走停停,看新疆标准的碧蓝的天空,看天空聚散的云,看三五成群的胡杨,看耐得住干旱傲然盛开的蒲公英金黄的花朵,看空旷的原野,也看那一排排政府修建的牧民定居房。没错,这里是昌吉市庙尔沟乡和谐二村牧民定居点。

整齐的巷道,统一的院落,都有粉白的墙,门口有疏疏落落的小树,部分路面正在铺柏油。

那些在风里驰骋惯了的心,是如何安定在房屋里的?那拿惯了马鞭的手,是如何操起农具、炊具,甚至手机、相机的?

眼前的画展给了我回答,这是"学习宣传贯彻党的二十大精神 第三届'吾莫特'牧民摄影展"。"吾莫特"是哈萨克语"希望"之意,牧民们用自己的手机、相机记录了充满希望的新生活。

一匹骆驼被吊车吊起高悬在空中,下面是一辆大卡车的边箱,题目是《上车转场》。我们熟悉了牧人骑马赶着一群群牛羊,沿着传承千年的牧道转场的情景,哪里能想象到,如今的转场已经使用了现代化的交通工具呢? 在这个时代之前的几千年来的牧人们,我想,他们穷尽想象也绝不会想到转场需要个把月走完的行程,会在一两天之内完成。

一辆大卡车的车厢里,装着满满当当的绿皮大西瓜,车周围站着一些装瓜的人,有汉族,有哈萨克族,边说笑边干活。题目是《牧村西瓜》。自古以来,哈萨克族的食物以肉、奶、面食为主,他们很少吃到蔬菜和水果,更别说种出这么多的大西瓜了,而且这还是享誉新疆的西瓜——老龙河西瓜。时代创造奇迹,改写了整整一代人甚至往后多代人的生活。

空旷的街道边,一对父子相对而立,儿子身着崭新的军装,胸前一朵大红花,左手扶一只拉杆箱;父亲着中山装,微微发福的身姿依旧挺拔。他们有一个共同的动作:右手敬一个标准的军礼。题目是《卫国两代人》。这是一个新兵入伍的告别仪式,也是两代军人的交接仪式。浓浓的家国情怀充溢着整个画面,而那个能够抢拍下这个镜头的人,也有一个爱国的灵魂,一颗敏感细腻的心。

还有很多拨动人们心弦的画面:比如《童年》,一只可爱的小山羊脑袋抵着妈妈的脸颊,依偎着妈妈,妈妈半眯着眼睛,表情像极了人类的微笑,在享受着亲情的滋润。

《守候》,一扇破旧的木门上方,一扇窗格子的玻璃整个掉了,空空的窗洞里并排站着五只小燕子,在眼巴巴等候外出觅食的父母回归。

《马背宣讲队》,青青草原上铺开一条花毯,一位汉族干部、几位哈萨克族干部和几位牧民坐在花毯上。他们手上捧着书、报纸,笑容满面,背后插着一面红旗,上书"马背宣讲队"。

《牧场新客》的主角是两只高大的鸵鸟,昂首挺立于庭院,一个可爱的哈萨克族老妈妈好奇地看着鸵鸟,笑容满面。

《友情与规矩》非常有意思,画面上是一只被拴着的小牛犊,一个穿蓝衣服的小男孩拿着一只大号奶瓶在给牛犊喂奶。我想,把牛犊拴起来人们去挤奶,这是规矩;小男孩把挤出的牛奶分一部分给牛犊是出于友爱。在牧场,友情与规矩并行不悖。

整个展览有八十幅照片,从不同的侧面展现出牧民的新生活。

以往我们所习惯看到的摄影展来自摄影家们的创作,印象中总感觉那是一个特殊的群体。在乡村里由村民们,还是牧民们组织摄影展,我觉得这是一件非常新鲜的事情。

"他们不必为生活奔忙吗? 他们为什么会如此悠闲地拍照啊?"我提出了心中的疑问。

昌吉州文联驻和谐二村工作队第一书记刘书记回答了我的疑问。

这个村子是2011年实施牧民定居工程开始兴建的移民新村,哈萨克族牧民占总人口的99%。全村有688户人家,常住人口1514人。老人们在水草丰美的天山深处,饮山泉、食羊肉、住毡房、看草原,过着神仙一般的养老生活;中年人定居在村里,人均九亩地,土地全部流转,仅靠土地承包费和草场费,2022年人均年收入逾1.8万元;而年轻人在城市里度过了几年的大学生活之后,回到家乡,也依然会去就近的城市寻觅梦想,日子多姿多彩。还有部分青年人和中年人依然留恋着青青牧场,在山里放牧牛羊,也游牧时光。

和谐二村的驻村工作队是由昌吉州文联派出的,工作队队员们发挥文化资源优势,策划实施了牧民摄影师培养计划,定期在线上、线下开展摄影培训,带领牧民在山区、沙漠、村庄进行摄影创作,已培养热爱摄影的牧民"拍客"七十余名呢!

本次展出的80幅摄影作品是由专家评审组从2126幅摄影作品中筛选出来的,作品全部出自牧民之手。这里既有大自然的清新,又有时代脉搏的律动,有对传统游牧生活习惯的传承,也有对未来美好生活的憧憬。

听到这里,我们不由得心潮澎湃起来。怪不得牧民们有闲情逸致去拍摄,也有技能搞摄影呢! 原来是"好风凭借力,送我上青云"。

时近中午,几个八九岁的哈萨克族小男孩在村篮球场打篮球,跑着,叫着,笑着,一派热闹。谁又敢断言,将来他们中间不会产生为国争光的篮球队员呢?

扶贫也好,援疆也好,过去我们习惯于把注意力放在经济援助上。人们摆脱了经济的贫困之后,精神生活的需求就顺理成章地冒头,昌吉州文联工作队正是看到了这一点,发挥自身优势,因势利导,引导牧民们追求艺术、陶冶情操、发现生活之美,丰富牧民的精神文化生活。这真是了不起的援助呀!

中午,我们走进村里的一户牧家乐,主人名叫达吾肯,58岁,讲普通话,个子不高,皮肤黝黑,自内而外散发着温暖的笑容。我们点了个大盘鸡,味道不错。抽空攀谈起来,他告诉我们,孩子有在昌吉市工作的,有在山里放牧的,生活都很宽裕;他自己留在家里,没有客人就自己做饭,有客人就给客人做饭赚点外快。

漫步在村道上,沐着暖阳和微风,我仿佛看到了在微风里轻轻摇曳的梭梭花。在几十年前,我的父辈们去沙漠里拉柴的时候,赶着毛驴车走半个晚上才能找到梭梭。那时候,梭梭都生活在远离尘世的地方,曾几何时,梭梭也与村庄相伴相生了。这个村庄的人们祖祖辈辈与大山为伴,逍遥于世外,如今由出世而入世,由游牧而定居,改变了几千年的生活习惯,成为村庄的主人。

生逢盛世,我们是多么幸运的一代人。梭梭花开了,牧民心里的幸福之花也开了。

采　撷

这里是玛纳斯县魏家场村,棉花的故乡。我们几个人相约而来,穿行在田间地头,放眼望去,无论朝哪个方向,看到的都是棉田,有被红柳和沙包分割成一块一块的,有一望无垠没边没界的。初看是白花花的一片,仔细看,枯立的棉杆上,挂着五六颗七八颗棉桃,有个别紧闭着嘴的,大多数绽开了笑颜。那一朵又一朵白色的微笑从棉花地里蔓延开去,蔓延到了农民的脸上,就变成了红色的,喜庆、热烈,自内而外,像阳光般灿烂。

跟着驻村第一书记,州作家协会刘主席,我们在村子里走走停停。午后的村庄,静谧安然。树荫里的巷道列开几排民居,有一些瓷砖贴面的墙,灰色彩钢的屋顶,在阳光下泛着温煦的光。

刘主席边走边聊。遇到几个村民,叫着名字打招呼,过去聊几句,左邻右舍似的。来这个偏远小村两个月,刘主席就成村上人了。这一户是80多岁的老党员张三家,那一户是种棉大户李四家,谁家有大型采棉机,谁是孝敬公婆的好儿媳,谁家孙子在乌鲁木齐市上学,谁家在昌吉市住楼房……刘主席走到哪儿说到哪儿。

在边走边看中,我们看到了北疆罕见的结了红枣的枣树,个子不高,红的青的枣子挂在枝头羞涩地笑。

看到一棵高大的桑树在天地间伸展枝丫,每一个枝子都那么修长,在蓝天下秀出自己的形状。我们走近的时候,一群野鸽子扑啦啦飞起,落在不远处的屋顶上,似乎是勇敢承认,"这棵桑树上的桑葚就是我们吃完的,这棵桑树不管是谁种的,桑葚成熟的时候,我们都不会嘴软"。好吧,大自然就是这样开放和包容,容纳风霜雨雪,容纳自由生长的桑树,自然也容纳自由飞翔的野鸽子。

一棵苍老的大榆树,需要高高仰起头才能一睹它的全貌。一小半的叶子是苍绿的,大半的枝叶已经枯成铅灰色。树的腰身相当粗壮,三四个人才能合抱。刘主席带着遗憾说,这是这个村最大的一棵榆树,可惜主人家爱护意识不强,不注意浇水。在首个全国生态日,我在村党员群提议,应该把这棵树保护起来。

高大的采棉机像一个钢铁巨人,矗立在蓝天下,威武霸气。年青的农民正在检修,趴在采棉机上,像一只鸟落在一棵小树上,那么渺小。可是这个"渺小"的人,却能操纵这个巨人,让它乖顺地执行采棉任务。

村里唯一的一棵绿色鸡冠花静静站立,接受我们目光的拂照。

一个有百年历史的衣架,圆木的架子,方木的底座,穿过了久远的岁月,依然安静地站立。据主人讲,这衣架太爷那辈就有了。今天,它安静站立在一个86岁老农家的库房里,像一只老牛反刍旧日时光。

一只方斗,松木质地,牛皮绷面,四面四个墨色字"公平合理"已经被岁月的手遮掩得只剩了一些印痕,依稀难辨。

整齐的菜园子,浓绿的葡萄架,火红的树叶,一片灿烂的秋菊。靠着东墙的柴火垛码放得整整齐齐,像艺术品。库房窗子下面摞着的石板,整齐得像刀切似的,甚至石板边剥光了皮的棍子都根根精神,整齐站成一丛,立定待命一般。

我们从村子里走到了村外,呼吸新鲜的空气,感受自由的风,看瓦蓝瓦蓝的天空,感受那一份悠远辽阔。

我们像一群孩童,怀着童真的心,到处采撷。采撷心形的叶子,采撷毛茸茸的芦花,采撷堆成三角形的苞米棒子,采撷一望无际的棉田。采撷一颗棉桃,看它从桃子变成棉花。采撷一支火炬,燃烧完白昼燃烧夜晚。采撷大狗小狗的叫声,采撷一兜兜鸡啼鸟鸣,采撷一束阳光,和一缕风。

当然,还有一行文人在这里胸无城府地谈笑风生。

卷四　浮世篇

我相信，我的世界只是我看到的模样。在生命的旅程中，我遇到过很多人，如同一滴雨折射阳光一般，你是我生命天空里七彩的虹。

母亲的素质

因身体出点小问题，最近几天住院。医院是中医院，采用的治疗手法有针灸、拔罐、足浴、火疗、艾灸、按摩、理疗、敷中药，等等。病人常常会在公共的治疗室碰面，在这里，我看到了人生百态，有呼啦啦一大家子围着老人的孝亲场景，有年轻的男孩独自坐着轮椅做治疗的孤独景象，有老两口互相搀扶的温暖情形，其间最不能叫我忘怀的，是两位母亲。

与第一位母亲相遇在卫生间。那是医院的公共卫生间，只有两个小隔间，空间逼仄。我跨进门的时候，一位年轻美丽的母亲正站在第一个小隔间的门口，在跟自己的女儿说话。透过半掩的小门，我看到了那个四五岁的穿着精致的小女孩，女孩蹲在蹲坑上，声音童稚甜美。年轻的母亲看到我愣在门口，对我和善地笑笑，朝里努努嘴说："里面是空的。"

我回以一笑，说声谢谢走进去。旁边的对话在继续，只听那个母亲柔声说："他们都不在家，他们去学钢琴了，学跳舞了。"小女孩马上说："妈妈，我也要学钢琴，学跳舞。妈妈，我喜欢跳舞。"母亲回答："好呀，过几天我们去报名。"隔壁传出了女孩高兴的答应声和窸窸窣窣整理衣服的声音。忽然，我听到那个母亲说："不行，上完厕所必须冲水，踩那个脚踏板，对，就是那个。自己的事情自己做，我们要保证公共卫生间的干净，自己的小便自己要冲掉。好了，踩一下就够了，不能浪费水资源，记住了吗?"絮絮的话语声远去了,我微微地笑了。记不清在哪里看到过这样一句话——母亲的素质决定民族的素质。我想,这位年轻美丽、教养良好的母亲,正好佐证了这句话的正确。

常常会听到有母亲抱怨自己的孩子好吃懒做、乱花钱、自私、冷漠,甚至听到有人说现在的年轻一代是垮掉的一代,没有担当,没有责任感,等等。我想说,这些母亲在抱怨孩子的时候,自检自省过吗? 我们自己做好榜样了吗? 我们把孩子该做的事放心地交给他们自己了吗?

没有,孩子小升初的时候,我们不顾孩子的反对,给他报了他不喜欢的学校。孩子参加学校集体劳动扫雪的时候,我们巴巴地跑到学校接过了他手中的扫帚。送孩子上学的时候,我们接过了他手中的书包。家里买了孩子爱吃的水果,我们把水果放进冰箱,全家人只准孩子吃。不管自己日子过得好不好,孩子的吃穿用度一定要比照富裕家庭的标准,美其名曰"不能让孩子输在起跑线上"。我们替孩子做了太多的决定,我们剥夺了他们锻炼的机会,我们努力让孩子活出我们想要的人生,可是我们忘记了,那是孩子的人生,凭什么用孩子的人生去实现我们自己没有实现的梦想? 在塑造孩子的道路上,我们又苦又累,又要跟拧巴的孩子斗智斗勇,最后把他们塑造成了远离我们初衷的模样。

另一位母亲的出场有点小惊悚。那时我正躺在针灸床上,脸上扎着针,迷迷糊糊在半梦半醒之间。忽然听到男人的声音说:"抱住我,抱住我。"又听到有"哎呦——哎呦——"的女声,似乎在撒着娇,判断不出年龄。之后是抱了人安放在隔壁床上要求撒手的声音。

我渐渐清醒了,微微侧了脸觑过去。那是一个瘦弱干瘪的老人,短短的花白的头发,窄条脸,满脸皱纹,脸颊上两坨高原红,眼神散乱,穿着红毛衣和花棉裤。一个壮实的中年男子,正在给老人脱衣服,可能穿穿脱脱多次了又不得法,红色毛衣的胳肢窝下破了一个洞。

男子问在场的一个女医生:"赵大夫呢?""在医生办公室呢。"男子请他旁边病床的一个陪护人员帮忙看着老人,急急走出去了,十几分钟后回来,身后跟着一个男大夫。在老人不断地呻吟声中,男子卷起了老人的衣裤,露出干瘦的胳膊和双腿,医生给老人在脸上、胳膊上、手上、腿上、脚上都扎了针。这针虽然细,可扎的时候还是有些疼的,老人一直在似撒娇似痛苦地哼哼着,男子在旁边耐心地安慰和劝说着。扎完了针,老人终于安静下来。男子立在床边,不时提醒老人"腿不要翘"。他旁边是一个轮椅。

我帮着松了一口气,撩起眼皮问那个男子:"这是你妈吗?""是的。""多大岁数了?""八十了。"我奇怪地打量打量他:"你多大了?""四十八。"他比实际年龄看起来年轻一些,看起来也就三十几的样子。"你妈什么病呀?""脑出血。""多久了?""三个月了,半个身子不能动了。"怪不得坐着轮椅呢。我同情地说:"照顾病人也挺累的啊。""两个人换着陪呢,白天一个晚上一个。"他憨厚地笑笑,"老妈把我们养大也不容易呢,这都应该的。"

后来,我在针灸室又遇到了这对母子,依然是温和的提醒和温柔的动作。那个母亲语言含糊,说话支离破碎,但是儿子能听懂。那个男子说,他妈妈尿频,每晚起夜四五次,都得人抱着上厕所,谁也睡不好;在肚子上做艾灸,希望能改善一下。这是一个朴实的农民,家住奇台县涨坝村。

这个儿子虽然文化程度不高,却能尽心尽力照顾自己的母亲。母亲年老体弱,半身不遂,对儿子有了深深的依赖。他们现在相处的模式不像一对母子,倒像一对父女。母亲返老还童了,这大约是一个"母亲"最高的境界了。

"久病床前无孝子",这个儿子却做到了。这个好儿子是谁培养的呢?是母亲。这也是一个好母亲,虽然现在她已经在时光和病痛的双重作用下失去了靓丽的容颜和健康的身体,可是她曾经很好地履行了自己的职责,培养出一个道德高尚的公民,也是对社会的贡献。

两个母亲,两种人生,都是高素质的好母亲,一个已经功德圆满,一个还在路上。

加油,中国母亲!

父亲的手艺

　　偶然间看到了一个视频,那是新疆奇台县达板河村的一间杂货铺,七十八岁的店主陶永华推开了商店的木门,抚摸着刷着黄色油漆的门,操着标准的奇台方言说:"这个木头门、窗子、柜台、货架,都是良种场木工大师刘志学1972年做的,质量特别好,尺寸一公分都不差,用到今天,一点没坏。"

　　刘志学!那是我父亲的名字!突然间,我仿佛被一股电流击中,喉头哽住。透过一层水雾,我贪婪地看着那些木头门窗、柜台、货架,那是我父亲的手艺!

　　阳光下,那金黄色的木门、木窗散发着被岁月浸润出的润泽的微光。黄色的木质货架横平竖直,看起来无比结实,水泥柜台上镶着的黄色木边干干净净,可见主人非常勤快。旁边一张黄色的八仙桌,配套几只木凳,凳面的油漆剥落了,显出岁月的斑驳痕迹。

　　我贪婪地用目光抚摸这些门窗、柜台、货架,想象着它们曾经怎样在我父亲手里,从一棵棵树,变成了木板,又变成了木条,精细的推刨之后,变成了门、窗、柜台。我仿佛能够看到当年那个中年人弯着腰,俯身在一只长条木凳上工作,"哗、哗、哗",随着刨子的推动,一卷一卷的刨花从刨子的缝隙里流淌出来,卷曲着拖到了地上,像小姑娘的卷发,那么可爱。屋子里洋溢着浓浓的木头清香。推一会儿,他蹲下来瞄一瞄,看自己推得是否平整。看到木板刨平整了,他微微笑了,对自己的手艺很满意,直起腰,边用手拍打着腰背,边走到房门口,取下耳朵上夹的莫合烟,点着,深深吸上一口,长长吐出烟圈,再呷一口茶,眯起眼睛看着远方。

我尽力想象着父亲脸上的微笑。

在我印象里,父亲永远是中年人的样子,那来自家里父亲的遗像。

在我四岁的时候,父亲就因病去世了。我的童年乃至整个前半生,都是在没有父亲庇佑的状态中度过的。

小时候上学,同学们都有爸爸,有调皮的孩子说我是野孩子。我哭着跑回家问妈妈,我的爸爸去了哪里,为什么我没有爸爸。妈妈伤心地拿出父亲的遗像,说这就是你爸爸,他已经提前走了。我似懂非懂地哭了。小时候,家里没有父亲,大哥早早承担起了男人的角色,有调皮孩子欺负我,都是大哥替我出头讨回公道。在我的记忆里,父亲的形象,就只是照片的模样。怕妈妈伤心,我不敢多问,只知道爸爸是个木匠。

今天,看着那个视频,认出那是我小时候常去的供销社。有一毛钱,会拿去高高兴兴买七块糖,如果有两毛钱,就可以买一本小人书。当然,大多数时候是没钱的,就只能进去闻一闻供销社的味道,那些买不起的糕点、花糖、蜂蜜散发的甜丝丝的味道。在童年里,我曾经无数次推开那扇黄色的木门,却从来不知道,我父亲的心血凝结在里面。

原来,在我不知道的时候,父亲已经把他的温度印在那些物件上,透过重重的光阴,我的手和父亲的手都曾经无数次抚摸过那些木头,父亲把他的爱通过木头传导给我。原来,我的父亲一直在,我一直在接受着他的庇佑,跨进供销社的门,就隔绝了风霜雨雪;在供销社里,父亲透过货架和柜台望着我,他看到了我因吃糖而产生的喜悦,因买到小人书而产生的满足。

陶永华说:"刘大师手工做的家具,和现在机器做的就是不一样。这些老物件应该传下去,叫年轻人学学。"

我想,老板想让年轻人学的,就是我父亲这样老一辈手艺人拥有的一丝不苟的工匠精神吧。

我希望自己有一种特异功能,穿进视频,去拥抱父亲留下来的那些老手艺。

那年,那月,那双鞋

　　肖珊在啾啾喳喳的鸟鸣声里醒来,眯着眼睛瞥一眼窗外,天大亮了。一骨碌爬起来,穿衣出门,院子里的花香草香瞬间扑面而来。走向菜园,碧绿的蔬菜在晨风里挨挨挤挤、招招摇摇,深深吸一口气,喜悦之情油然而生。发现地皮干了,她不由得转头向屋子里大喊一声:"爸,菜地该浇了!"没人应,忽然醒悟,亲爱的爸爸离开她已经一个月了! 心里一阵剧痛,眼泪扑簌簌落下来。她缓缓转身,走进了自己的房间,木然地打开衣柜,拿出了那双鞋,那双已经穿旧、被她珍藏了三十年的运动鞋。

　　眼泪一滴一滴落在已经变色的鞋面上,在泪眼朦胧中,她仿佛看到了那个年月,那个卑微的自己。

　　那是1987年的秋天,成为著名的县一中高一新生,作为一个农村娃的自己是多么自豪! 可是开学没几天,那种自豪感就如同从破气球中漏出的气,消失得无影无踪了。班上同学有来自县城的,他们衣着时尚洋气,举手投足落落大方,一颦一笑都带着那么股子矜贵。相形之下,自己显得那么土气、缩手缩脚,尤其是脚上那双妈妈做的千层底布鞋,土得掉渣了。在体育课上,她和其他五六个同样穿着布鞋的同学,被老师喊出列,在大太阳下站成一排做观众,而其他脚上穿着"回力"鞋的同学在老师的带领下打篮球。他们奔跑跳跃着,个个脸上挂着灿烂的笑,时不时还因为进球欢呼雀跃。而自己呢,就像一个局外人、一个受审的犯人、一个被批斗的"牛鬼蛇神"，肖珊的心难受得像被太阳晒蔫的甜瓜皮，卷了起来。

那个周末回家，她闷闷不乐，几次想开口跟父母说，想买双同学们穿的那样的"回力"鞋，可是，想想父母每月给自己和弟弟每人三十元伙食费都难，到嘴边的话又咽了回去。离开的时候，爸爸看出了她有心事，问她是不是跟同学闹矛盾了。她委屈得红了眼睛，说自己没有"回力"鞋，老师不让上体育课。爸爸定定地看了她一会儿，问："下周体育课哪天上？"她说："星期一下午。"

回到学校，她的心一直静不下来，爸爸会给她买"回力"鞋吗？她提出这个要求是不是为难爸爸了？可是，她再也不想在体育课上"受审"了！她盼着体育课，又怕体育课，不管她如何忐忑纠结，体育课还是如期到来了。

在集合之前，她终于在操场的树荫下看到了腋下夹着一个纸盒子的爸爸。她喜出望外，像一只花喜鹊般噗啦一下就飞到了爸爸面前。"给，快换上。"爸爸笑吟吟地把那个盒子往她手上一送。啊，多么漂亮的运动鞋，这双鞋和其他同学穿的"回力"鞋不同，这是有软软的厚底子、白色带花边的高级运动鞋！她努力抑制住自己扑通扑通的心跳，飞快地换上崭新的运动鞋，飞回了正在集合的队伍。

那节课，她终于不再是另类，她的头昂得高高的，脚下像踩着火箭，真是健步如飞啊！三十年后，她依然清晰记得，那节课六十米赛跑，她十五秒就到了终点。三十年后她依然觉得，那时的自己像一个舞蹈演员，在场地上尽情腾挪跳跃，而爸爸，就是她的观众，她的亲友团，她的守护神，观看了她整节课的表演。

下课后，她跑回爸爸身边，问爸爸这双鞋多少钱。爸爸平静地说："十三块五毛。"她吃惊地瞪大了眼睛。要知道，同学们穿的"回力"鞋才四块钱一双，这双运动鞋的价钱，快赶上半月的伙食费了！她瘪瘪嘴，想哭，却又笑了。

后来，她终于知道，为了给她买鞋，爸爸把家里珍藏的碧玉卖了。她还知道，爸爸给她送鞋，没舍得花四毛钱坐公交车，步行十公里走到学校的。

这双鞋，伴随了她的整个青春。穿着它，运动会她获得跳绳比赛第一名；穿着它，她跑完了以往跑不下来的三千米；穿着它，她走过了人生的沟沟坎坎。无论在怎样的逆境中，她都始终高昂着头，将脚下的荆棘踩平，变成坦途。

她注视着这双鞋。泪眼模糊中，这双鞋变成了一团火，跳跃飞舞的火焰，描摹出一个大大的"爱"字。她知道，那会温暖她的一生。

一双旅游鞋

在我的鞋柜里,珍藏着一双鞋。

这双鞋不是什么国内或国际品牌的名鞋,而是一双普普通通的鞋,一双旧鞋,一双旅游鞋。这双鞋原本是白色的,在被我踩在脚下度过了两年的青春岁月之后,又进入我的箱子,成为我最珍贵的收藏品。从那时到现在,已经度过了三十五个春秋,我从一个少女变成了一个母亲,先后搬过八次家,即使如此,直到今天,这双鞋依然静静地陪在我身边。

这是一双鞋子,可绝不是一双普通的鞋,因为这双鞋承载着厚重的爱。每当遇到挫折的时候,每当灰心丧气的时候,我都会拿出这双鞋,细细抚摸破旧发灰的鞋面,之后,我的心情会恢复平静,丧失的斗志重新回到我的身躯。这双鞋就是我的充电器、加油站、发电机,我总是从它身上获得源源不断的勇气和力量。

这种神奇的力量,来自一件遥远的往事。

我十岁时,由于一氧化碳中毒,最亲爱的母亲离我们而去。我们姐弟三人,依靠在邮局工作的父亲微薄的工资过活,日子捉襟见肘,勉强上得起学、吃得饱饭,在穿戴方面,实在无法与同学相比。

1985年的冬天,天寒地冻,滴水成冰,我的旧棉鞋烂得实在不能穿了,脚上生了冻疮。我怯生生地对被生活压弯了腰的父亲说,我得买双新鞋。父亲什么也没说。

当我放学回到家里的时候，我看到了一双鞋，那是一双新鞋。我的心却犹如跌进了冰窖。因为那不是我期望的皮鞋或者旅游鞋，而是一双灰楚楚的靰鞡鞋，浅口，系鞋带，圆圆胖胖，像是被人遗弃的烂甜瓜，难看地缩在地上。我厌恶地看着这双鞋，对于正上高中一年级的我来说，这简直就是一个灾难！我是班上的学习委员，是老师眼里的尖子生，是同学们羡慕的对象，如果我穿着这样一双超级难看的靰鞡鞋去学校，该会承受多少耻笑！不穿，不穿，我说什么也不穿！

我赌气地哭了一鼻子，托同学给老师请了病假，在家里躺了一天。令我意外的是，傍晚放学后，我的班主任老师骑着自行车提着一袋水果，来家里探望"生病"的我了。我又高兴，又难过，又愧疚。

第二天，我无奈地穿上那双难看至极的靰鞡鞋，磨磨蹭蹭地上学去了。遇到老师和同学，我都没有勇气打招呼，好像每个人都在心里悄悄地说："瞧呀，瞧这双难看的靰鞡鞋。"当我怯生生地推开教室门的时候，几十个同学的眼光刷地射到了我的脚上，我难堪地低着头走到座位上，赶快把脚藏在了桌子下面。课间，我不敢出去玩，甚至不敢出去上厕所；老师讲了什么，我根本就没听见；一整天浑浑噩噩，耳朵里面始终响着喊喊喳喳的议论声，一定是在说我的鞋子有多么难看。好不容易挨到放学，我等同学们都走了，才低着头一溜烟跑出了校门，跑回了家。

回到家里，我呆呆地坐着，不想写作业，不想做饭，不想打扫卫生，什么都不想干。直到有一双温暖的手搭上了我的肩膀，我才发现家里来客人了，那是我的三婶婶。婶婶关心地问我是不是病了，我"哇"地一声哭了，抽抽噎噎向婶婶诉说了我的委屈和难过。婶婶静静地听着，什么也没说。直到我说完，她弯下腰脱下了自己脚上一双半旧的旅游鞋，推到了我的脚边，又默默穿上被我赌气扔在角落的那双倒霉的靰鞡鞋，然后在我惊讶的注视下，一声不吭踮着脚走了出去。我机械地穿上了那双带着婶婶体温的鞋，那是一双三十六码的鞋，套在我三十五码的脚上，空空荡荡。我的眼泪无声地落在了那双鞋面上。

第二天，我穿着那双在我脚上甩来甩去的旅游鞋上学去了。校园恢复了往日的熟悉，老师和同学恢复了往日的亲切，我恢复了往日的自信，我的"病"好了。

两年之后，这双鞋光荣退役了。虽然我一直很爱惜，从来不去踢硬物，但依然抵挡不了时光的打磨，鞋面上长满了皱纹，白色渐渐变成了灰色，任凭我使多大力气也没法把它洗白。

我把这双鞋装进了心里。那是一个亲人对于一个少女青春期敏感自尊的保护，是长在骨子里的善良，是沉甸甸的爱。它温暖了我的整个人生。

三十五年过去了，这双历经岁月沧桑的旅游鞋，依然在我心里像金子一样闪闪发光，时刻提醒我，这是一个充满温暖的社会，我要做一个有温度的人，一个真诚的人，一个善良的人。

借肩给你，与你同行

曾经有人说，你的世界，其实只是你以为的世界。年轻的我，似乎是"坚定的唯物主义者"，对此论嗤之以鼻，随着年岁渐长，我却开始渐渐领悟这句话的含义。

你的世界，其实只是你以为的世界。

曾经我以为，盲人的世界是没有光明的。最初的错觉，来自年幼时父亲演奏的二胡曲《二泉映月》，父亲用出神入化的弓弦和对音乐的深刻领悟，奏出阿炳的心声。那如泣如诉的乐曲，让我在心里勾画出了盲人的世界——一个充满哀伤和痛苦的世界。之后在街上看到盲人，总是怀着深深的同情，不敢触及他们的世界，怕无意中对人家造成伤害，也本能地远离想象中的暗无天日。

年岁渐长，错误渐显。大约在2004年前后，因为颈椎不好，被朋友介绍去一个盲人按摩中心做治疗，在那里，接触到一群盲人，我才发现我之前的认知是多么大的误区！那是一个年轻的治疗师团队，都是二十来岁的年轻人，走进他们的诊所，看到的是愉快的笑容，听到的是温暖的问候和轻快的笑声，享受的是专业的服务。熟悉起来，惊讶地发现，他们的世界原来是多彩的。工作的时候，他们愉快地与我们交流，除了征询对服务的感受之外，还有天南海北的聊天。恍然，其实，他们是跟我们一样的普通人，只是在生活方式上、对世界的感知方式上，略有不同而已。甚至他们之中，不乏身怀绝技者。十几年来无法忘怀的，是一个当时二十岁上下的年轻人。

他叫张才华,名字真没起错,他当得起父母起名时的期望。印象中,他个子不高,人长得非常清秀,笑容真诚阳光。日常行动自如,如果不仔细瞧,一般人感觉不到他是个盲人。那时,他好像刚刚大学毕业实习中,他喜欢阅读,阅读量还挺大的。我们常常谈论一些文学名著,交流读后感,那时我才知道盲文的存在。

我记得他们的盲文,是写在厚而滑的铜版纸上的,那时我曾送给他们很多单位上废弃的宣传单,几个年轻人收到很开心,连声道谢。他们喜欢听收音机,通过耳朵去触摸世界。那时我热衷于背诵《羊皮卷》,给他们背诵时,获得认同和好评,于是我买了录音磁带,用我那并不标准的普通话,为他们录制《羊皮卷》。至今记得那些长长的夏日的午后,我一个人在单位空空的会议室里,打开音响放钢琴曲做背景音乐,做简单粗糙的录制。暖暖的阳光透过大大的玻璃窗晒进来,读不到多少,我就昏昏欲睡了,于是,在半迷糊状态中,录制完了整本书。后来自己放出来听,觉得那简直就是语言版催眠曲,拿给张才华,他却很喜欢,放在"随身听"里学习。

他口才很好,非常善于表达,知识很丰富,是一个非常好的聊天对象。但是他当时最出色的才华,是在器乐上的特长。如果没记错,他会吹葫芦丝、口琴、笛子、箫。那时,我在保险公司做培训工作,感觉他本身就是极好的激励伙伴的素材,经过沟通,他同意去做一个演讲。

记得那是一个夏日的早晨,我按照约定接他到我们开大早会的现场。走上讲台的时候,我本来想牵着他的手,走过座位之间不宽的甬道,但是他轻轻挣脱了我的手,轻声说:"你走我前面。"然后他把手搭在我的肩膀上,随在我身后一起走上了讲台,让人看起来,只是两个好朋友一起,自然、轻松、随意的行走。那一刻,我突然领悟到,盲人最渴望的,其实是我们不要把他们当做特殊的人,给予特殊的照顾,给他们与正常人同样的平等与尊重,才是对他们最大的礼遇。

十几年的时光,埋葬了很多的记忆。比如,我已经不记得他那天讲了什么内容,只是记得演讲完毕的掌声很热烈,很多人的眼角闪烁着激动的泪花。也不记得他在演讲完毕吹奏了什么曲子,只是记得那箫声异常空灵、悠扬、动听,十几年了,依然盘旋在我的耳际,回响在很多人的心间,无愧于他那张过了八级的证书。

后来很多年颈椎不疼,我也离开了原来的单位,慢慢失去了与那一帮年轻人的联系。曾经以为,友谊的小溪,在十多年的时光之后早已断流,无意之中,受益于互联网的神奇,居然在两个月前觅到了张才华的微信,于是把他请进了我们的读者群。

再次恍然，原来，友谊的小溪，一直在缓缓流淌，只是时光的高山，遮住了小溪的身姿而已。

在我的生活中还有几位盲人朋友，都是正直善良、积极向上、热爱生活、值得我们去尊重的朋友。一位网名叫"笑对人生"的，真名张军，是奇台县江布拉克人，心态非常阳光，不仅有一手推拿的好技艺，人也非常正直、热情、负责任。作为我们"婵娟文艺赏读交流群"的管理员，他非常热心于群内的日常管理工作。

"笑对人生"还为我介绍过一位盲人朋友伊志东，他说这位朋友工作主业是推拿，还会维修电脑、安装电脑系统，会演奏二胡、吉他等多种乐器。群内还有一位盲人朋友叫小小朱，曾经在我们平台发表过一篇散文《我的外婆》，真切动人，深受好评。群内有一个叫"木马人"的青海读者，喜欢阅读，喜欢听音乐，在她的朋友圈常常分享各种乐曲，显而易见是一个热爱生活的姑娘，似乎从事的是一份与互联网有关的工作。还听过一位朋友的歌，套用其他歌曲的曲调，但是歌词是自己现编的，与张帝拥有同样的技能。也听过一位朋友录制的快板，是把我们平台上马建芝老师写的快板进行了录制，非常专业。

就如同我们健全的人具备各种不同技能一样，盲人朋友也是这样，只是，我对他们格外佩服，因为他们学习这样的技能，要付出比我们多得多的汗水和毅力。因为有这份佩服，这份敬重，我愿意把我的肩膀，借给需要的朋友，协助他们坦然地笑对人生，去创造更加多姿多彩的世界。

喂，朋友，记得哦，如果你需要，我的肩膀一直在。

冷　暖

　　深夜,我躺在医院病房狭窄的简易陪护床上,小心翼翼翻着身,无法成眠。几个人的鼾声、呼吸、梦呓,此起彼伏,不绝于耳。

　　病房是一间大病房,民汉杂居。

　　四号床的病号呼吸轻轻的,偶能听到。那是一位四十六岁身材瘦小的哈萨克族妇女,要手术切除卵巢囊肿,由她的女儿陪护。女儿古丽扎,是一个漂亮的大学生,二十一岁。古丽扎一口流利的普通话,说得比我还标准,如果不是她坐在自己母亲身边,你绝对想不到,她是哈萨克族姑娘。她的家在木垒大石头乡,住着政府给修建的牧民安居房,妈妈在家种菜养花,照顾上小学的妹妹。爸爸在新疆农科院的一个研究所做保安,离家很远。她家的马、牛、羊由叔叔帮忙放牧,每年的生活费,卖几只羊、几匹马就够了。在手术前,古丽扎的爸爸——一个魁梧的哈萨克族汉子也请假赶到了医院,陪同妻子做手术。这是相亲相爱的一家人,丈夫和孩子都经受住了疾病的考验。这个妻子曾经做过一次肿瘤手术,这次的手术情况要做完活检才知道,但是妻子非常镇定,来自家庭的爱支撑着她能面对任何疾病的侵扰。

　　五号床的病号呼吸几不可闻,像她的性格一样安静。那是一位哈萨克族女子,三十二岁,瘦高个,长得很秀丽,但神情冷漠,有点拒人千里的样子,由她的妈妈照顾。很明显,她是一位孕妇,可是肚子并不算大,显然没到待产期,为啥会住在妇产科呢？我们刚住进来的那天下午，女子在地上来来回回地走，走一会儿，弯腰伏在我们的床栏杆上，发出轻轻的呻吟声，很痛苦的样子。出于礼貌，我抑制住了自己的好奇心，没有打听。

次日早晨，陪同母亲去做检查的时候，母亲悄悄告诉我，那女子怀孕五个月，来做引产的。我悚然而惊。五个月了！做引产，那得忍受多大的疼痛呀！为什么不生下来呢？母亲深深叹息：她的妈妈说，两口子闹离婚呢，生下谁管呢？上面还有两个女儿呢……只能默然。

这个不幸的女子，在病房里轻巧得像一朵云，极力压抑着自己的疼痛，没有大声呻吟或喊叫。母亲说，她在那天半夜里悄悄地终止了妊娠。一个女人，无所倚仗的时候，是没有资格撒娇卖萌的，甚而没有底气向生活申诉自己的疼痛。"弦断有谁听"，哭给谁听呢？没有接受点的哭声，是胆怯的，不敢露头的，最多只能是压抑的暗夜里的饮泣，像鬼火一样，闪闪烁烁，见不得光。

第二天上午，她一直悄悄躺在病床上，中午，她坐了起来。老阿妈在床上铺上了头巾，放上切成片的馕，一碗奶茶递到了她手里。她雪白着面孔，馕蘸着奶茶，一口口吞下去。生活还要继续，她将会面对什么？一个被男人遗弃的草原女人，带着两个年幼的女儿，恐怕无法脱离草原外出打工实现经济独立，最现实的，也许是休养一段时间后，另嫁一个草原男人，伺候男人的起居，照顾孩子，挤牛奶，烧奶茶，继续草原女人辛苦劳碌的一生。

唯一能做的，就是祝福她远离"渣男"，下一个男人能够知冷知热。

六号床的唐姐，睡姿是自由散漫的。这是一个被生活优待的女人。五十六岁还保持着姣好的身材，烫着洋气的短发，说话做事都很得体大方。她躺在病床上在电话里遥控着丈夫找这个找那个，我想她的丈夫一定是一个脾气很好的人。中午丈夫来送饭，果然是一个非常和善的人。分享了他家的饭菜，酸菜炒粉条，炒得堪比饭店大厨。他是某监理公司的总监，待遇优渥工作又很清闲，家里顿顿饭都是他做，技艺精湛。唐姐说，她家张工非常勤快，每次去看望她年迈的妈妈，她负责给妈妈洗澡，张工负责洗衣服做饭，从来没嫌弃过老人，把她妈妈照顾得很好。他们的孩子大了，已经成家独立生活了，现在他们过着二人世界的生活。

医院，这是一个生与死交汇的地方，每天都有生命在这里终止，伴着哭声被推进太平间；每天又有新生命诞生，用哭声向世界宣告他（她）的来临。这是一个考场，有人在这里被遗弃,有人在这里验证真情,有人是零分有人得满分。这是一个拷问灵魂的地方,一个巨大的照妖镜,人性的善与恶都揭去了面纱,以最原始的状态呈现。恶,便是最丑陋的恶;善,是最本真的善:一切的虚伪在这里都无法容身。

这里也是一个自助的心理疗养院。在这里,每个人都能找到心理的平衡,原来以为自己的生活并不幸福,可是,与病床上带着各种故事汇聚于此的人相比,总有人比你更不幸,于是,你懂得了感恩和接纳,愿意心平气和地过自己原本的生活,愿意为更好的生活去奋斗。

目睹各种疾病折磨的煎熬,还有什么比健康更让人知足和庆幸的呢?

医院就是有这样神奇的功能,让你看清生活的本质,看清他人也看清自己,回归生命的本真。

为那些在一间间病房里流淌着的亲情、爱情、友情祝福吧,如果你没能拥有这些生命中最珍贵的情感,你至少还是健康的;如果你的健康打了折,至少,你还能看到温暖的太阳。为此,也要感恩这个熙熙攘攘的世界。

窗外的椿树

第一次看到那些纷杂的枝条,是一个雪后的清晨。那天,我们刚刚被转到这间位于二楼的病房。

天空是浅灰色的,不见太阳。窗前的枝条遮没了大部分空间,它们交错着向上,每一条枝丫顶上都托举着一簇暗红,像一支支火炬。"火炬"的顶上,是一层厚厚的、蓬松的雪,黑灰的枝条、红色的"火炬"、白的雪,怎么看,都像一幅画。

我叫妈妈来看这幅美景。妈妈说,那是椿树,那红色的,是椿树的种子。每一支"火炬",看起来由上百颗籽粒构成,挨挨挤挤,密密匝匝,热闹非凡。而这样的"火炬",有百余支。

这是一个母亲,托举着无数的孩子。

病房里有一位八十二岁的老婆婆,胃癌晚期。老婆婆有五个子女,子女都有孙子了,于是,老婆婆的病床前,不断有人来。医生给出的方案是手术,但不保证人能活着下手术台。做或者不做,由家属决定。

这是一个难题。人老了怕死,我分明从老人的眼里看到了恐惧和不甘,尽管疼起来的时候是那么痛苦。子女以及孙子女的意见是不一致的,手术费用及后期治疗大约十万元,由子女分摊,很明显,钱花了,也不一定能治好。明智的决策其实应该是放弃,看得出几个人都有这个认知,但是谁有勇气这样说呢?话都说得迂回婉转。

205

也有人明确表态要做这个手术,理由是,怕人笑话,说子女不孝。于是,这成了一个迫于道德和舆论的压力而不得不勉强做出的决策。

预定手术的日子终于到了。在本地的子女们和孙子女们都到了,十几个人把老婆婆送进了手术室。在等待麻醉的时间,大家开了个小会。终于有人提出了一个折中的意见:不是子孙不孝,不舍得给老人花钱,确实是钱花了病也治不好,等于鸡飞蛋打,不如不做手术了,出院,带老人去海南旅游去,把钱花在让病人愉快的事情上。所有的人一致同意了这个意见。

于是,老婆婆像一个木偶,在预定手术的前一刻,被推出了手术室,当天办理了出院手续。

一个母亲可以为得病的孩子倾家荡产。一群孩子可以为一个得病的母亲倾尽所有吗?普通老百姓,谁也不敢把自己放在这个天平上考量。

在抉择面前,理智与情感往往站在对立的两端。情感的妥协往往会种下长久的内疚。其实,孰是孰非,谁能说得清呢?

窗外的椿树,那个保持着托举姿势的母亲,好像永远都不累。

旅　伴

　　旅伴是一个特殊的人群，人在世上走一遭，谁能少得了旅伴呢？

　　有时候，你是与熟人、朋友、家人一起出行，相互陪伴，相互照顾自是常态，也足够温馨。

　　有时候，你乘坐大巴车，跟着导游往来于风景区，组团的都是陌生人，只在团餐时简单交流。这时候，你会特别需要一个旅伴"脱单"，因为别人都是双双对对或三五知己，显得自己特别孤单。如果投缘，你会在大巴车上结交一个真正的旅伴，并成为朋友。

　　李萍就是这样的一位旅伴，我们在一次华东五省的旅途中相逢，晚上一起拼房，白天彼此陪伴，为对方看包、提醒集合时间，留意行程安全。直到几年后，我们还在微信上做朋友，她常常邀请我去她的家乡甘肃看看。

　　小兴与阿得是我在武夷山的旅途中结识的旅伴，那是一个小团。第一次见到台湾人，我很好奇，然而台湾人的良好教养，令人心生温暖。与平日见惯的自顾自、冷漠、抢座位、抢餐食不同，他们会主动为女士让座位、拿行李、冲洗餐盘、谦让饮食。阿得是一位退休的警员，身上没有一点戾气，温润得像一名谦谦君子。小兴哥是一位摄影师，在拍摄山水之余，总是热心地为我们留下倩影。几年来，我们依然在微信上做朋友，逢年过节送上问候，下雪的季节，请他们通过视频，观赏万里雪飘。小兴哥发给我很多照片,大多是他家乡澎湖的朝夕和星辰。他们也常常邀请我去台湾旅行,虽尚未成行,但足够暖心。

旅伴是人生中的一道风景,相伴短短一段行程,留下各种美好的回忆滋养灵魂。

我们的微信,是一段心灵的旅程,你的微信好友,便是你的旅伴。有些人甚至从未谋面,却能以心换心,听你诉说委屈,给你贴心安慰,等雨过天晴,再帮你重整旗鼓,助你披挂上阵。走着走着,有些人从陌生到熟悉;走着走着,有些人从熟悉到陌生。聚也好,散也罢,都该珍惜彼此温暖的缘分。也许,我们都默默躺在彼此的微信里,但有时候,看看彼此的头像,逛逛彼此的朋友圈,也是一样的安恬。

其实,人生也是一段旅程,相比于宇宙的绵延,那也是极短的一程。你的爱人也是你的旅伴,只不过,他也许会陪你一生,也许会提前下车。你呢,也许会找到新的旅伴,也许会孤独一生。

在人生的旅程中有一个好旅伴,那是你的福气,请好好珍惜在一起度过的每一个晨昏,不要辜负如花的生命。

在一个孤独前行的人眼里,可遇不可求的相互扶持、相濡以沫,是那么珍贵、动人。

阳光下

自得其乐的麻老四

麻老四今年五十有九,倘有人问,便答小六十。麻老四个高,估计在一米八以上,身板结实,个性爽朗,典型的北方大汉。麻老四住在一个风景如画的地方,新疆维吾尔自治区木垒哈萨克自治县照壁山乡双湾村。

两个孩子都已经成年,在省城安居了,一院房子空落落的,像南山山洼里的松林,除了风声,啥也没有。麻老四和妻子一商量,闲着也是闲着,把原来的小院搭了彩钢棚,安装上玻璃、窗帘,变成了亮堂堂的阳光房,在双湾村自家院里开起了民宿——康园山庄。

这是名不副实的山庄,说是山庄,离山还有几公里,地形地貌算是丘陵吧。康园山庄坐落在麦海里,路是窄窄的柏油路,车行走在路上,倘若从远处看,觉得是在麦海之上漂浮。那是真正的麦海,高处的梁,低处的坡,每一寸土地都被播种机亲吻过,时值初夏,小麦青碧,坡坡坎坎上由一株株麦子用生命画成的弯曲柔美的弧线,正像凝固的波浪,铺天盖地,气势恢宏。倘有风过,便成了真的海,无数麦穗前俯后仰间,波涛起伏,令人目眩神迷。转过几道弯,上坡下坡,就看到一个被蓬蓬勃勃的蜀葵、秋英、大丽花等花卉围护着的院子,在阳光之下,生机勃勃,喜气洋洋,这就是麻老四的康园山庄。

那天，带着满身的暑气，我们扎进了康园山庄，新鲜的空气里有麦子的香、豌豆的甜，几个呼吸之间，废气、浊气、戾气被置换成了庄稼地里的甜香。我们品尝了木垒羊肉的浓香，羊肉汤饭的家常，还品味了大山的馈赠——用新鲜的薄荷和金银花等植物熬得黄亮的药茶。凉拌菜都是原味，那种亲切的不曾沾染农药化肥的小时候的自然的味道。小菜都是地里种的，小小菜园琳琅满目，一畦菜，一簇花，交错杂居，五色缤纷，养眼养心。

木垒人，吃肉哪里少得了喝酒，有人推辞不胜酒力，麻老四拿出了看家的本领，一组又一组的劝酒段子滔滔不绝，如泉水般涌出。

"酒是爹来菜是娘，喝了总比不喝强，你快喝球子吧。"

"喝酒要扇呢，骑驴要颠呢，喝多了是个跑劲子，回去没球事就是个睡劲子，半夜翻起来哇哇哇哇吐劲子，天亮了老婆子是个骂劲子；抽烟就为了咳嗽，喝酒就为了难受，你快来吧！"

"癞蛤蟆扯的些烂嗓子，不如一口进肚子，再来一杯！"

"男人嘛，泰山压顶不弯腰，面不改色心不跳，把这么个酒酒子么，酒么，水么，喝么。"

"不喝不喝又喝了，喝了喝了又醉了。酒是粮食精，越喝越年轻。酒是粮食做，不喝是罪过。"

就在这样粗犷豪放的劝酒声里，酒真的像水一样流进了肚子。酒酣耳热之际，麻老四拿出板胡，一曲曲耳熟能详的乐曲飘起来，《赛马》《采花》《李彦贵卖水》，五彩的乐曲，从小院飘出，染红了西天的云，变成了瑰丽的晚霞。

待宾主尽欢，在漫天星光下，我与麻老四夫妇谈起他们的生活现状。他们有两处院子。一处老宅，就是这里。每年春天雪化以后，上山来开启一季小麦的征程。麦子不浇水，一年只打一次除草剂、撒一次化肥，至于收成，就随老天爷的意思：雨多，收成就好；雨少了就欠收，甚至还有颗粒无收的年成。最近三年雨少，去年一亩地只打了八十公斤，庄稼就全赔了。民宿从六月经营到八月，也就三个月有客人，能收入一万到两万元。他是老党员，每月有1080元补贴，年收入三万多元。他们在木垒县城城郊还有一处宅子，等到九月场光地净以后，这边门一锁，就去新宅过冬。这里入冬以后，基本上大雪封山，就没有人家在此居住了。

　　麻老四的一儿一女都大学毕业,在乌鲁木齐市工作。两个孩子都有了孩子,都在乌鲁木齐市有两套房,事业有成,安居乐业。

　　我问他,对这样的生活现状有什么看法。他说,现在子女都成家了,自己没什么生活负担了,生活在山里,空气好。吃的羊、猪、鸡是自家养的,菜是自家种的,麦子也是自己种的,挺好的。不求什么大富大贵,日子能过得去就行了,放寒假暑假,两个小孙子从城里来住上一阵子,带孙子玩一玩,冬天喝喝小酒,拉拉板胡,唱唱歌,挺满足的。

　　离开的时候,我问麻老四今年的麦子长得怎样。他说,现在正是麦子入面的时候(灌浆期),目前挺好的,就盼着再下场大雨,那今年就成下了(丰收),如果不下雨,那就跟去年一样了。

　　一路上,看着那青碧的麦子,一向不信鬼神的我,衷心地祈祷,但愿未来的一周里能下场大雨。

　　返程后的一周里,我居住的昌吉市下了两场小雨,我打电话问麻老四,下雨了吗。他说,下了一场小雨,不顶事。

　　我一直在牵挂那些山梁上的麦子。每逢下雨,我总是希望,这雨能落在山里。

老马的荒凉

　　老马不算很老,五十六岁。处于人生下半场的他,总喜欢说,我还没老呢！可是我知道他已经老了,纵横的皱纹侵占了他的额头和眼角,并且,人最在意的其实是失去的东西,比如青春,真正的年轻人不会把“没老”挂在嘴边。

　　老马是一个技术人才。凭借农村人骨子里的吃苦耐劳,他一夜一夜地熬,熬出了一级监理工程师的身份,成为单位的中流砥柱,几十年扎根一个监理公司,成长为老板的左右手。

　　老马是一个很有主意的人。在他27岁的时候,自己刚刚在省城站稳脚跟,就给老乡带话,让修理了半辈子地球的父亲,卖掉了农村的房子,斩断了埋在土里的根。他们在省城开了一间小小的杂货店,学着城里人说话,学着城里人走路,学着城里人算账,做起了城里人。

　　一个姐姐已经嫁了人,只能随她去了,四个妹妹,被他像老猫叼着脖子转猫崽似的,一个个转进了省城的学校,靠着跟他一样的勤奋,不但洗去了身上的土气,还一个个走到了大城市,开汽车,吃西餐,成为人人羡慕的白领。

他像一个勤奋的蚂蚁,一点一点地搬,把自己的家搬离土地,改变了整个家庭的走向。可是,他却成了一个无根的人。

他总是在深夜的城市游荡。走过一个又一个黑暗的街道,查看一盏又一盏熄灭的灯火,他不知道自己在找什么。我知道,他在找自己的根,那飘在风里的、若有似无的存在。每一个庄稼成熟的夏季,他会开车二百多公里回到家乡,那个曾经埋过根的地方,掰一口袋"马牙苞米"棒子,揪一些儿时伙伴家里种的茄子、辣子,喜滋滋回到省城,给父母尝尝土地的味道,激活记忆中的味蕾。他是怕自己忘了根的味道。

每次从家乡回来,他总是感叹地说,多少年了,家乡还是老样子,还是那些土房子,一半住着种地的老人,一半长着草。没有年轻人的活力,没有孩童的欢笑,那些都像铁屑,被城市这个大磁铁吸得干干净净,村庄只余荒凉。

荒凉弥漫了老马的后半生。他荒睡了十来年。自从儿子十三岁时跟妻子一起离开家,他就与荒凉作伴了。为了对抗荒凉,他给自己找了很多事做。下了班去打球,回到家看球赛,看到凌晨四点,才能唤出瞌睡,在沙发上打着呼噜去会周公。

不去打球的日子,他就读书,沙发一侧堆了半人高的书,《黄帝内经》《周易》,养生书,史书不一而足。书读得多了,就对国学有了见地,对人生有了看法,酒桌上谈起来,理论一套一套,常常惊得酒友们眼珠子掉一地,老马这家伙,这么博学吗?

老马是个先人后己的好同志。统建房的指标,给父母用了。崭新的商品房,买给儿子。从买房到装修,一手包办,花光了半生的积蓄。他自己依然住着八十年代初的旧楼房,鸽子笼似的小而旧,顶楼,夏天热得成夜吹着电扇,窗台上早年装修的木板褴褛得像古装戏里的乞丐服。

单位配的新车,儿子一毕业,他就给了儿子。自己去二手市场收拾了一辆老掉牙的破桑塔纳,没空调,跑在高速上也开着窗户,所以他开车没法接电话,耳边轰隆隆的,谁也听不清谁。

荒凉常常从老马的眼睛里漫出来,雾一般,缠住年轻的胴体,缠住酒,缠住无眠的夜。

老马成就了周边的人,谁来成就他呢? 老马的荒凉,无人能解。

杨老太的人生追求

杨老太七十五岁了,精瘦精瘦的,细胳膊细腿,干起活来却很有劲。

　　一个七十多岁的老人,为啥不在家颐养天年?

　　因为我闲不住,闲了就难受,就得病! 杨老太给出斩钉截铁的回答。

　　杨老太有一儿三女。儿子生意做得不错,算是当地有头有脸的名人;三个女儿也都各有各的工作,日子过得顺风顺水,没什么困难。按道理,杨老太只要和老伴过好自己的小日子就行了,像楼上楼下的邻居们那样,一日三餐之外,打打牌,下下棋,谝谝闲话,一天就过去了。可是杨老太偏不! 她不喜欢那样的日子,她要挣钱,一天不挣钱,她心上就长草!

　　杨老太年轻的时候,受够了苦日子、穷日子,所以挣钱成了杨老太毕生的追求。

　　二十世纪五十年代国家号召支边的时候,杨老太兄妹二人,跟着父母从水乡泽国来到了一望无际的大戈壁,在新疆奇台县的一个小村子安家落户。十八岁时嫁了人,对方是个老实巴交的农民,手勤,能干,就是不爱说话。

　　杨老太是不服输的性子,干啥活都卖力,不但地里所有的农活样样拔尖,还跟男人一样,学会了开拖拉机,拉粪、扬场、翻地等这些男人干的活她样样能干,让她头疼的是穿针引线和做饭,她宁愿在地里流半天汗,也不愿在家里做一顿饭。

　　杨老太无公婆,虽然和很多家庭相比避免了很多家庭矛盾,可头疼的是没人帮着带孩子。四个孩子一个比一个小两岁。又要下地,又要管娃,中午回来还要做饭,杨老太忙得团团转,常常用绳子把孩子捆在背上下地、做饭,一个人当两个人用。

　　就是这样能干的人,在那个时代依然过着穷日子。两个壮劳力,养活四个孩子,在那个年代,能勉强吃饱肚子就算不错了。

　　二十世纪八十年代初迎来了联产承包责任制,这两个能干的人大显身手,加上孩子也渐渐长大,暑假能帮忙种地、喂鸡、喂猪,日子渐渐有了起色。九十年代初,很多人家还沉醉在能可劲儿吃饱、还能有点零花钱的幸福生活的时候,他们一家大小齐上阵脱土坯,率先在村里的新居民点盖起了一大院子砖包皮的新房!

　　北面两套一明两暗住人的新屋就不用说了;南面的厨房、库房、车棚高大敞亮得比很多人家的住房还好;西面的牛圈、羊圈、鸡圈、猪圈也收拾得妥妥帖帖。院子里和房前屋后都栽花种树,屋后开出来的空地种菜不算,还有余地种苞米、小麦。那可真是房前屋后绿树成荫,瓜菜满地,花香扑鼻,凡是来家里串门的人,没有一个不说杨老太院子收拾得窝业(妥帖),一家人日子过得红火! 那是多么令人怀念的满怀激情的时代呀! 多年以后,住在楼房里的杨老太总喜欢这么想。

　　二十世纪九十年代末,随着城镇化的扩张,越来越多的农村人看到了商机,有点儿手艺的心思灵活的年轻人涌向城市,杨老太唯一的儿子也搬去县城做起了生意。儿子的生意渐渐有了起色,庄稼人在城里立住了脚。人人都称赞儿子能干,杨老太在人前也是喜上眉梢,在背后却免不了长吁短叹,世世代代都是庄稼人,去了城里能一直好? 怕就怕哪天生意失败还得回乡刨土坷垃。

　　然而真是遇到了良好的发展机遇。那几年,小小的县城经济繁荣,到处都是商机,各行各业都兴旺发达。儿子聪明又敬业,几年下来,生意越做越大,在城里买了房子还置了铺子,真正站稳了脚跟,邀请老两口进城。儿子的孩子还小,需要老两口帮忙照顾,儿子也想把父母从繁重的体力劳动中解放出来,让老两口享几天清福。

　　虽然一千个不情愿,但是儿子苦苦相求,无奈之下,杨老太两口子终于处理了农村的牲畜,外包了土地,万般不舍地离开了曾洒下无数汗水、承载无数荣光的小院,与乡亲们挥泪作别,搬到了县城。

　　刚搬到县城住上了楼房,杨老太也是惬意的,屋里屋外干净敞亮,上厕所方便,洗澡舒服,没苍蝇、蚊子,城里就是好。但是新鲜劲一过,杨老太觉得哪儿哪儿都不得劲儿。一天就做两顿饭收拾个屋子,那么多空余时间干啥? 干惯了活的手,不干活不舒服。

　　杨老太自己买了个大扫帚,围上下地用的花围巾去小区外面义务扫马路,权当锻炼身体。大白天扫马路,人人把她当怪物看,汽车过来过去频频按喇叭。终于有交警过来批评她,说她影响了交通,问她为啥不在凌晨该扫的时候扫。她被当成了清洁工。

　　杨老太终于明白了,城里和乡下就是不同。这马路该谁扫就谁扫,那是别人的饭碗,动不得,即使学雷锋也不行。

　　于是,杨老太托人找门路,自己做起了清洁工,承包了附近商业街的清洁工作,夏天扫垃圾,秋天扫落叶,冬天扫雪。同时她还有了新发现,商业街的很多饭馆都有废弃的酒瓶、饮料瓶、纸箱子,这些都可以拿去卖钱。哎呀,原来手勤脚快的人,连老天爷都爱,乡下人到了城里照样能找到挣钱的路子! 杨老太乐颠颠地拉上老伴,购置了三轮车,在六十岁高龄的时候,又开始了新的人生追求:在城里挣钱。

　　几年下来,杨老太形成了自己的生活习惯。她总是像在农村的时候一样,天一黑就睡觉,凌晨四点起床出门,去那些熟悉的餐厅,相熟的店主总是让店员把垃圾全部堆在店门口,他们知道杨老太会风雨无阻地到来,把瓶子、纸箱等有用的装上车,把垃圾帮他们运去垃圾箱,把店门口打扫干净。

十多年来,杨老太夫妇就这样每晚做着义务清洁工,换取废品去卖钱,生活得勤劳、简朴、自在。

最初几年,儿女不理解,跟老两口吵闹,嫌他们拾荒丢了他们的脸。然而,每一次,儿女都败下阵来。杨老太一天不干活就会得病,就浑身难受。我凭力气挣钱,不偷不抢,还给人帮忙,行得正立得端,有啥丢人的?你们谁嫌我丢了你的人,不要认我这个妈!此言一出,谁敢再吱声?只能心不甘情不愿闭了嘴。话说,谁能限制得住杨老太那双勤劳了一辈子的手、那颗追求财富的心呢?你不能,我不能,老天爷都不能。

杨老太不仅拾荒,还动不动拾人。商业街的楼梯底下,曾住着一个流浪汉。冬天,流浪汉用纸壳子抵御风雪。杨老太发现后,把流浪汉领回家,让流浪汉洗了热水澡,给了他干净的衣裳,还给他做了热饭热菜,最后又给了1000元,让流浪汉去做点小本生意。次日,流浪汉就不知所踪。杨老太后来还常常提起,希望他过得好。

一个离了婚到县城餐馆打工的农村妇女,没钱租不起房子。杨老太先是把人领回家住了一周,后又给借了1000元让她去租房。妇女说好餐馆发了工资就还钱。几个月过去了,妇女钱也没还,人也离开了餐馆,不知所踪。

类似的事情,如果让杨老太的老伴和女儿说,能说出一箩筐。每每被老伴和女儿数落,杨老太山核桃似的脸上,也会微微泛红,眼睛躲闪着四处看,说以后再不管了。但是不几天,遇到需要资助救急的人,杨老太又故态复萌。久了,家人也就不再数落她了。

如今,七十五岁的杨老太不仅在晚上继续做义务清洁工,还在白天做起了"二老板"。心思灵活的她,不仅自己卖废品,还收废品,专收酒瓶、饮料瓶,转手再卖给废品站,从中赚点小钱。

如此勤劳的杨老太,我想,连老天都是眷顾的吧,虽然骨瘦如柴,却依然精神矍铄地追求着她的财富人生,乐此不疲。

田妞的幸福生活

最近迷上了跑步,每天早晨八点左右,我走到海棠大道宁边路口,在那里做做热身,起跑。路口总是坐着一个卖葡萄的女人,五十岁上下,戴一顶米色帆布圆帽,个子不高,长相普通,由于常年的风吹日晒,皮肤黝黑而粗糙,但她脸上常常带着笑。这是一个对生活很满足的女人。

她的葡萄很是新鲜。每天看到的葡萄梗都是碧绿的,加之她很用心,先垫上半筐新采的狗尾草,再把葡萄放在上面,让人觉得这葡萄是现摘的,于是,我每天买一串。十天下来,我们也就相熟了。

之前以为她是附近郊区的果农,前天买葡萄时,遇到一个与她闲聊的女人,才知道她住在海棠公馆二期,她们是邻居。彼时,她旁边的一把布椅子上,正坐着一个面孔黝黑的男人,那是他的丈夫,脚肿着,那个邻居正在关心他的伤势。

今天早晨出来得晚了点,老地方没看到卖葡萄的女人,我正奇怪,却在离路口一百米处见到了她。我惊异于她怎么换了地方。她说,今天再卖一天,就不卖了,昌吉创建卫生城市呢,不让路边摆摊设点了。

我停住脚,跟她聊了起来,才知道她叫田妞,五十三岁,安徽阜阳人,到新疆三十一年了。

"老家口音一点没变呀?"我笑着问她。

"变了,要是说老家话你听不懂。"她笑嘻嘻说着,把帽子从头上拿下来,用手理了理发黄的头发,又戴上。

我算了算,三十一年前,那是1993年。于是,我从她的叙述里,像看电影一样,看到了她的前半生。

那一年,她血气方刚的丈夫,帮他哥哥打抱不平,动手打了人,两口子带着两岁的儿子,怀揣着600元现金,连夜仓皇出逃。去哪里呢?想到昌吉有一个姑姑,他们坐火车来到了新疆。到昌吉时,他们从仅剩的308元里,拿出300元,给姑姑买了礼品。然而,一家子都在银行工作的姑姑,对前来投奔的侄女并不够热心,晚上让他们一家睡在客厅的地板上。我仿佛看到了那个年轻男人压抑的怒火,难看的脸色。次日一早,姑姑一家还在酣睡,他们一家三口悄悄走出了姑姑的家。总共只有8块钱,怎么生存?

年轻的夫妇拖着沉重的脚步,走到了离姑姑家最近的农村——园丰三队,打听谁家有房子出租。胸怀无比宽阔的新疆接纳了他们,给了流浪者一个临时的家。一月房租50元,先欠着,等挣了钱再还,热心的新疆人同意了,还管了他们一顿饭。你看,人生就是这样,有失去就有得到,从亲人那里没有得到的温暖,却被陌生人慷慨地赋予。

年轻的夫妇没有时间伤春悲秋,生存是当务之急。他们打听到了最近的农贸市场是亚中市场,就去那里碰碰运气,在市场里,寻到了熟悉的乡音,不啻于梵音入耳。通过跟老乡攀谈,他们寻到了生存之道。亚中市场是当年昌吉最大的农副产品批发市场,他们决定批发大蒜和生姜去其他市场摆摊。

进货资金从哪里来? 思虑再三,她返回姑姑家,打算向姑姑借500元进货。姑姑的眼睛立了起来:"我哪里有钱?"

远离故土,除了姑姑举目无亲,身无分文,求告无门,她心寒了。"姑姑,你的家门,我再不会踏进半步。"

她含着两眼泪走出了姑姑的家,明晃晃的太阳在头顶上照着,把她脸上亮亮的水也烤干了。她昂着头走回市场,老乡把菜赊给他们,把小推车借给他们,艰难的谋生之路就在这样的一穷二白中开始了。

每天天不亮他们就起床,去亚中市场批发了菜,到电影院旁早市摆摊。两岁的儿子没地方寄放,就带在身边守摊。风里来雨里去,年轻不服输的心不怕吃苦,他们心里只有一个念头,赚钱,过好日子,再不能让人瞧不起。

日子一天天过去,勤奋努力的人,生活给了他们相应的馈赠。借老乡的手推车还了,自己买了三轮车,然后又换成汽车。在昌吉市买了房,他们正式安了家。儿子上小学的时候,她又生了一个女儿。日子越来越好,摆脱了最初的贫困之后,他们从卖菜、开粮油店,转行到卖干果,去内蒙古额济纳旗,在口岸上摆摊卖新疆干果。

"生意好吗?"我笑吟吟问她。

"好呀! 那里的胡杨林很有名,游客特别多。前几年,每年十一假期,游客多得路都走不动,往前挪哩!"田妞扎煞着两手,给我示范了一下人群摩肩接踵的场面。"我们一年去一次,就九月、十月两个月,挣二三十万哩!"田妞朴实的脸上闪着自信的光彩。

"那么厉害!"我惊呼。

"是呀! 去年疫情,一个月还挣了三万哩!"止不住的笑意从她的眼睛里流淌出来,亮晶晶的。

"真好! 三十年时间天上地下,你们太能干了! 现在很幸福吧?"

"好得很！我儿子媳妇开了几个书店,一天挣1000多块钱哩！女儿今年考研究生哩！我在昌吉市两套房哩！我老表(表哥)在银行工作,他的车还没我儿子的车好哩！"

我们俩都哈哈大笑起来。

"我老表让我在他银行存款,我存了三十万再没存。我困难的时候,很多人帮过我,我还要帮他们完成任务哩！"她的眼睛亮亮的。

"我们新疆人好吧? 好人多吧?"

"好人多呀！新疆就是好！只要你肯吃苦,就能过上好日子!"她笑得心满意足。

"你真的再没去过你姑姑家吗?"我问她。

"没去过。有一年我表姐来买菜,那时候我卖香菇和圆菇,我装了两大塑料袋子给她,让她带给姑姑。姑姑现在也不太好,偏瘫了,右手和右脚都不能动哩！我经常在抖音上看她哩！"她微微低了头,嗓音有些颤抖。

我赶紧转移话题:"这里不让卖葡萄了,你们准备咋办呀?"

她抬起头,眨眨眼:"我们后天就走了,去额济纳旗卖干果,火车票都订好哩！"

"那好呀！祝你们一路顺风!"我向她摆摆手。

"谢谢呀!"她笑吟吟地跟我道别。

早市早已散去,锻炼的人们早已回家,空空荡荡的海棠大道上灿烂的阳光从树影间穿过,满地碎金,斑斑驳驳,好一条金光大道!

山窝窝里的"金凤凰"

凤凰生活在哪里？古人说在梧桐树上，"家有梧桐树，引得凤凰来"便是明证。要我说，凤凰生活在山窝窝里。你不信？那你跟我去木垒县水磨沟村瞧瞧。太远不想去？那行，给你指一条捷径，上抖音，进"金凤凰"直播间，也能看到。

一

水磨沟是一个山清水秀的小村庄，在木垒县西吉尔乡天山深处。进沟要朝着太阳的方向，一直走一直走。2021年9月底的一天，我和寒冰、狄永萍、马振国等几位文友，走进了水磨沟，去寻访"牧羊女"金凤。

时值深秋，山坡上的草已经黄了，松树还是碧绿的，碧绿的林海里，疏疏落落探出一些金色的树冠，那是正在华丽转身的桦树。晚上刚下过雨，天朗气清，空气湿润，身边的水磨河在微风中浅吟低唱。我们就在这山灵水秀之中，一边慢慢徜徉，一边聆听金凤的故事。

水磨沟是名副其实的沟，由天山雪水汇集而成的一条清冽的小河从大山深处哗啦啦地流淌，二十世纪七十年代之前，这条河水势湍急，从沟里到沟口，十几公里的河道上，分布着十几座水磨，生产队分给人们白面、苞米面，大集体喂牲口的苞米糁子，都在这哗啦啦的河水拍击的水磨上磨就。河边蜿蜒的沙石路两旁，零零散散分布着一些人家。那是些低矮破旧的土坯房,盖房子的材料都是就地取材。地基取河里的石头垒成,砌墙用的土坯是随地挖的黑土和泥做的泥坯晒干制成,房子的檩子、椽子、门窗都是山里的松木做的。沟两边的山上,长着一坡一坡的松树,春、夏、秋三季一身苍翠,冬天顶一身洁白的霜挂。

1968年,金凤就出生在这里。爹娘是地地道道的庄稼人,几辈子都住在这里。上面两个哥哥,使得金凤这个闺女一生下来,就成了家里的宝。金凤生得也招人疼,白嫩嫩的脸蛋儿,黑葡萄般的大眼睛,性格文静,唯一的不好处就是喜欢掉"金豆子"。两个哥哥喜欢逗她,一逗就哭,为此,哥哥没少挨爹娘的打。那个年月,谁家的生活都紧巴巴的,可家里只要有一点好吃的,爹娘和哥哥都愿意留给金凤,看她吧嗒着小嘴吃得高兴,大家都看得开心。

一转眼,金凤初中毕业了,参加了农业劳动。这时候,已经实行了联产承包责任制,家里分了草场和耕地,农民的日子越来越好过了。哥哥都成家了,住得不远,照应着妹妹和爹娘。

二

时光像山里追赶兔子的猎狗似的,总是跑得飞快,转眼就到了1987年的夏天。一个阴雨绵绵的早晨,少女金凤正坐在窗前,看着镜子里的自己发呆。镜里是一张美丽的脸,皮肤白皙光滑,嫩得像煮熟的鸡蛋白,如果有蚊子想落在上面,准能滑个跟头。一张小巧的嘴巴,两弯柳叶眉,一双平日里活泼泼的黑眼睛,此时却失了神采。

昨晚上爹娘的话又回响在耳畔:"丫头呀,爹娘不是老顽固,不是不让你自个儿找对象,那你也得找个条件好点儿的呀。你看明娃那个家,房子都烂成啥了,他们家也不修,家里几条汉子,都面临成家,负担太重了。日子过不到人前头,爹娘不能眼睁睁看着你掉进穷窝里受苦呀!"

"丫头,你要是非要嫁到他们家不可,就不要认爹娘了。"

一滴眼泪慢慢渗出眼眶,紧跟着,一串串的水晶豆子,扑啦啦滚下来。少女金凤俯在桌子上,无声地哭了。

一块石子打在玻璃窗上,发出"叮"的一声响。金凤受惊,猛然抬起头,透过雨幕,看到了那个高高瘦瘦的身影,正远远站在一株老榆树下,定定地望着她。她急忙站起身,伸手去推窗户,手却在窗户上定住了,像被胶水黏住了,又像被人施了定身法,一动都不能动。她仿佛看到那张熟悉的脸上露出了微笑,满脸的期待。可是,她不能!她不能置爹娘的痛苦于不顾……她颓然地坐回椅子,一颗少女心被撕成几瓣,生疼。她又把头俯在了胳膊上,温热的眼泪洇湿了衣服,贴在肌肤上,逐渐变凉。

她再次抬起头,那个单薄的身影还站在那里,衣服应该已经湿透了,贴在身上,使他显出一种瘦的可怜来。她想出去对他说,叫他回去,又知道他那倔强的性子,说了也是白说。爹娘也在屋里看着她呢。她站起身,狠心拉上了窗帘,既然已经决定了远行,决定了分手,就不能拖泥带水。就这样吧,看到她的决心,他应该能知难而退吧。少女金凤恹恹地躺上床,用被子蒙了头,将一切都隔绝在世界之外。

中午,娘进来叫她吃饭,她跟着娘走进厨房,透过厨房的窗户往外瞄一眼,见他还在,只是人靠在榆树上,仿佛已经没了站立的力气。她又心疼起来,迈步就要往外走,娘一把拉住了她的手,说:"丫头,熬过今天就好了。"她低了头,饭也不吃了,回自己屋里,又躺回床上。

她不知道自己是什么时候睡着的,一直在做乱七八糟的梦。在梦里,她心里知道自己是做梦,可是怎么也醒不来。终于醒来时,屋里黑咕隆咚的,她看看表,已是半夜。她想,他一定回去了。长长叹一口气,少女金凤收拾了行李,天一亮,就由爹爹送上班车,去州府昌吉市了。

在昌吉,她先是住在表姐家里,几天后就找到了收银员的工作,自己租了房子,交了新的朋友。生活掀开了新的一页。

转眼间,中秋节到了,少女金凤买了点心和水果,回家看爹娘去了。回村的第一个晚上,同村的小姐妹和小伙伴们都来家里看她,大家嗑着瓜子,吃着水果,热热闹闹说着话。在热闹的间隙里,一个小姐妹把她拉到了一旁,悄悄说:"明娃病了。"小姐妹是明娃的表妹。

她吃了一惊:"啥病?怎么病的?"

小姐妹白她一眼:"还不是怪你心狠。你走的前一天,他在雨里站了一天一夜,晚上困得不行了,靠着树睡着了,他家老三半夜过来找着他的时候,都迷糊得不认识人了。回家就发高烧,感冒一直不好,这都两个多月了。一天到晚睡着,梦里经常叫你的名字,我姑妈都快愁死了。"

整个世界突然间坍塌了。她扔下一屋子人,迷迷糊糊往外就走。她清醒的时候，已经站在了他屋里。屋里一股药味儿，他躺在床上，头发乱蓬蓬像一个干草垛，脸颊上没有几两肉，瘦得可怕。眼泪哗啦啦流下来，她像个木桩一样钉在地上，不会说话不会动。看到她，他张大眼睛，笑了。他坐起来，下了床，像个影子似的飘过来，一把抱住她的腰，脸埋在她颈窝里，也不动，温热的液体洇湿了她的衣服领子。他咕哝了一句什么，她没听清，也不需要听清，他想说的，她都懂，两个人就这么悄悄地流着泪。她暗暗下了决心，不管了，什么都不管了，世界上还能有比他更痴情的人吗？女人一生图个啥，不就图个有人疼、有人爱么。

半晌，两个人都收了泪，絮絮叨叨地说了分别后各自的情况，说一会，叹几声，洒几滴泪。最后，他们决定向各自的父母提出结婚，婚期就定在两个月后，好让他养一养身子。

她以极轻快的脚步走回家，小姐妹们早已散了。她一进门就直接跪在了爹娘面前，爹娘都吃了一惊，她抬起头，一字一句说出了自己的决定，爹沉默了，娘哭了。她跪在地上，勾着头，把脊梁挺成了一根柱子。爹抽完两袋旱烟，在桌角磕了磕烟锅子，长叹一声说："丫头，这就是你的命呀。起来吧，随你。"

得了喜讯，明娃的病很快好了起来，能走动，也能下地干点轻活了。两个月后，在噼里啪啦的鞭炮声中，明娃喜洋洋地把她接进了新家。

三

婚后，有丈夫的疼爱，日子是甜蜜温馨的。美中不足的就是，丈夫的身体一直没有彻底好，后来她陪同丈夫去大医院做检查，结果是哮喘（后发展为脑膜炎、脑萎缩）。丈夫的病像一块阴云笼罩着这个小家庭，由于丈夫干不了重活，结婚几天后，她就担起了家庭生活的重担。

婚后三个月，她怀孕了，丈夫一家都很高兴。只是丈夫的病久不见好，四处求医。婚后半年，医生说丈夫的身体不宜房事，由此两人分居。一年里有半年时间，丈夫在昌吉市住院。她挺着大肚子独自料理庄稼，养羊，捣鸡喂狗。

丈夫的病时好时坏，重的时候，迷糊得认不清人，轻的时候，也能干点家务，帮着照看孩子。家里的地都是旱地，省了浇水，春天播了种，只需要除草和施肥，收割却是力气活，坡地上的麦子需要拿镰刀割，割下来捆成麦捆子。然后，用小四轮拖拉机拉到打麦场上，之后是打场、扬场、装粮、交公粮。这些活，金凤一个人自然是干不了的,好在有公婆、小叔子和娘家哥哥、妹夫帮忙,加上金凤给人家干活换工,一年年的,也就完成了春种秋收。

在农忙时节,金凤比哪个女人都忙。别人家两口子一起干的活儿,金凤得自己干。割麦的时候,亲戚朋友几家联合起来一起割,谁家的麦先熟先割谁家的。早晨天不亮出工,中午,主人家把饭送到地头,人们坐在树荫下吃饭,吃了躺在树下午休。这个时候,金凤得下山回家,因为家里还有丈夫和孩子等着吃饭呢。跟头绊子赶回家,做好饭,伺候丈夫和孩子吃饱喝足,再跟头绊子赶上山,加入午休好了的人们队伍里,继续割麦。她把自己忙成了一只不知疲倦的陀螺。

秋收之后,很多农村妇女猫在家里,做鞋、腌咸菜、晾菜干,尽干些家务。金凤呢,把羊托付给别人,去给人打工,摘棉花、掰苞米、拾打瓜、牵葵花……一年庄稼地里的收入和打工的收入,几乎全部送给了医院。

她自己和孩子,在家过着全村最穷最苦的日子。婚后五六年,别说新衣服,她连一双新袜子都没买过。有一年夏天,村上来了卖醋的毛驴车,路过她家大门口时,她叫住了卖醋的老汉,醋笼子给老汉灌醋,回身进屋拿钱。一公斤醋七毛钱,她翻遍抽屉和所有的衣服口袋,只有六毛,怎么也凑不够七毛钱。她红着脸走出屋子,对卖醋的老汉说,少一毛,你倒掉些醋吧。老汉看了看窘迫的她,说,算了,少一毛就少一毛吧。她进屋继续做饭,眼泪吧嗒吧嗒掉进和面盆,怎么就把日子过成了这样呢?

那一年冬天,丈夫在昌吉市的姐姐家养病,大年二十九了,金凤坐在家里的火炉前发呆,年货一样没办,孩子没一身新衣,这个年,怎么过?门开了,风雪卷着一个人进了屋,是爹。她喊了一声“爹”,又开始掉“金豆子”。爹问她:“年货办了吗?”她不敢看爹,摇摇头。“明娃不回来吗?”她点点头。“我孙子买过年的新衣裳了吗?”她摇摇头。爹一声不吭,出门走了。傍晚,爹又来了,给她送来一公斤水果糖、家里炸的油馃子、蒸的包子、冻的饺子,还有孩子的一身新衣。她的眼泪又哗哗下来了。

有一个冬夜,孩子发烧了,没钱看病,她不想去找爹娘和兄妹,他们已经帮了她太多太多。她怀着忐忑又羞愧的心情去了丈夫的亲戚家,借十块钱给孩子看病,走了两家,没借到。最终,还是哥哥解决了她的困难。那些年,哥哥多少次给她送清油、大米、醋酱,已经数不清了,如果没有父母和哥哥的帮衬,她真不知道自己的日子会成为什么样。

在那些孤单的夜里,满腹心事的金凤,趁着孩子熟睡,常常在水磨河边徘徊。河上的水磨已经很久不转了,被新兴的机器所代替,很多水磨被拆了。只有那清清的水磨河,依然初心如一地唱着古老的歌谣。她把自己的心事说给河水听,河水边听,边悠悠地叹着气,激起几朵浪花,仿佛是想安慰一下难过的金凤。河水流远了,仿佛把她的心事也带走了。

四

儿子九岁的时候,久病的丈夫撒手人寰了,金凤哭得死去活来。丈夫在的时候,无论如何,家里总还有个人在等她,盼她回家,即使丈夫不能干活,也总能做个伴儿,说说话儿,日子有个盼头。丈夫这一走,她心里突然就空落落的,不知道日子该怎么过了。出门一会儿,就急急走回来,急着要给丈夫做饭,及至进了门,望着空荡荡的炕,才记起那人已经不在了。她去羊圈喂羊,仿佛他就跟在身后,几乎能感受到他的呼吸,一转身,身后是一片虚无。她在菜地里挖洋芋,好像听到他的呼喊,起身四处张望,只有落日余晖,残阳如血,身边的水磨河,哗啦啦地流过。

一天天地,她的精神越来越恍惚。一天晚上,她对自己说,不能再这样下去了,就算为了孩子,也得离开这个环境。

她给孩子转了学,带孩子到昌吉市安顿了下来。先是给人打工,后来开了自己的店。原来在昌吉市的朋友继续交往着,她又结交了新的朋友。忙着挣钱,忙着带孩子,忙着跟朋友交往,在所有的忙碌里,她渐渐缓过了神,走出了阴霾。

朋友住院了,金凤承包了午饭,在家做好饭,送去医院,照顾朋友吃完,再回店里。不是送一顿,而是天天送,直到朋友出院。

朋友升迁了,一帮小姐妹们出去狂欢,兴尽而归。

朋友失恋了,姐妹们听她唠叨、陪她痛骂、柔声抚慰,帮助朋友走出困境。

金凤把朋友们的困难当成自己的困难,把朋友的快乐当成自己的快乐。她身边的朋友都跟她一样。

虽然文化不高,可是十年的城市生活,她学会了时髦的穿衣打扮、说普通话、唱歌、使用电脑、玩QQ、使用智能手机,等等,一切城市的女人会的,她都会。

这段时间,大约是金凤前半生里,过得最恣意、潇洒、自由的生活。她不再掉"金豆子",她的生活充满了阳光。如果不是老爹的突然离世,这样的日子还会继续。

五

安葬完爹,金凤发现,娘突然间老了几岁。娘已经七十岁了,需要女儿的陪伴,孩子上学可以转回来,自己呢,反正一个人,在哪里不是生活?

金凤很快将小店转出,打包行李回到了水磨沟。

这个时候的家乡,已经是旧貌换新颜了!很多人外出打工了,很多人陆陆续续回来了。柏油路代替了曾经坑坑洼洼的沙石路,一直通到了大山的最深处。家家都盖了新房,政府鼓励和扶持发展旅游业,很多人家开了度假村,做了民宿。到处是高挂的红灯笼,到处是仿古的门楼,到处是客栈的招牌。乡村进行环境治理,家家户户的厕所、牛羊圈都被改造了或搬迁了,家家户户的门口都种了各种花儿,马路两边花团锦簇,游人们随手在哪里一拍,都是绝美的景致。因为河道治理,曾经布满整个河道的水磨,被陆续拆除,保留的一座,政府给新修了屋子保护起来,挂起了"水磨坊遗址"的牌子,并在河道中竖起了几个巨大的水车,供游人们赏玩。

金凤回到家乡,继续种她的地,养她的羊,陪伴老母亲,供孩子上学。一个单身的女人,想把日子过到人前头,就得付出比别人更多的努力。

这个时候,好端端的金凤居然患上了白癜风,而且在最显眼的面部。几经周折,多番奔波,病情却越来越严重。这对于一个爱美的女人来说是足以叫人崩溃的。于是,这个在昌吉市开了十年店的时髦女人,换上了牛仔衣牛仔裤,当起了一般只有农村老汉才当的羊倌,赶起羊群上山了,住进了羊房子,过起了与世隔绝的生活。寂静的山上,陪伴她的只有年迈的母亲、牧羊犬小黄、一群鸡,还有高天上的流云、山谷的风。

每一个日出,她赶着羊群,走上山顶,羊儿散开吃草,她枕着双手,躺在草地上,空荡荡的眼睛,看着空荡荡的天空,无情无绪。每一个夜晚,羊儿归圈,她躺在羊房子里,听山风呼呼刮过,松涛阵阵中,时不时夹杂着野兽的号叫,害怕地用被子蒙上头。

放羊看起来像一件清闲事,实际上是个苦差事。每天天刚亮就得起床,跟着羊爬到山顶,羊儿吃草的时候,也不能放松警惕,就怕有不听话的家伙钻进了山沟沟,这时常常需要牧羊犬小黄帮忙配合看护,撵回脱离"组织"的"捣蛋鬼"。可是,一旦有母羊怀上了小羊,就只能把小黄拴在羊房子看家,又怕小黄不知深浅的狂吠,惊了母羊,动了胎气。于是,牧羊人就格外辛苦,亲自看护。羊吃饱了,赶回羊房子数数,一旦少了一只两只,就得立刻去找。羊不像狗那么聪明灵巧,会听主人的召唤,羊是"死绵羊",反映迟钝,牧羊人只能翻山越岭挨着山沟沟找。有时候天黑了,羊还没找到,传说后山有狼,担心羊在外面过夜被狼吃了,又着急,又害怕,这个坚强的女人也会边找羊边掉泪。

羊是活物,一天不吃草都不行,因此,牧羊人的工作,没有假期,风雨无阻。下雨天,山路湿滑,一不小心就会摔跤。有一次,她摔坏了腿。晚上,在小黄的帮助下,她终于拢着羊群挣扎回了羊房子。她自己,是爬着回来的。到了羊房子,却疼得站不起来,进不了门,只好在门槛上坐了整整一夜。

凌晨七点,朋友戴维给她打电话问候,得知她摔坏了腿,赶来送她去医院。在医院里,她不断给自己打气,一定要坚强,一定要乐观!进手术室的时候,护士给交接的医生叮嘱:"三十六床没有家属陪护,给她一个塑料袋,毛衣待会脱下来叫她自己抱怀里。哟,拖鞋咋办呢?"她笑着说:"没事,拖鞋就不要了……"突然涌上来一阵伤感,有什么哽住了她的喉头,眼泪不自觉掉下来。

那次手术,去掉了一根趾骨,因此她的一只脚一走路就疼,尤其是天阴下雨时,疼得钻心。因为这只脚有问题,更容易摔跤,她的身上常年是青一块紫一块,大疤小疤不断。然而这样的放牧生活,她一过就是八年!

吃的苦多了,就不觉得生活苦了。在山里与大山为伴,与辽阔的天空为伴,与广阔的草原为伴,她的心态慢慢变得平和了,什么事都看开了,什么都想通了!活着一天,就开心快乐地过一天。

也许是涂抹的药膏有效果,也许是清澈的山泉水和富氧的空气有作用,也许是乐观的情绪有助力,也许是找对了医生,山居两年后,她再次到乌鲁木齐市住院治疗,竟奇迹般地治好了很多人终身不愈的白癜风。

在政策的扶持下,在辛勤的劳作中,金凤家里的经济条件大大改善了。她开了一个小商店,由娘照看,好绊住娘的脚,阻止她老人家再去山上陪她放羊。开商店还获得了政府补贴的5000元。金凤新修了一栋砖房,又在县城给儿子买了楼房。但凡有人打电话向她借钱,她总是说:"到我娘那里去拿。"她知道开口向人借钱有多难,那得把脸抹下来装口袋里,才能张得开这个口。自己曾经经历过的难堪,她不想叫别人也经历。借出去的钱,有人还了,有人没还,不还的,就算了,她也不十分计较。她说,钱这东西,生不带来死不带去,日子能过得去就好。

六

天晚了,我们跟着金凤来到她家的旧房子,她八十岁的老母亲已经做好了晚饭等着我们了。饭后,金凤带我们去她家的新房子住。新房子离得不远,大约有五百米的样子,就在路南的坡下。这是一栋崭新的砖房,没有围墙。房子的格局和楼房的一样,地上铺着瓷砖。我注意到,一进门的老式五斗橱上,挂着一块小布帘,精工刺绣着"小猫钓鱼"的图案,应该是金凤绣的,看起来有些年头了。客厅正面的电视背景墙上,挂一幅奇台县草根书法艺术家贾永爱的草书作品《沁园春·雪》。茶几上一只红色酒瓶当花瓶,里面插一把绢花,显然是主人亲手做的手工。沙发上铺的白布单子有些旧了,偶见破洞,却洗得白亮,触手柔软。金凤细心地为我们准备了新的毛巾、牙刷、牙膏、拖鞋、茶杯等用具,并烧好一壶开水,嘱咐我们早点休息,才回老房子去了。次日晨起,金凤让妈妈为我们准备了热乎乎的扁豆汤做早餐,自己七点多就上山放羊去了,打电话叫狄老师带我们先在山里转转,她稍晚回来陪我们。

山里的空气极其新鲜,我们聊着天,慢慢向山里走去,爬完木栈道,狄老师提议去看看金凤的羊房子,她在那里陪金凤住过几晚,挺熟的。男人住的羊房子我见过,陈设就是简单的床、锅灶,一般很少有女人放羊,那么女人住的羊房子会是什么样呢?瞬间勾起了我们的好奇心。

羊房子在半山腰上,背靠土山包,到爬上去的时候,我们都已经气喘吁吁了,还没到跟前,一只黄狗就叫了起来,幸亏是拴着的。羊房子就是几间矮矮的土房子,黄泥巴墙,屋檐下的勾搭上挂一只柳条筐,应该是夏天用来晒风干馍馍用的。屋前用篱笆围起来一个菜园,已经翻耕过了,黑土地里一半是羊粪。羊房子有一间是住人的,一间是羊圈,一间是鸡圈。屋子虽小,却亮堂,东西还挺齐全。一张大床,墙上用布钉了墙围子,窗户上挂着窗帘。屋里有一个大的老式穿衣柜、电视柜、老式的电视、小圆桌、火炉、碗柜,做饭的伙食家具一应俱全,包括一个小冰箱。这就是金凤的家,她生活了八年的地方。

金凤不在,还在山顶放牧。狄老师打通了电话,金凤叫我们先下山去家里吃饭,老母亲做了大盘鸡焖饼,在等我们。饭熟了,金凤也回来了。饭后,我们继续听金凤的故事。

金凤是一个小太阳,凡是靠近她的人,都能被她温暖。金凤和几位单身的姐妹建了一个微信群,天天在群里相互关照,给彼此帮助和温暖,这是真正的抱团取暖。

群里有一个叫戴维的姐妹,患有心脏病、哮喘、再生障碍性贫血,每一次犯病,都几乎是与死神擦肩而过。但是只要缓过来,戴维就非常乐观,该唱的歌儿照样唱,该开的玩笑照样开,哪怕有时候情况不好,走路都困难,她依然笑呵呵地,只要能动,她就开车接送工人上下工,靠自己的劳动养活自己。她说:"我只要能看到一天太阳,就享受一天光明,就快乐一天。"

戴维的病像一个吞噬金钱的恶魔,使得她几乎一贫如洗,常常不得不接受兄弟姐妹和朋友的接济。日常吃的羊肉、鸡、菜,金凤隔三差五就给戴维送去。戴维住院的时候,金凤常常陪护,医药费不够,自己三千两千的往里垫,实在不够,就发动身边要好的朋友募捐。她常说:"我们省下一顿饭钱,一件衣服钱,就能救一条命,这是多么有意义的事情。"

2018年,戴维分到了廉租房,却没钱交暖气费,也没安装天然气。金凤和群里的姐妹陈建兰商量后,共同发起了募捐,捐了5030元。金凤拿着这些钱,陪着戴维去交了暖气费,安装了天然气。2019年戴维住院,金凤发动身边的朋友,又捐了1850元。这两次捐款的名单,金凤和陈建兰每人保存了一份,她俩商量好,以后这名单上的人,万一谁家有个啥事,这人情就由她们还了。

今年三月,金凤在抖音开了直播,取名"金凤凰之家",姐妹们都来捧场,大家在直播间聊天、唱歌,相互鼓励,乐观面对生活。金凤喜欢拍照、录视频、制作抖音,家乡水磨沟的春、夏、秋、冬四时的不同美景,都被定格在她的镜头里。那金黄的麦海,碧水青山,熟透的野生草莓,吹蒲公英的孩子,这些灵动的画面很吸引人,很多内地人留言说"你们家乡太美了",金凤就号召人们来木垒旅游,闻名而来的人还真不少。金凤还在直播间向远方的粉丝们介绍木垒的特色美食、特产,她说,如果有一天直播间达到1000粉丝,就可以直播带货了,到时候,她愿意把家乡的特产展示给远方的客人。

有人遇到这样那样的困难,心情不好,金凤总是讲戴维的故事来鼓励他们鼓起勇气,积极乐观地生活。有一次,金凤看到一个陕西的网友,发布讯息说自己干工程赔了,连吃饭都困难,很灰心。金凤发出了热情的回复:"来我的家乡木垒吧,也许是粗茶淡饭,但是管饱管够。"网友被她的热心感染,进了直播间聊天。网友听了戴维的故事,重新燃起了斗志,现在成了金凤的忠实粉丝,说要来木垒看望她们。这山沟沟里的"金凤凰",俨然成了小小的心理咨询师。

看着金凤微微上翘的嘴角,听她用平淡的语气讲述着那些生离死别的往事,我们的内心像海浪般起起伏伏。我由衷地说:"金凤,你的故事太感人了,我一定要写一写你的故事。"金凤不好意思地说:"我就是一个普通的木垒山里人,有啥好写的。""正因为你是一个普通人,才要写你。"我笑着回答。

是啊,金凤是一个普通人,正是由于普通,才具有代表性。她身上具有一种特质,那种大山的孩子身上才有的勤劳、善良、热情、质朴、顽强、坚韧、乐观、积极向上的精神,这种精神具有魔力,凡是与她们接触的人,都会被深深感染。

金凤,这个大山的女儿,经受了生活的种种磨砺之后,如同涅槃重生的金凤凰,在水磨沟的绿水青山间,自由飞翔。而她身畔的水磨河水,叮叮咚咚,唱着歌儿弹着琴弦,将她的温暖带去远方……

生命的绝唱

在一段柏油路上,有一处路面隆起,一株碧绿的草,从裂缝中探出头,柔嫩的梢头,弯下一只白色的花蕾,似乎在谦虚地向世界微微致意。

一座雄伟的大山,坚硬的岩石之间,裂开一道缝,生着一丛蓬勃的绿,那绿丛中,几只蓝格盈盈的花儿,在微风中轻轻舞蹈。

一座石山的崖壁上,一棵松艰难地撑开石头,一点一点挤出来,长成了高高的大树,镶嵌在石头里面的树身和树根,无时无刻不在抵抗着石山的挤压。

亲爱的读者,你看到了什么?我看到了疼痛,看到了坚韧,看到了生命的神奇,看到了血泪之后的舞蹈和欢歌。

这段视频,让我想起了一个人,一个与开在石缝中的花朵一样坚韧和灿烂的女子。

初见戴维,是在去木垒县的一次采风活动中。

戴维的歌声很动人,清凉,甜美。五十一岁的戴维依然不失秀气,肌肤很白,不见血色。戴维的性格非常活泼,走到哪里,哪里就会响起一串歌声、一片笑语。

就是这样一个戴维,不了解底细的人很难相信,她是一个命悬一线的人,一点都不夸张,哮喘、股骨头坏死、心脏病、再生障碍性贫血,这些随便其中的一样安放到某人身上,都能把人愁死的病,却集中在戴维一个人的身上,她还每天笑呵呵的。

戴维的故事,听来颇有些惊心动魄,她却讲得云淡风轻。

我叫戴维。有人说,我的名字很像外国人,问我是不是书香世家长大的,其实,我是土生土长的木垒人,父母都是农民,没什么文化。我是家中老小,四个哥哥、四个姐姐都拿我当宝,小时候调皮捣蛋,惹了祸,总是哥哥替我背锅。

我二十二岁那年,在昌吉市学习理发的手艺,自己找了对象。我回家拿户口本要领证,我爸、我妈说啥都不同意,化了一碗老鼠药,说要嫁到昌吉,等他们喝了老鼠药,把房子门窗都泥了再走。总不能真的看着自己的父母走绝路,我只能任凭父母做主,嫁给了木垒的一个农民。他眼睛不好,脑积水压迫神经。

家里有160亩地,我和婆婆、老公一起种,老公有病,我和婆婆是主劳力。婚后半年,我开始流血,以为是月经,只是觉得困乏,就没有在意,那时候年轻不懂事,还天天强撑着下地。流了一个月时,一个邻居老奶奶提醒我去医院看看,老公和婆婆说地里忙得很,过几天闲点再去。仗着年轻,我头重脚轻的,还是按时下地干活,回家做饭,捣鸡喂狗,忙得团团转。

断断续续流到两个月上,我姐来了。一看我脸上都没血色了,瘦得不行了,我姐气坏了,当时就要领我去医院。婆婆说:"地里活一大堆,干完再去。"一分钱都没给。我姐说"我有钱呢,走吧!"拉着我出门了,我老公追上来给了我五块钱。

到了木垒县医院,妇产科医生都惊呆了!"你咋才来看,流产两个月了,还没流完,不要命了吗?马上做手术!"我一想才知道,之前给种子拌农药"24滴丁酯"的时候,没有戴手套,导致流产。

托人给我老公带话,结果钱也没来,人也没来。我姐做主让我做了手术,把我接到娘家休养。半个月以后,老公到娘家接来了,让我回家干活。

就这样,农忙的时候在家干农活,农闲了,开上手扶拖拉机去拉沙。我的性格争强好胜,干活不惜力气。我们是老大,下面还有四个兄弟呢,都没结婚,庄稼地里的收入和打工的收入,我一分都没留,全交给婆婆,张罗小叔子们的婚事去了。

后来几年,我三次怀孕,都是宫外孕,不能及时就医,身体得不到休养。子宫肌瘤太大,没办法,把子宫摘除了,我永远失去了做母亲的机会。

哪个女人不想有自己的孩子?回到家里,我躺在床上,不吃不喝,哭了几天。婆婆的脸色一天比一天难看,后来,干脆跳着脚在院子里骂:"断下后的,抓个母鸡还下蛋呢,养上你有啥用呢!"婆婆让她儿子搬去自己屋里住了一年,教唆她儿子动不动就打我。

　　婆媳关系越来越差,我出门,婆婆锁了房门不让我进。再后来,不让我吃饭。我只好借住在别人家,另起炉灶。婆婆不给我粮食,也不准邻居给我送饭,逼着我主动离婚。我以净身出户为条件,换来了自由身。

　　离婚后我到昌吉市投奔姐姐,过了三年,经人介绍,认识了后来的老公,结了婚。

　　那几年,是我一辈子最幸福的几年时光。老公在一家驾校工作,我在家里伺候偏瘫的公公。公公是个退伍军人,战友经常来拜访,我把公公收拾得干干净净的,老人身上闻不到一点怪味道,谁都说我伺候得好。两年后,老公自己开了一家驾校,生意很好,日子过得红红火火。

　　生活总是这样残酷,不幸如影随形,见缝插针地挤进她的生活。

　　第九年,我胃出血住院,送到军区总医院,诊断是再生障碍性贫血。老公带我到北京看病,医院安排做化疗,一般人吐完就不想再进食了。我逼迫自己吃,吃完吐,吐完再吃,我不能倒下呀,我老公的脸贴在玻璃上看着我呢,我不能让他失望。每天早晨起来,我就在病房里大声唱歌,唱红歌,护士说我咋那么高兴,我说,我要用歌声鼓励自己,也鼓励病友,大家都要好好治疗,战胜病魔,早早回家过好日子……

　　病魔像一个吞金兽,在北京看病一年半,她不但花光了家里所有的积蓄,丈夫甚至为此转让了驾校。沉重的负担压在了丈夫肩上,丈夫却没有任何怨言,仍一心一意千方百计筹钱给戴维治病。

　　后来,几个小姑子轮番到家里看望她,说她们的哥哥多么可怜,挣的钱全被送到医院了,这么大岁数了,没有一点积蓄,将来怎么养老啊?

　　戴维默默低下了头。辗转反侧几天后,她红着眼睛向丈夫提出了离婚。丈夫懵了,说啥也不同意。戴维停了自己的药,说:"如果不同意,就不治了"。万般无奈之下,丈夫松了口,他们办了离婚手续。戴维又回到了生她养她的这片土地。

　　归来时,除了一身病,戴维一无所有。起初住在哥哥家,后来借住在村委会,感谢党的好政策,一年后,她分到了一套廉租房,申请到了低保,每月有520元的生活费。干不了重活,起初,她靠捡些纸壳子卖了维持生计,后来,哥哥说,给她买辆车代步(因股骨头坏死,她不能多走),并借以谋生。哥哥、姐姐凑了钱,4500元买了一辆二手小面包车,从此,她早晨拉一车民工送到工地,下午接回来,再捡些废品、收集旧衣服来卖,靠微薄的收入维持生活。而她巨额的医药费——一年三十万元的进口药品，全靠哥哥、姐姐、侄子、外甥们帮衬着。

戴维的生命，是靠爱来延续的。

戴维常常是提心吊胆的，不知道自己什么时候会犯病。一旦犯了哮喘，浑身瘫软，呼吸困难，必须赶快送医院。她说，我经常在路上走着走着，就休克了，等醒来，自己就在医院了，总是有好心人关心我。

最惊险的是2017年11月底的一天，那时我还住在村委会，下午大概六点，我要出门呢，刚拉开门，就休克了。七点多以后有人到食堂吃饭，经过我的门口，才发现我趴在地上，身子一半门里一半门外，头也碰破了，地上冻了一滩血，头发都冻在冰里了。送到木垒县医院，医生说，人都死了，拉来干啥？赶紧送到殡仪馆去吧，人都硬了。我外甥不相信，说"心口还热的呢"，就把我送到奇台县医院，结果七天后抢救回来了。那次住院花了四万多，哥哥、姐姐们啥也没说，分担了我的医药费。

2019年，她分到了廉租房，却没钱交暖气费，没钱安天然气。好姐妹金凤和陈建兰发起了募捐，筹到了5030元。金凤拿着这些钱，陪着戴维交了暖气费，安装了天然气。2019年戴维住院，金凤发动身边的朋友，又捐助了1850元。几年来，金凤有一个必做的功课，就是每天关注戴维的QQ，早晨，看到戴维的QQ头像亮了，知道她手机登陆了，一切正常。晚上，QQ头像又亮了，知道戴维回家了，她才能安心睡觉。

戴维已经离了婚的丈夫——她还亲切地称呼他"我老公"，时不时从昌吉到木垒来看望她，少不了给她买一些吃的用的，临走再给她留点钱。

在好姐妹金凤的直播间里，每次听到有人因遇到困难而灰心丧气，金凤和戴维就讲戴维的故事，鼓励人们战胜困难，积极面对生活。是啊，世界上还有什么困难，比死亡的威胁更大呢？

听了她的故事，我们都沉默了。许久，我轻轻说："你的心态真好！"戴维哈哈笑了起来，说："要是心态不好，我几年前就进'土管局'了。"我说："你介意我把你的故事写出来吗？"她说："不介意。我希望那些跟我一样得了绝症的人，看到我的故事，能帮他们鼓起战胜疾病的勇气。我们这样的人，活着就是勇气。我希望大家都能和我一样，只要活着一天，就快乐地度过一天。"她说着，又咯咯笑了起来……

在木垒坎儿井景区，戴维唱起《甜甜的歌儿迎宾客》，那清亮的歌声，伴着淙淙流淌的井水，在长长的地下通道里回荡，那么甜，那么美……

我仿佛看到了那些在坚硬的石头缝里扎下根的山花，她们不在乎自己生存的土地是多么贫瘠,环境多么恶劣,只要有一缕风刮过来,只要有一丝雨飘下来,她们就生长出无穷无尽的力量,柔软的根须,坚韧地、一点一点地向石头缝里扎去。在黑暗里,不知道经过多少日日夜夜持续不断的努力,她们终于钻出了地面,在明亮的阳光下舒展开枝叶,迎着风儿,绽开甜甜的笑颜,开出美丽的花朵,不辜负这一份上天的恩赐。

这是多么动人心魄的生命之歌!倾尽全力,只为了活着,只为了拥抱阳光和大地,为了感受这个美丽的、充满爱的世界……

小分子村的真容

一、从雾霾走进纯净世界

或许是掌管人间四季的时间委实有点过长,有些许倦怠,秋神蓐收和冬神玄冥似乎失职了,今年的季节有点错乱,秋长,冬暖,雪迟。

季节已是隆冬,新疆的冬天没了往年威风凛凛的样儿,广袤的戈壁滩上不见雪的影踪,只有漫天漫地的雾霭,活像老天耷拉着一张死气沉沉的脸。我们的汽车就在这样的雾霾中向着吉木萨尔县新地乡小分子村行进,那里将有一场采风创作及文学交流活动———一场精神的大餐等待我们品味。糟糕的天气带累了大家的心情,好久不见的文友,热气腾腾的畅聊持续了没多长时间,便次第降温,陷入昏睡状态。

我被渐渐明亮的光线唤醒,汽车开始爬山,刮开窗玻璃上的水汽,路边掠过的田野沟坎里,有了雪的驻足,白杨树也披挂上了灰白的雾凇,终于有了冬天的味道。没有雪野和雾凇的冬天,哪里是新疆冬天的真容呢!

随着汽车的攀爬,光线越来越明亮,转过一个山脚,啊,太阳出来了,满天的蔚蓝!车里发出一阵欢呼声。所有昏睡的人都被阳光唤醒,无边无际的蓝就那样霸道地占据了我们的心神,心情一片透明纯净的蓝。

走下车子,清新甜美的空气瞬间浸透心肺,暖暖的太阳有秋日的和煦,这完全是另一个人间。不，这应该算仙境。

二、文化净地坐而论道

品尝了乡间美味之后，我们坐在课堂里，聆听石华鹏老师对于文学的感知与解读。没有夸夸其谈云山雾罩的卖弄，只有独立思考之后的真实呈现。散文写作要避开哪些常见的坑，在哪些领域选材更合乎当下时代的要求；好的小说应该把握哪几个点，故事逻辑是否成立，完成度如何，是否具有说服力和创造力。结合大量生动的例证，石老师娓娓道来。

日常我们看文学，眼前是迷雾重重，总觉得看不到真容，石老师像一个侠客，略带福建腔的话语化作利剑，一剑又一剑，剑剑不落空，一层一层斩去了蒙在我们眼前的迷雾，影影绰绰间得窥缪斯真容。有人沉思，有人顿悟，有人提问，有人附和，在中国作家协会挂牌的闽疆艺术家创作交流基地这神圣的殿堂里，在赤裸裸光灿灿的蓝天和艳阳之下，三十多个人的意念在强者的引领下，缠绕、翻飞、晾晒、升华。

三、与艺术撞个满怀

薄暮时分，我们走出书斋，走进艺术殿堂。

新地乡小分子村是一个天山怀抱里的小山村，站在贯通全村的柏油路上，能清楚地看到它三面环山。随着山势起伏的柏油路，像一条顺滑的丝带，串起了一户户农庄。离主路较远的农庄还保留着新疆农村住宅的原貌，砖房或土坯房。近处的就不同了，有些是看起来即将成为门面房的混凝土砖房，有些是二层、三层风格各异的彩色小楼，这些房子，有美术馆、陶艺馆、石器馆，还有著名作家、影视导演和多位新疆著名画家的工作室等。

我们参观了新疆籍著名作家、《甲方乙方》《天下无贼》等电影编剧王刚老师的工作室。一座古朴的小院子，院子的原木地坪上，凝结着薄冰，踩上去，咔啦咔啦响，散发出真正的冬天的味道。一间小展厅里，满室书香，四周高低错落的小型书架上摆放着中外名著和王刚老师的著作，像一间小型图书馆。房间中央摆一张大大的书案，笔架上挂几只狼毫，看来这里是王刚老师静坐、读书和写字的地方。

我畅想王刚老师在这里度过的时光。清晨，他必然会推开窗户迎接朝阳，伸展一下腰肢，选一本好书，在书案前坐下来，阳光透过玻璃给整个房间涂上一层晕黄的暖,清风时而微微拂动窗户两侧垂挂的纱帘,给满室静谧增添一点点灵动。这时候,那纯正的书香就在温暖的小屋里氤氲着,透过微风,这点儿书香又向户外的清新里散播开去,让清甜的花草香气中渗入了一点儿诗意的书香。

王刚老师家对门是蔡永生、刘建新二位画家的工作室。楼上楼下几间屋子,除了厨卫之外的墙壁上,是一排排的油画,有春天碧绿的山坡,有秋日金黄的树林,有夏天潺潺的水流,有冬日肃穆的原野,有衣着鲜艳的本地村民,还有一群小毛驴,身形灵动,活泼可爱。

晚餐之后,我们还参观了小分子村美术馆,作为一个建设规模2935平方米的村级美术馆,它的确算得上高大气派。一楼是美术展厅,有油画、国画、水彩画,曲曲折折的展厅里,有四五百幅画作,表现当地风景、人物、特产的作品非常之多。给我印象最深刻的是几组哈萨克族、维吾尔族、塔吉克族等少数民族的画像,相貌衣着民族特征明显,人物表情丰富,画作气韵流动。

美术馆的负一层是摄影展厅,迎门的一幅作品我分外喜欢。那是一头漂亮的大蒜,没错,就是大蒜,就是漂亮!日常我们印象中的大蒜,裹着淡粉的外皮,剥的时候,总是先从一头完整的蒜上掰下一瓣,去皮之后,就被送进了口腹,体验不到美感。眼前作品上的蒜,是一整头去了皮的蒜,一颗颗象牙色的蒜瓣挤在一起,像一群挤成一团的年画娃娃,莹润可爱,尤其是每一个蒜瓣尖上,都有一抹亮亮的翠色,碧绿晶莹,让人想起碧玉在强光下的色泽,非常漂亮!这是新疆著名土特产——吉木萨尔县白皮大蒜,这幅作品不像大蒜实物,倒像是一幅栩栩如生的大蒜玉雕摆件。

摄影作品几乎件件都体现本地特色,除了东天山一年四季的美景之外,那些朴实、自然、亲切的本地人物的照片,最吸引人的眼球。有一个老农抱着满怀新挖的带泥的大蒜,笑容灿烂;有两个小孩拿两根稗子草去喂牛,老牛弯着尖尖的角,张大鼻孔嗅闻着送到嘴边的草,人与动物之间,和谐温馨;印象最深的是,一个开拖拉机的老农,笑得咧开了嘴,一个黑牙洞露出来,他伸出左手食指指着牙洞,作品的题目是《我掉了一颗牙》。

走进小分子画家村,就仿佛走进了艺术的世界,不仅美术馆、画室、书斋荡漾着艺术气息,就连我们吃饭的餐厅和休息的宿舍,都挂着大幅的油画。在这里,艺术气息化作阳光、化作空气、化作土壤、化作雪、化作水、化作风,无所不在,浸润着每个人的身体和灵魂,所谓的熏陶,不外乎此吧。

四、小村的自然之美

小村很美，即便是常年生活在天山脚下，熟识了东天山北坡风光的我，依然感受到它的美。

傍晚，站在村路上，我凝视小村南面的小山，起起伏伏的山头，像凝固的波浪，用曲线分割了南面的天空，留下优美的剪影。褶皱的山坡高高低低，颜色深深浅浅，朝东的小坡是褐色，那是太阳与风合作，请走了积雪，露出了山地的本色。朝西的小坡被白雪覆盖，在为冬天背书。北面的山坡黑魆魆的地方，是一坡一坡的云杉，缩紧了身子，等待春天的来临。

只看到了冬天的小山，但是我可以想象它的春夏秋冬，每一个季节都应有不同的美。春天，满坡的绿草和五颜六色的山花占据了主场；夏天，一眼望不到头的金色麦浪抢占了人们的视野和画家的画板；秋天，红色、黄色的树叶书写厚重饱满的生命底色，直到白雪降临。

傍晚，去往画室的路上，我们邂逅了一轮橙红色的月亮。太阳落山不久，青灰色的天幕之上，东边那一圈矮矮的山头之后，半个橙红色的月亮露出了头。有同伴惊呼："看，月亮！"来自福建的石华鹏老师幽默地说："如果我把这个情景拍下来给福建的朋友看，他们一定会说这是日出。"是的，天山就是这么神奇，月出可以媲美日出。我们嘴角噙笑看着那轮月亮从半个渐渐过渡成完整的一轮，没有光华，就像一个橙红的圆圆的土鸡蛋黄，长成整个青黑色天幕上最亮眼的色彩。

我们参观完画室返回住宿地的时候，月亮已经升高了，由橙红色变成了浅黄色，由大变小，光华流转，天地间尽是温柔的淡淡月华。

晚饭后，我和徐云出去散步，柏油路平整洁净，四周静悄悄的，不同于日常经历的车水马龙，只有零星的车辆经过，这里静谧安然得像世外桃源。我俩自在地走着，柔软的跑鞋敲不出一丝足音，我们不约而同沉默了，不愿打破这山村的寂静，经历了太多的喧嚣，分外珍视这份远离红尘的宁静。人是群居动物，离不开相互的牵绊和依靠，于是城市越来越大，马路越来越宽，车辆越来越多，环境越来越吵。吵得久了，耳朵和心灵都进入了盲区，白天吵，晚上也吵，生活吵，做梦也吵。在这里，耳朵和心灵都卸下了重负，像张拉得太久的弓弦，终于等到了松懈，逐渐回弹，逐渐柔软，逐渐平和，逐渐复苏，像一声长长的满足的叹息。

五、小村的烟火之美

我出生在本地农村,知晓小村农家的春夏秋冬。我小时候的生活是清苦的,现在小村农人的生活无疑是富足的。我知晓他们和我这个年龄段的人一样,都是从曾经的清苦中熬过来的,但他们一直生活在这样偏远的小村,就幸运地一直保持和享受着农村的淳朴与和善之美。当然,就像他们日日享受着最珍贵的阳光、空气、水一样,享有而不自知。

他们生活在自己的烟火里,开拖拉机、割麦子、挖蒜、挖土豆、挖萝卜、喂鸡、喂羊、炸麻花、和面、切菜、绣虎头鞋……这所有琐琐碎碎的日常,构成了他们的烟火人生,做着这一切的时候,他们脸上那灿烂纯净质朴的笑容,是上天给他们的最高奖赏。这份珍贵的奖赏,我从摄影作品中看到,从油画作品中看到,也从乡村集市中看到。

是的,很久很久没有赶过集了,要在记忆的深海里打捞出关于赶集的片段,还需要一点时间。二十多年前生活在农村的时候,赶集是必不可少的日常,吃穿用度,都需要通过集市得到补充和满足。在冬天,坐着村里大爷赶的毛驴车,走过白雪覆盖的原野,去吵吵嚷嚷的集市逛逛,有点过节和旅游的味道。后来迁居城市,超市里商品无所不有,我却很少去逛,没有兴致。今天,在蓝天白云之下,在清洌的空气中,我们兴致勃勃走进了乡村集市。

集市不大,商品却很齐全,本地特色的蒸馍、烤饼、油馃子、糖瓜子、冻粉条、油葵籽、大蒜等土产,日常食用的各色水果、干果,日常用品和服装鞋帽,这里应有尽有。在服装摊位上,我意外看到挂着几件貂绒大衣,是的,现在农村人的生活条件都变好了,在吃穿用度的水平上,农村人和城市人保持着同一水准。

太阳正暖,集市上人挺多,或多或少选购了一些自己需要的商品。我们这一群小村的外来人,也买了一些各自喜好的食品,很多人买了同样的商品——兔儿条的小筐。

兔儿条是生长在本地山里的一种灌木,学名金丝桃叶绣线菊,枝条较长,粗细均匀,柔软,小村居民喜欢割了枝条回来编筐,兔儿条筐子结实耐用。枝条呈绛红色,手艺好的人编的筐子圆圆的,非常漂亮,像手工艺品。同行的文友大多买了绛红色小筐,买了金黄的橘子盛在筐里,显得它更像一个可爱的果篮。

卖筐的老奶奶八十五岁,满脸的菊花,所有的褶皱里都书写着安详。

六、回归红尘

短短几日的采风交流活动结束了,犹如昙花,刚刚盛开就不得不凋谢,犹如飞鸿的影子,来不及细细欣赏已然远去。但是,瞬间的美好已是弥足珍贵的享受,交流学习活动结束了,一些真知灼见已在心里长出了幼芽,一些美好的体验拂去了心里的尘埃,一些情谊悄悄开花,一些温暖将冰雪悄悄融化。

下山的时候,依然在灿烂阳光中出发,渐渐地走进了霜挂,走进了雾霾,走进了俗世红尘,依稀之间,小村之行像一个美好的梦,想长醉不醒,像一个仙境,愿一日千年。

想念清晨小山顶上渐渐明亮的韶光,想念小村道旁树梢枝头那两只不畏寒冷的鸟,想念食堂门口蹲守并跟着我们的脚步四处疯跑的热情的小狗小黄,想念画室门口那一片光滑溜圆的羊粪蛋蛋,想念那群在画室旁边的树林里啃食的大尾巴羊。

后 记

有一个朋友曾经问过我,"你为什么要写作?"

为了留下这个世界我曾经来过的痕迹,我坦然地回答。

还有一个回答:我愿做一个拾光的人,因为我爱这个世界,希望能够用一本书来记录和表达。

回望,数以万万计的生命,他们曾经在这个世界生存,热爱,憎恨,或者冷漠。

当还能够感受阳光、雨露、冰雹、狂风的时候,他们有自己的喜怒哀乐,爱恨情仇,当他们尘归尘、土归土的时候,一切都如同流云,来去了无痕迹。

搞艺术创作的人真是幸运,他们可以留一点念想,留一点思绪,留一点有色彩的情绪,在这个世界长存,在他们的肉体腐烂的时候,因为受惠于那一点思想的光芒,他们能够留下曾经存在于世的痕迹。

我只是芸芸众生最普通的一个,然而,世界上没有两片完全相同的叶子,我也一样。这个世界我来过,哭过、笑过、爱过、恨过,走过弯路,犯过错误,感受过阳光和友爱,也感受过宁静和幸福。以心为笔,将我对这个世界的认知记录。

我知道,我是一颗流星,在我划过天际的那一刻,有一点光亮,照亮一些心灵,我便感恩这个世界。

我的情感还在,汩汩流淌在我的文字里,在某一个夏日宁静的午后,或许能安抚一颗悲伤的心。

　　没有人会注视一只流泪的飞蛾,人们只会凝望引颈高歌的天鹅,所以,悲伤和孤独只属于自己,属于黑夜。落在纸上的,只有幸福的味道。

　　是为记。